書下ろし

長編時代小説

花《おい》魁《らん》殺《さつ》

投込寺闇供養

吉田雄亮

祥伝社文庫

目次

ねびき

一

月が、煌《きら》めきを誇っている。

すべては、寂寞《じゃくまく》のなかにあった。

突然――。

静寂を切り裂《さ》き、羽音を響かせて水鳥が一斉に飛び立った。

水飛沫《しぶき》が飛び散る。

が、水鳥の飛翔につれて一瞬で終わるはずの喧噪は、それだけではおさまらなかった。

「いたぞ」

「こっちだ」

獣の雄叫《おたけ》びに似た男たちの怒号が響き渡った。

その動きに呼応するかのように、水を踏み散らし、走り出す足音が湧き起こった。

水辺を駆けるふたつの乱れた水音に、せわしない息づかいが混じった。

夜目にもはっきりと際《きわ》だつ白さであった。

白く浮き出たもの、それは、真っ白な、むっちりとした女の太腿《ふともも》だった。女は惜しげもなく、弾《はじ》けるような肉付きのいい腿を付け根までさらして、走っていく。女の動きにつれて、身にまとった緋色《ひいろ》の長襦袢《ながじゆばん》の前が大きく割れ、めくれては足にからみつき、剝《は》がれてはまとわりついた。

傍《かたわ》らに女を抱きかかえた男の、懸命に水底を踏みしめて駆け行く足があった。その男の足は、鍛え抜いたものとはあきらかにかけはなれていた。その証《あかし》に、男の足はもつれて、川底の小石を踏みつけては痛みのためか、よろめき、ふらついた。

そんな男を、今度は逆に女が必死に抱き支えた。前屈《かが》みとなった女の胸元がはだけて、盛り上がった乳房のふくらみがさらけだされた。が、女には胸元を隠す余裕すらなかった。逃げきることだけが女と男の唯一の望みであることが、なりふりかまわぬ様子からはっきりとうかがえた。

女と男は縺《もつ》れ合い、よろめきながら河原へ向かった。

「逃がすな」

「生け捕りにするんだ」

男たちは女と男の間近に迫っていた。

逃げる男と女の足が、水際で止まった。

数人の男たちが川べりから河原へ駆け上がって、行く手を塞《ふさ》いだのだ。

男と女は顔を見合わせた。引きつった面《おもて》に絶望の色が浮いていた。男は、その風体《ふうてい》から大店《おおだな》の手代とみえた。女は、濃い化粧と身にまとった緋の長襦袢から吉原《よしわら》遊郭の遊女であることはまず間違いなかった。

「あきらめな。ここまでだ」

がっしりした体軀《たいく》の眼光鋭い狐目《きつねめ》の男が、薄ら笑いを浮かべて一歩あゆみ寄った。

男と女が見つめ合った。絡み、もつれた視線が言い知れぬ哀しみを語っていた。

狐目の男が、さらに一歩、迫った。

その瞬間——。

狐目の男の顔が訝《いぶか》しさに、歪《ゆが》んだ。

追いつめられたはずのふたりの面に、微《かす》かな笑みが浮かんでいた。

「いけねえ」

狐目の男が、吠《ほ》えた。駆け寄ろうとした狐目の眼前で、隠し持っていた剃刀《かみそり》でふたりがたがいの喉《のど》を切り裂いていた。噴《ふ》き上げた血飛沫が狐目の男の顔面を真紅《しんく》に染めた。

「死なれてたまるか」

わめいた狐目の男は、抱き合って崩れ落ちたふたりに走り寄り、憎々しげに男を蹴り飛ばした。が、固く抱き合ったふたりは、離れることはなかった。

「野郎を雪笹《ゆきざさ》からひっぺがせ」

背後で愕然《がくぜん》と立ちすくむ手下たちに向かって狐目が怒鳴った。

その声に我にかえったか、手下たちが動いた。身軽に近寄り、男を雪笹と呼ばれた女から引き離した。

俯《うつぶ》せとなった雪笹の髪をひっつかんだ狐目の男は、顔を仰向《あおむ》かせ、鼻先に手をかざした。

「……まだ息がある。連れ帰って手当をするんだ」

狐目の男の下知《げち》に、手下たちが雪笹の躰《からだ》に手をかけ、抱き上げようとしたとき、

「手当の必要はないぞ。女はすでに死んでおる」

その場にそぐわない、のんびりとした口調だった。

狐目の男が声のした方へ目線を走らせた。

葦《あし》の生い茂ったあたりの川岸から、のっそりと黒い影が立ち上がった。

「余計な口出しはよしにしな。痛い目にあうことになるぜ」

凄《すご》みをきかせた狐目の男の物言いだった。

黒い影はゆっくりと姿を現わした。黒の僧衣を身にまとった五十半《なか》ばの坊主だった。手に貧乏徳利《びんぼうどっくり》をぶら下げている。

「浄閑寺《じょうかんじ》の慈雲《じうん》じゃ。仏になった吉原の遊女はわしの寺に投げ込むのがきまり。寺へ運べ。丁重に供養してやる」

げじげじ眉《まゆ》に大きな眼、大きな鼻に分厚い唇、ずんぐりむっくりとした体軀の慈雲の容貌は、さながら画《え》から抜け出た達磨《だるま》大師をおもわせた。

「まだ死んじゃいねえ。何が何でも息を吹き返させなきゃならねえ理由《わけ》が、この女にはあるんだ」

狐目の男が、苛立《いらだ》たしげに吠えた。気が急《せ》いているのが、その語気の荒さからうかがえた。

「いいや、死んでおる。寺へ運べ」

「住職さん。いま、あんたの相手をしてる暇はねえんだ。野郎ども、早く雪笹を抱えろ。急げ」

うなずいた手下たちが身動きひとつしない雪笹を抱え上げ、行きかけた。

「死んでいると言っておるのがわからぬか」

慈雲が雪笹を抱きかかえた男たちの行く手を塞いで、両手を開き仁王立ちした。が、酔っているのか、よろめきながら足を踏みしめ、深呼吸をした。あきらかに、躰に染みついた酒気を払いのけようとする仕草と見えた。

「邪魔だ。どいてくんな。酔っぱらいの悪ふざけにつきあっている暇はねえんだ」

「わしは酔ってはおらん」

慈雲が大きな眼をぎょろりと剝《む》いて睨《にら》みつけた。顔を近づけ、酒臭い息を吹きかけた。

狐目の男は、あまりの酒臭さに顔を顰《しか》めた。

「住職さんよ。十分に酔ってるじゃねえか」

「酒ではない。河原で月見を楽しみながら、般若湯《はんにゃとう》を少々。いや、けっこう呑《や》ったかもしれぬな。さ、仏の供養はわしの商売。寺へ運べ」

据《す》わった眼で狐目の男を見据えた。

狐目の男の眼が細められた。その眼に憤怒の炎が燃え立っていた。

「うるせえ。どきやがれ」

いきなり狐目の男が慈雲の胸を突き、足を払った。

慈雲はもんどりうって河原に転がった。

「行くぜ」

雪笹を抱えた手下たちに声をかけ、倒れたまま動かぬ慈雲を見向くこともなく、歩み去ろうとした。

そのとき……。

「そのまま、死なせてやれ」

再び、何者かの声がかかった。狐目の男をおもわず立ち止まらせる、凛《りん》とした響きがその声音《こわね》にはあった。

振り返った狐目の男の眼に、汀《みぎわ》に立つ浪人者の姿がうつった。白い着流しに黒襟《くろえり》がついただけの、華美のかけらもない出立《いでた》ちであったが、その立ち姿には、なにやら犯しがたい品格が滲《にじ》み出ていた。おそらく生まれながらに備わったものであろう浪人の様相には、狐目の男や手下たちの動きを、ひととき止めるほどの威圧がこもっていた。

月明かりを背負った浪人の面は暗影となって、さだかには見きわめられなかった。が、細身だが、すらりとした均整のとれた浪人の躰が鍛え抜かれたものであることはひとめで看《み》て取れた。浪人がゆっくりと歩み寄った。その動きには、敏捷な野獣をおもわせる身軽さが秘められていた。

やがて、月のおぼろな輝きが浪人の面を照らし出した。月代《さかやき》をのばし髷《まげ》を大銀杏《おおいちょう》に結《ゆ》い上げた諸大夫《しょだいぶ》ふうの髪が、わずかに乱れて額《ひたい》に垂れている。奥二重《おくぶたえ》で切れ長な眼に涼やかな光が宿っていた。見る者のこころを和《やわ》らげさせる、男にしては優しげな目の奥に強いものがあるのを、狐目の男は見逃さなかった。

「てめえ、何者だ」

狐目の男はいきり立って詰め寄った。いつしか手下たちも雪笹を河原に横たえ、背後で身構えていた。

殺気がその場に満ち満ちていた。

が、浪人は眉ひとつ動かさず、狐目の男や手下たちをながめている。

「おれたち吉原の亡八者《ぼうはちもの》に情《なさ》けはねえ。成り行き上、命を取ることになるかもしれねえ。墓とは言わねえが塔婆《とうば》のひとつも立ててやる。名を書かなきゃ塔婆のかたちにならねえ。名を聞いておこうか」

狐目の男が懐に呑んでいた匕首《あいくち》を抜きはなった。手下たちもそれにならった。

見やった浪人に、何の動揺もなかった。しずかに、告げた。

「名は、ない」

狐目の男の片頬に酷薄な笑みが浮かび上がった。獰猛《どうもう》な獣に似ていた。

「ふざけやがって。容赦しねえぞ」

狐目の男に呼応して、手下たちが匕首をふるって一斉に浪人に襲いかかった。

浪人は刀を抜こうともしなかった。わずかに動いて身をかわし、突きかかってくる男たちの腕を手刀《てがたな》で打ち据えた。男たちの突きだした匕首と浪人の躰は、それこそ紙一重の間《ま》であった違いない。狐目の男には、何度も手下の匕首が浪人の肉に突き立ったと見えた。が、手下たちのいずれもが軽く打ったとしか見えない浪人の手刀の威力に匕首を取り落とし、激痛に呻《うめ》いて、地をのたうった。

浪人が狐目の男を振り向いた。呼吸ひとつ乱れていない。浪人のあまりの落ち着きように頭に血がのぼった。

「野郎」

匕首を腰だめに、狐目の男は浪人に体当たりした。相討ち覚悟の度胸殺法だった。が、匕首の柄《つか》を握った手首を浪人に摑《つか》まれたかとおもうと、躰は宙に舞っていた。したたかに河原に叩きつけられた痛みに呻きながらも、死力をふりしぼって立ち上がった狐目の男は、匕首を構えようと強く右手を振った。しかし、痺《しび》れたその手に、匕首はなかった。

狐目の男は浪人を見やった。浪人の手に匕首が握られていた。浪人の計る間合いは寸分の狂いもなく狐目の男の動きをとらえ、その動きを利して投げ技をかけると同時に匕首まで奪い取っていたのだ。手玉に取られた身でありながら、狐目の男は浪人の手並みの見事さに拍手喝采《かっさい》を送りたいとの奇妙なおもいにとらわれ、しばし呆《ほう》けたように立ち尽くした。

狐目の男の茫然の態《てい》は、浪人のひとつの仕草によって打ち払われた。浪人が投げた匕首が、足下で派手な音を立てて転がった。その音に我にかえった狐目の男は、素早い動きで匕首をひろい上げ、身構えた。手下たちも立ち直り、それぞれ匕首を手にしていた。

浪人に男たちが一歩迫った。

間髪《かんはつ》を容《い》れず——。

浪人は、腰の大刀を抜きはなっていた。まさしく、抜く手も見せぬ動きであった。狐目の男を見据えて、言った。

「こんどは、斬る」

脅しでない証に浪人の眼に強い光が宿っていた。

気圧《けお》されて、手下たちの足が竦《すく》んで、止まった。狐目の男は、勝ち目がないことをさとった。浪人を睨み据え、

「出直してきまさぁ」

そう言って後退《あとじさ》った。踵《きびす》を返して、走り去る。手下たちが後につづいた。

浪人が刀を鞘《さや》におさめたとき、慈雲の声が響いた。

「息絶えたか。哀れな」

振り向いた浪人の視線の先に、雪笹の鼻先に手をかざした慈雲の姿があった。

慈雲が浪人を振り返った。

「女はわしが運ぶ。おぬしは男を担いでわしと一緒に来い。この音無川《おとなしがわ》沿いにすこし行けば、わしが住職をつとめる浄閑寺じゃ」

有無《うむ》を言わせぬ口調であった。

慈雲は雪笹の死体を背負って、さっさと歩き出していた。

浪人は、男の死体を抱え上げ、肩に担いだ。振り返ることもなく歩き去る慈雲の後を追って、悠然と歩き出した。

二

浄閑寺は、栄法山清光院《えいほうざんせいこういん》と号する、明暦《めいれき》元年（一六五五）に開創された百二十余年の歴史を有する浄土宗《じょうどしゅう》の寺院である。

雪笹と男の死体を本堂に安置した慈雲と浪人は、その浄閑寺の庫裏《くり》の濡れ縁に坐し、月見酒と洒落《しゃれ》こんでいた。

一言《ひとこと》もかわすことなく、浪人と慈雲は盃を口に運んでいた。すでに呑みはじめて小半刻（三十分）になる。

空には、音無川の河原と変わらぬ月が煌々《こうこう》と光をはなっていた。

突然、慈雲が声をかけた。

「おぬし、この寺に住まぬか」

浪人の盃を運ぶ手が止まった。

が、それも一瞬のこと……。

浪人は黙然と盃を飲み干《ほ》し、濡れ縁に置いた。その盃に、慈雲は貧乏徳利から酒を注《つ》いだ。浪人は、酒の満たされた盃を手に取った。

慈雲は、茶碗酒をぐいとあおった。盃でちびちびやるなど性《しょう》に合わぬ慈雲は、いつも茶碗酒だった。軽く息を吐いて、言った。

「般若湯を呑んでも乱れぬおぬしが、哀れでならぬわ。よいか、般若湯はおのれを忘れるために呑むものよ。もう少し楽しそうな顔をしろ。わしは、寂しい」

浪人がちらりと視線を慈雲に走らせた。

「死人が出た夜は、みょうに寂しい。人は、生きることが楽しくて、生きているわけではない。死ぬことが怖いから生き続けるのだ。しかし、人は必ず死ぬ。この世に生まれ落ちたときに、すでに人は死ぬことを運命づけられておる。人は、死ぬために、ただそれだけのために生きていくのだ」

浪人は、盃を口に運んだ。慈雲の話を聞いているのかいないのか、その様子からはさだかにわからなかった。

慈雲は空《から》になった茶碗に酒を注いだ。茶碗を手に取り、ことばを継いだ。

「この浄閑寺は投込寺とも呼ばれておる。吉原の遊女たちが死んだら、男衆は門前に死骸を投げ捨てていく。いわば身を売った女たちの行き着く果てなのじゃ。死んだ女たちが極《ごく》楽《らく》へ行くか地獄へ行くか、わしは知らん。わしの務《つと》めは、死人が三途《さんず》の川を無事に渡ることができるよう手助けすることだけじゃ。いわば、わしは三途の川の渡し守《もり》なのじゃよ」

浪人は口を開かない。ただ黙って盃を口に運んでいる。

慈雲は茶碗を傾けた。一息呑んで、言った。

「『仁義礼智信忠孝悌《じんぎれいちしんちゅうこうてい》』。浮世で説く八徳はこれじゃ。だが廓《くるわ》では八徳をこう言う。『孝悌《こうてい》忠信礼義廉恥《ちゅうしんれいぎれんち》』。浮世では『仁』『智』は八徳に数えられるが、苦界《くがい》では『廉』『恥』が八徳に数えられる。つまり、苦界には『仁』『智』は無用ということなのじゃ。苦界では物事の筋道を明らかにする意味を持つ『廉』、恥じる意の『恥』の二文字が、思いやり、慈《いつく》しみを示す『仁』や物事を理路整然とわきまえ、判断する意味の『智』よりも大切なのじやよ」

浪人は貧乏徳利を手に取り、干した盃にみずから酒を注ぎ込んだ。

慈雲は、そんな浪人の動きを目に留《と》めることなく話をつづけた。

「わしは、筋を通し、恥を知ることを何よりも大事なことと思いさだめ、『廉』『恥』を八徳にくわえる苦界を、いわゆるこの世とは違う、他の世界としてとらえておる。つまり、天地にはこの世とあの世のほかに、この世と見えてこの世にあらぬ世界が存在するのじゃ。色にたとえれば白、黒、灰色とでも言うのかの。わしはこの寺の住職を前任の者から引き継いだときから、白と黒の間を流れる灰色の川、三途の川の渡し守となることを決意したのじゃ」

浪人が濡れ縁に盃を置いた。

「この世とあの世と、この世と見えてこの世にあらぬ世か」

ぽつりと、浪人がつぶやいた。

慈雲は、つづけた。

「死人と見える者のなかには三途の川を渡ることが決まっておる者、手を貸せば渡らずにすむ者、生《せい》つづくと見えても渡らさねばならぬ者がいる」

「渡らずにすむ者、渡らさねばならぬ者」

浪人が、うむ、と小さくうなずいた。何ごとか得心したかのような仕草だった。

慈雲が、ぽん、と膝を打って、言った。

「よし、決まった。おぬし、三途の川の用心棒をやれ」

有無を言わせぬ慈雲の声音だった。浪人は、盃を、一息に干した。

「ところで三途の川の用心棒が名無しの権兵衛ではうまくないのう」

慈雲は思案をめぐらすかのように、空に視線を泳がせた。中天に、煌々と月が浮かんでいた。慈雲は浪人の素性を何ひとつ聞こうとはしなかった。それどころか、浪人が河原で狐目の男に告げた「名は、ない」という一言を、そのまま受け入れようとしている。

「月下の河原に立っていたおぬしの姿は、さながら高貴な公家《くげ》の忍び姿と見えたぞ。月下の瀬か……」

軽く首を傾げ、しばし思案して、慈雲はつづけた。

「月下の瀬で、月ヶ瀬《つきがせ》。古代、宮門《きゆうもん》の警衛《けいえい》、供奉《ぐぶ》にしたがった兵士を近衛舎人《このえのとねり》と言った。また、朝廷で帝《みかど》を補佐し、政《まつりごと》をつかさどった職に左大臣、右大臣がある。……用心棒に刀はつきもの。刀は右手で抜くがふつうじゃな。右大臣……右……近衛……。右近《うこん》。月ヶ瀬右近。悪くない。おぬしの名、今宵、愚僧が命名した。月ヶ瀬右近。おぬしはこの時、この場から月ヶ瀬右近じゃ」

慈雲が手を伸ばし、浪人の肩を叩いた。幼いころから触れ合ってきた友との再会を喜び、おもわず為《な》す所作に似ていた。

右近は、慈雲を振り向こうともしなかった。酒を注いだ盃を手にして、しずかに言った。

「月ヶ瀬右近、か。和尚《おしょう》が、それで気がすむなら、それでも、よい」

右近は盃に視線を落とした。

月が、浮いていた。

一気に酒を飲み干した。


翌朝、江戸・千住《せんじゅ》に在《あ》る浄閑寺は深い靄《もや》に包まれていた。

その浄閑寺に開門と同時に乗り込んできた男がいた。足抜きした遊女・雪笹と相方の御《お》店者《たなもの》を自殺に追い込んだ狐目の男だった。

男は、風渡《かぜわた》りの伊蔵《いぞう》、と名乗った。伊蔵は吉原の四郎兵衛《しろべえ》だった。四郎兵衛とは、吉原遊郭を差配する三浦屋四郎右衛門《みうらやしろうえもん》直属の配下で、大門《おおもん》を入ってすぐ右側にある会所に詰め、廓の出入りなどの監視、監察を主たる任務とする、いわば吉原の番人ともいうべき役向きの男衆の束《たば》ね役の職名であった。その配下の男衆を亡八者、廓主《くるわぬし》を亡八と呼び分けた。

　表門をあけた修行僧から、

「住職はまだやすんでおられます」

　と告げられた風渡りの伊蔵だったが、

「起きられるまで待たせていただきやす」

　と本堂近くに置かれた庭石に腰を下ろし、慈雲が起き出すのを黙然と待っていた。昨夜のいきり立った様子からは想像もできない物静かさだった。

　払暁まで右近と呑みつづけた慈雲が目覚めたのは、昼の四つ（午前十時）であった。修行僧から、

「風渡りの伊蔵という吉原の四郎兵衛が御住職に面会を申し出ております。『会って話を聞いてもらうまでは帰れない』と言って、本堂前で待っておりますが、いかがいたしますか」

　と告げられた寝ぼけ眼《まなこ》の慈雲は、大きく溜息《ためいき》をついた。

「折角よい気持ちで目ざめたものを、朝っぱらから面倒事か」

　とつぶやき、這《は》いずって庫裏の戸障子《としょうじ》をわずかに開け、隙間から境内《けいだい》をうかがった。庭石に腕組みをして腰掛けている伊蔵の姿を見届けた慈雲は、

「わしを突き飛ばした奴だ。虫の好かぬ奴だが、あの顔つきでは、意地を張ってなかなか引きあげまい。会わぬわけにはいかぬようだな」

そう言って、うんざりした顔つきになった。すでに起き出して庫裏の一隅で、壁に背をもたせかけて目を閉じていた右近に声をかけた。

「さっそくの珍客だ。三途の川の用心棒の初仕事。吉原の四郎兵衛との談合に立ちあってくれ」

悠然と目を見開いた右近は、慈雲を正面から見つめ、無言で首肯《しゅこう》した。

須弥壇《しゅみだん》の前に敷いた茣蓙《ござ》の上に雪笹と御店者は横たえられていた。ふたりの躰には、やはり茣蓙がかけられてあった。

本堂に招じ入れられた風渡りの伊蔵は、まず雪笹と御店者の死体に手を合わせた。はなから骸《むくろ》の成仏を祈るつもりでいたのか、伊蔵は数珠《じゅず》を用意していた。

祈り終えた伊蔵は、柱の脇に坐した右近を一瞥《いちべつ》したが、さして気に留めるふうもなく、ふたりの骸の傍らに坐る慈雲に向き直った。

「実は、お願いの筋がありやして」

物静かに切り出した伊蔵に慈雲が応じた。

「ご覧のとおりじゃ。雪笹と男は、完全に息絶えている。昨夜も申したが死んだ吉原の遊女はここ浄閑寺で葬るが決まり。昼過ぎにはふたりを懇《ねんご》ろに弔《とむら》ってやるつもりじゃ」

伊蔵は、黙って慈雲を見つめている。あくまでも物静かな物腰を崩そうとしなかった。

探り合いの、重苦しい沈黙がその場を支配していた。

ややあって、伊蔵が口を開いた。

「実は、足抜きした雪笹はねびきが決まっていた遊女でして」

右近が横合いから口をはさんだ。

「ねびき」

「廓では、身請《みうけ》のことをねびき、というのじゃ」

慈雲が右近の問いかけに応えた。

伊蔵が、ことばを継いだ。

「身請金はすでに受け取っておりやす。雪笹はあとは身請主に渡すだけの遊女だったわけで」

「だからと言って、死人を身請するわけにもいくまい」

「そのとおりで。遊女が死んだらこちらのお寺の門前に投げ置いていく定めだとは、あっしも存じておりやす。しかし、それではすまなくなりやした」

「雪笹をめぐってあらたな一悶着が巻き起こっているようじゃな」

慈雲のことばに伊蔵はうなずいた。

「へい。『雪笹は急死しましたのでこちらで始末いたしました』と身請主に申し上げ、『身請金をお返しする』と申し入れたところ、『身請金はいらぬ。一度身請したら、たとえ死体であっても当方の持ち物。煮て食おうと焼いて食おうと当方の勝手。すみやかに受け渡してもらいたい』と強硬きわまる申し入れ。雪笹の抱え主で、吉原総名主《そうなぬし》でもある三浦屋四郎右衛門も身請主を説得いたしやしたが、お聞き入れになりやせん。つきましては、雪笹の骸、是非にも引き渡していただきとうございやす」

「いいや渡せぬ。決まりは決まりじゃ」

「しかし」

「くどい。骸が一度でも寺門をくぐったら寺のもの。渡すわけにはいかぬ」

「そこのところを何とかなりやせんか。吉原の四郎兵衛、風渡りの伊蔵。このまま手ぶらで、子供の使いで引きあげるわけにはまいりやせん」

「渡せぬ」

慈雲の返答は、あくまでもにべもないものだった。

が、風渡りの伊蔵は諦めない。決して声を荒げることなく、同じ懇願を何度も繰り返し、慈雲を説得しつづけた。

慈雲と伊蔵の押し問答は、延々二刻(四時間)にもおよんだ。

ふたりのやりとりに口をはさむことなく坐っていた月ヶ瀬右近が、横からことばをかけた。

「このままいっても話がつくことはあるまい。無為に時間《とき》が過ぎるだけだ」

慈雲と伊蔵が、右近へ視線を向けた。

右近が、慈雲に言った。

「骸は用がすみ次第《しだい》、当寺で引き取る、との条件で伊蔵どのに雪笹の死骸を一時預けたらどうかな。そうすれば伊蔵どのの顔も立ち、浄閑寺の面目《めんもく》も保てるというもの」

「そう願えればありがてえ。住職さん、何とかその線でお願いできやせんか。このとおりだ」

と額を畳に擦《こす》りつけた。

慈雲は右近を見やった。

「右近。おぬしが死体引取人として伊蔵とともに吉原へ出向き、用がすんだら雪笹の死体とともにもどってくるという条件を伊蔵が『守る』と約束するなら、それでもよかろう」

右近は伊蔵を見やった。

「どうだな」

「守りやすとも。あっしには願ってもない話で」

「和尚。聞いてのとおりだ。おれも死体引取人の役目、引き受けよう」

そう言って、右近は微かに笑みを浮かべた。

三

吉原へいったんもどった伊蔵は、荷車を曳《ひ》いた数人の男衆を引きつれて浄閑寺へ引き返してきた。荷車には真新しい棺桶《かんおけ》が積んであった。

雪笹の死体をおさめた棺桶を荷車に積み込み男衆に曳かせた伊蔵は、右近とならんで荷車の先に立ち、歩をすすめた。歩きながら伊蔵はぽつりぽつりと雪笹のことについて右近に話しはじめた。

雪笹の吉原での格は、座敷持《ざしきもち》だった。座敷持とは自分の部屋とは別に客を迎える部屋を持つ遊女のことである。

吉原の遊女たちは、上位から太夫《たゆう》、格子《こうし》、呼出《よびだ》し、昼三《ひるさん》、附廻《つけまわ》し、座敷持、部屋持《へやもち》、振《ふり》袖新造《そでしんぞう》、袖留《そでとめ》新造、番頭《ばんとう》新造、局女郎《つぼねじょろう》と格付けされ、それによって遊び方や売り値が決まっていた。

雪笹と心中した男は呉服問屋「都倉屋《とくらや》」の手代で、雪笹とは入谷《いりや》の裏長屋で隣り合って暮らした、いわば幼馴染《おさなな じ》みの間柄であった。呉服の商《あきな》いで御店から吉原に差し向けられ、出入りしているうちに雪笹と再会し、恋仲になったものらしかった。

雪笹が心中にいたった経緯を語り終えた伊蔵は、それきり口を噤《つぐ》んだ。素振りから、これ以上無用なお喋りはするまい、とこころに定《き》めていることが右近にもよくわかった。

三輪《みのわ》から山谷《さんや》まで八丁（約八〇〇メートル）あることから俗に土手八丁とも言われる日本堤《ほんづつみ》を行くと、右手にある見返柳《みかえりやなぎ》の枝々が風にそよいでたおやかに揺れていた。

「見返柳を右へ下る衣紋坂《えもんざか》の五十間道《ごじゅっけん》を行くと大門《おおもん》で。大門を入ると吉原は廓内となりやす」

伊蔵が右近に告げた。右近は無言でうなずいた。

暮六つ半（午後七時）すぎ、三浦屋は、三弦《さんげん》の音と遊女たちの嬌声でいつもと変わらぬ賑《にぎ》わいを見せていた。が、その三浦屋の奥まった座敷には、華やかな喧噪とは裏腹に重苦しい沈黙がただよっていた。

座敷の下座には三浦屋の主人・四郎右衛門が、畳に額を擦りつけんばかりに平伏していた。いやしくも三浦屋は吉原の総名主である。客商売の遊郭とはいえ吉原の頭《かしら》とも言うべき三浦屋がとるにしては、みじめな、あまりにもへりくだった対応であった。

床の間を背に、冷《ひ》ややかな視線を四郎右衛門に投げながら、不機嫌さを剝き出しに盃をあおっているのは幕府勘定吟味役《かんじょうぎんみやく》・安藤主馬《あんどうしゅめ》であった。傍らに坐る武士は十三湊《とさみなと》藩勘定方差配・島田庄二郎《しまだしょうじろう》。島田に対面するかたちで、わずかに下座に控えているのは北海屋藤兵衛《とうべえ》だった。

この安藤主馬こそが雪笹の身請主であり、贅《ぜい》を極めた総絹の衣服を身にまとった、みるからに富裕な大店の主人といったようすの北海屋が身請の金主《きんしゅ》もとであった。

もともと暮六つ半との約束だったのだが安藤たちは暮六つ（午後六時）には三浦屋へ繰り込み、四郎右衛門を呼びつけた。

衣服をあらためて挨拶《あいさつ》に罷《まか》り出た三浦屋に、安藤は、

「此度《こたび》のこと、断じて許し難《がた》きことなれど、死化粧をし、着飾った雪笹の最後の艶姿《あですがた》を披露《ひろう》するとの殊勝な申し出もあり、話だけは聞いてつかわす。まず、何より雪笹の姿を見るが先じゃ。三浦屋、雪笹が姿を見せるまで平伏したままでおれ。身請金を受け取ったにもかかわらず遊女に足抜きされた空《うつ》け者の面《つら》、見たくもないわ」

と憎々しげに告げ、運ばれた酒をさもまずそうに呑みつづけているのだった。

雪笹の死化粧の支度が遅れているのか、小半刻近く過ぎても座敷の戸襖《とぶすま》は開かなかった。

「三浦屋、わしをたばかったのか」

待ちくたびれた安藤が陰険な目つきで三浦屋を睨み据えたとき、戸襖の向こうから声がかかった。

「雪笹さんがお着きになりました」

三浦屋が戸襖に向き直って、応じた。

「身請主さまがお待ちかねだ。お入り」

その声に呼応して戸襖が開き、生き人形さながらに、人形箱に擬《ぎ》した漆《うるし》塗りの柩《ひつぎ》に入れられた雪笹が運び込まれた。羽織を羽織った伊蔵の指示のもと、座敷の、安藤主馬たちと向かい合うところに人形箱は立て置かれた。どのような仕掛けをほどこしたのか人形箱のなかの雪笹は、眸《め》こそ閉じているものの華やかな衣装に身を包み、念入りに化粧をほどこした、生ある花魁《おいらん》の立ち姿としか見えなかった。

三浦屋と襟元に染め抜かれた半纏《はんてん》を身につけた数人の男衆が、人形箱の後にまわって倒れぬように支えていた。伊蔵は、戸襖近くに邪魔にならぬように控えている右近の傍らに坐った。男衆とおなじ三浦屋の半纏を着込み、その場にとけこむ出立ちの右近だったが、身についた骨柄《こつがら》は隠しようもなかった。

食い入るように雪笹を見つめる安藤主馬には、右近のことなど気に留める様子もなかった。

ややあって、安藤主馬が口をひらいた。

「なるほど、生きているようだ」

安藤主馬はやおら立ち上がり、三浦屋を見据えた。

「三浦屋。雪笹の身請金、返さずともよいぞ」

三浦屋四郎右衛門は顔を上げ、安藤主馬に視線を向けた。穏やかな目の色であった。

「身請金はお返しいたします。本日の座敷は、雪笹最後の奉公。死化粧させてまで務めさせましたが、私めも雪笹にこれ以上のことを強《し》いるつもりはありませぬ。雪笹は引きあげさせていただきまする」

「いいや、それはならぬ」

安藤主馬は一歩前へ出、

「北海屋」

と振り向くことなく呼びかけて、腕を差し出した。

「それでは、かねて用意のものを」

そう言った北海屋は、脇に置いた風呂敷包みをほどき、掛け軸の入った箱とおぼしきものを取りだした。箱の蓋《ふた》を開ける。取りだしたものは脇差であった。

三浦屋は、凝然と見つめ、

「お武家さまのお腰のもの、脇差などの刀剣類は吉原の座敷へは持ち込めぬ定めでございます。ひそかに持ち込まれるなど許されぬこと」

表情を変えることなく、やんわりと言い放った。

「定めだと。定めを破ったのは三浦屋、おまえたちのほうではないか。身請金を払った身請主に遊女もよこさぬおまえこそ定め破りの張本人ではないのか」

そう言い放ち安藤主馬は、脇差を抜きはなった。

三浦屋に、鈍色《にびいろ》の白刃《はくじん》を気に留めた様子はなかった。

「受け取りました身請金五百両でございます」

そう言って、傍らに用意してあった袱紗《ふくさ》包みを安藤主馬の前に置いた。袱紗を開くと封印付きの小判の包みが三段に積まれてあった。

「かさねてお願い申し上げます。身請金五百両、御受領くださいませ」

三浦屋は畳に両手をつき、深々と頭《こうべ》を垂れた。

落ち着き払った三浦屋の動きが安藤主馬の怒りを増幅させた。ぎらついた眼をさらに吊《つ》り上げ、わめいた。

「身請金などいらぬ。雪笹の躰はわしが買ったのだ。切りきざもうがもてあそぼうがわしの勝手だ」

脇差を振り上げた安藤主馬を、顔を上げた三浦屋が見据えた。

「そのようなこと、ご身分にかかわります。なにとぞこの場は身請金をご受領いただき、なにごともなく、このままおさめていただきたく願い上げます」

「ならぬ」

吠え立てた安藤主馬が半歩足をすすめた。

「安藤さま」

低いが、厳しさのこもった三浦屋の声音であった。安藤に注いだ三浦屋の眼に、いままでとは違う、強い光が宿っていた。三浦屋の発する気迫に気圧《けお》され、安藤主馬は動きを止めた。

三浦屋が、ことばを継いだ。

「いかに苦界に住み暮らした者とはいえ雪笹も人の子でございます。骸への凌辱は、この三浦屋四郎右衛門、承服いたしかねます」

烈々たる気概が三浦屋の満身から迸《ほとばし》っていた。満面を朱に染め、三浦屋を睨み据えていた安藤主馬が、ことばにならぬ咆哮を発した。

突然——。

安藤主馬が身請金の山を蹴り飛ばした。封印の紙が切れ、小判がけたたましい音を立てて飛び散った。その音に負けじと、脇差を振り上げた安藤主馬が声を投げつけた。

「ならぬ。ならぬわ。聞けば、雪笹はわしの身請が決まったあと、足抜きをしたというではないか。大恥をかかせおって。雪笹の死体、跡形《あとかた》も残らぬほどに切りきざんでくれるわ」

「安藤さま」

三浦屋が一膝すすめたとき、

「これ以上の邪魔立て、許さぬ」

怒鳴った安藤主馬が脇差を振り下ろした。

三浦屋の肩口に安藤主馬の刃《やいば》が食い込んだ、と見えたとき、三浦屋の躰は横っ飛びに転がっていた。

咄嗟《とっさ》のことであった。

三浦屋には何ごとが起こったか見きわめがつかなかった。ただ、風のように近寄った何者かが三浦屋の肩を強く押し、ともに横転したことだけはおぼろにわかっていた。

三浦屋は目を上げた。視線の先に白い着物を身にまとった男の背中があった。三浦屋は、黒襟に白の着流し姿のその男が、自分をかばって坐しているのだ、と察した。

転瞬、その男は、三浦屋の前から雪笹の人形箱の前に身を移した。俊敏な身のこなしであった。三浦屋は、安藤主馬の行く手を塞いで坐った男を瞠目《どうもく》した。

男は、風渡りの伊蔵とともに、雪笹の骸の引取人として吉原へ出向いてきた「浄閑寺の食客、月ヶ瀬右近」と名乗った浪人だった。

「どけ。無礼であろう。わしは……」

居丈高《いたけだか》にわめきたてる安藤主馬に右近が告げた。穏やかな、世間話でもしているような口調だった。

「吉原においては身分の差などない、と聞いている。私は、雪笹を葬ることになっている浄閑寺より差し向けられた死体引取人。雪笹の骸に傷ひとつつけずに持ち帰るのが私の仕事。雪笹の死体を切りきざむ前に私をお斬りなされよ。だが、もし、斬れぬときには……」

「斬れぬときにはどうするというのだ」

言うなり安藤は脇差を八双《はっそう》に構えた。

「御髷《おまげ》、頂戴《ちょうだい》いたす」

そう言った右近の片頬に、微かに皮肉な笑みが浮かんだのを安藤主馬は見逃さなかった。

「愚弄いたすか」

安藤主馬は右近に向かって袈裟懸《けさが》けに斬りかかった。

が、勝負はあっけなく終わった。右近は斬りかかった安藤主馬の腕を摑むや、その勢いを利して投げ倒し、膝下《しっか》に組み伏せていた。右近の右手には安藤主馬から奪った脇差が握られている。安藤主馬の腕を摑んだとき、瞬時に脇差を奪い取ったに違いなかった。右近は、もがく安藤主馬の顔面を一方の手で押さえつけた。

「御髷頂戴」

一声発し、安藤主馬の頭部に脇差を押し当て、一気に髷を切り落とした。

髷を手にした右近は膝を引き、安藤を解き放った。

安藤主馬の顔面にざんばらと、乱れた髪がふりかかった。安藤主馬が悲鳴に似た声をあげ、頭を押さえた。

そんな安藤主馬の眼前に右近が、切り取った髷を突きつけ、告げた。

「この髷を雪笹の身請金の五百両にて買い戻していただきたい。雪笹の弔《とむら》い料に使わせていただく。三浦屋どのには異存はござらぬな」

「身請主さまにお返ししたもの。安藤さまと金主もとの北海屋さまにご承知いただければ、当方には何の異存もございませぬ」

三浦屋のことばに北海屋が応じた。

「安藤さまのおこころのままに」

北海屋が応えを求めるかのように視線を安藤主馬に移した。

「髷だ。髷を返せ」

頭を両手で押さえたまま安藤主馬が叫んだ。その躰が、瘧《おこり》でも起こしたかのように痙攣《けいれん》している。

逆上しきった安藤主馬に右近がしずかに告げた。

「髷代五百両。びた一文まからぬ」

「髷代、払う」

安藤主馬の声は悔しさに震《ふる》えていた。

「頂戴いたす」

右近は振り返ることなく伊蔵に呼びかけた。

「伊蔵どの、すまぬが散らばった小判を拾い、もとのように袱紗に包みなおしてくれ」

伊蔵は立ち上がりながら言った。

「承知つかまつりやした。それと、これからは、伊蔵、と呼び捨てておくんなさい」

伊蔵はまず袱紗を、つづいて小判を拾いあつめた。

安藤主馬に視線を注ぎながら右近がことばを継いだ。

「伊蔵。小判五百両を袱紗に包み終えたら、雪笹の骸を浄閑寺へ運び込んでくれ。無事運び終えたとの知らせを受け次第、安藤殿に髷を渡す」

「わかりやした。男衆、聞いてのとおりだ。荷車を用意しな」

廊下に控えていた男衆のひとりがうなずいて、手配するべく立ち去った。見届けた伊蔵は、雪笹の骸を入れた人形箱を支え持つ男たちに告げた。

「雪笹の最後のお務めは、これにてお開き。人形箱に入れたまま雪笹を運び出すんだ」

首肯した男たちが雪笹の人形箱を担ぎ上げた。

眉ひとつ動かすことなく右近は、男たちが雪笹の入った人形箱を座敷から運び出すのを目の端にとらえていた。人形箱が運び出され、廊下との仕切りの戸襖が閉じられたのを見届けた右近は、傍らに居ずまいをただして坐った三浦屋に目線を走らせ、言った。

「三浦屋どの、頭巾《ずきん》を用意していただけぬか。安藤殿、髷なしの頭では、帰るに帰れまいからの」

「さっそく手配つかまつります」

三浦屋は笑みをふくんで頭を下げた。

四

翌日、雪笹と心中相手の手代を慈雲や数人の修行僧たちと懇《ねんご》ろに弔った右近は、

「これまで世話になっていた詠海寺《えいかいじ》へ出向き、住職にこちらへ移り住む旨《むね》をつたえ、御礼かたがた別れを告げてきます。慈雲殿、これからは、日々お世話をかける。よろしくたのみます」

と告げ、頭を下げた。

慈雲は、

「何かの役に立ててくれ」

と、二十歳《はたち》ほどの玄妙《げんみよう》という名の修行僧を、固辞する右近に強引に押しつけて、

「なんの、気にすることはない。三途の川の用心棒に逃げられないための見張り役じゃよ」

と、高笑いした。

根岸《ねぎし》の里の、三嶋《みしま》大明神近くに在る詠海寺は本堂と住職の住まいが一緒になっている小さな寺だった。住職の慶山《けいざん》は比叡山《ひえいざん》で修行を積んだ老僧であった。数年前に病没した右近の父の知り合いで、何の前触れもなく京から江戸へ出てきた右近に、理由ひとつ聞くことなく、

「落ち着く先が定まるまで自由気儘《きまま》に住み暮らすがよい」

と客人向けの座敷を使わせてくれた、恩ある人物だった。

濡れ縁に坐った慶山は、浄閑寺が死んだ吉原の遊女たちの骸を門前に投げ捨てていく、いわば遊女たちの行き着く果てであること、住職の慈雲が三途の川の渡し守だといったことなどを、傍らに坐した右近から聞かされて、境内の木々に目を向けた。狭いが、手入れの行き届いた庭園だった。慶山ひとりで住まう寺である。木々によほどの愛着がなければ出来ないことと常日頃、右近は感じ取っていた。

「吉原の遊女たちの行き着く先に住まう三途の川の渡し守と申されたか。三途の川の渡し守、とな」

そう言ったきり、慶山はしばし黙りこんだ。

ややあって、

「木々と触れ合う風の声が聞こえるかな」

と、右近に問いかけた。

「いまだ未熟者ゆえ」

応じる右近を微笑で見つめて、慶山は言った。

「わしには聞こえる。詠海寺の猫の額ほどの境内に吹く風が、おぬしはいいところへ移り住む、と祝っておる」

「私にも、吹く風が発することばを聞き分けることができる日がくるでしょうか」

「来るとも。必ず、風の声なき声を解しうる日が来る。浄閑寺は、そのためにも、もっともよきところだと、わしもおもう」

右近は、黙ってうなずいた。

詠海寺の塀際に見事な枝ぶりの松の老木が数本立ちならんでいる。背後にある空が、蒼《あお》く澄み渡っていた。右近は、この景色もこれで見納めになるかもしれぬ、とおもった
「この世と見えてこの世ではない世」

と慈雲は吉原のことを言いあらわしていた。となると、吉原の遊女たちの行き着く果てである浄閑寺は、

「この世と見えてこの世ではない世へ、この世から通じるけものみち」

と言えはしまいか。右近は、いま、その、

「この世と見えてこの世ではない世へ通じるけものみち」

に踏み込もうとしているおのれを、あらためて見つめ直した。右近の知らない、予測のつかぬところであることはたしかだった。

（それだけに、おもしろい。あらかじめ定められた道筋を往《ゆ》くほど、退屈で、つまらぬことはない）

右近は、これから慈雲とともに踏み出していく、見知らぬ浮世で遭遇するであろうさまざまな物事に、おもいを馳《は》せた。

着替えなどを入れた大きな風呂敷包みを背負った玄妙とともに浄閑寺へもどった右近を見いだし、境内を掃《は》いていた慈雲が破鐘《われがね》のような声で呼びかけた。

「帰ったか。庫裏の一間を用意しておいた。わしが修行僧たちに隠れて般若湯を楽しむために残しておいた座敷だが、おぬしのためだ、清水《きよみず》の舞台から飛び降りた気で譲り渡すぞ」

と、やはり境内を掃いていた修行僧に箒《ほうき》を渡し、先に立って歩き出した。

右近は、口を開くことなく、玄妙とともに慈雲につづいた。

翌日から右近は、朝のひとときは剣の錬磨、昼からは書見をして過ごした。その間、境内に出ては箒を手にしたり、ふらりと近くへ散策に出かけたりもした。

不思議なことに右近は、日々勤行《ごんきょう》を欠かさぬ浄閑寺に寝起きしているにもかかわらず、経文のひとつも唱《とな》えようとはしなかった。

「信心するこころを持ち合わせておらぬお人かもしれぬ」

修行僧たちは、恵心僧都《えしんそうず》の御作とつたえられる浄閑寺の本尊・阿弥陀如来《あみだにょらい》に、一度も手を合わせぬ右近を、なにやら得体の知れぬ人物と看《み》て警戒のこころを解くことはなかった。

恵心僧都とは平安中期の天台宗《てんだいしゅう》の高僧・源信《げんしん》の通称である。天台学派の祖として『往生要集《おうじょうようしゅう》』を著《あらわ》して浄土宗の基礎をきずき、仏画・恵心派の始祖でもある名僧が丹誠込めて彫《ほ》り上げた阿弥陀如来像に合掌《がっしょう》せぬ者がこの世に存在するなど、仏を信奉する修行僧たちにとって前代未聞《ぜんだいみもん》の出来事であった。

慈雲には、そんな修行僧たちのおもいを意に介《かい》する様子はまったくなかった。閑《ひま》さえあれば右近の部屋へ顔を出し、他愛のない世間話に興じ、夜は夜で貧乏徳利を手に押しかけては酒を酌《く》みかわした。右近は、呑んでもけっして乱れることはなかった。いつも変わらぬ右近のありように、

「そのうち酔い潰《つぶ》してくれるわ」

と言っては高笑いし、挙《あ》げ句《く》の果てに、酔い潰れて寝入ってしまう慈雲であった。


右近が浄閑寺に寄宿してから、数日後のこと……。

投げ捨てられる遊女の骸の置き場とも言うべき浄閑寺の門前に立った、ひとりの女がいた。その女は、武家の子女をおもわせる品格を感じさせながらも、富裕な商家生まれのあでやかな雰囲気をも醸《かも》し出していた。

女は、束ねた花を手にした男をひとり、供として連れていた。男は商家の手代ふうの出立ちをしていたが、よく見ると吉原の四郎兵衛、風渡りの伊蔵に相違なかった。

年のころは二十歳を二つ三つすぎたあたりだろうか、隠そうとしても隠しきれない妖艶な色気を深川鼠一色《ふかがわねずみひといろ》の小袖という地味な出立ちで覆《おお》い隠しているこの女こそ、艶名《えんめい》高い、吉原の花魁・高尾《たかお》太夫その人であった。

高尾は、浄閑寺の表門を入ったところで足を止めた。高尾の視線の先に、摘《つ》んだ野の花を雪笹の塔婆に供える右近の姿があった。

右近はしばし塔婆を見つめていたが、やがて立ち上がって、庫裏のほうへ立ち去っていった。右近は、雪笹の塔婆に花を手向《たむ》けてはいたが、手を合わせてはいなかった。そのことが高尾のこころに稀代《きだい》不思議のこととうつった。高尾はいつしか右近の一挙手一投足《いっきょしゅいっとうそく》に視線を注いでいた。

明らかに右近は高尾の視線に気づいていた。が、けっして高尾を見ようとはしなかった。

「あのお方は」

右近の消えたあたりに目線を向けたまま、高尾は伊蔵に問いかけた。

「噂の、月ヶ瀬右近さまで」

応じた伊蔵に高尾は無言でうなずいた。

高尾は、雪笹の塔婆の前で膝を折り、伊蔵から受け取った花の束をささげ置き、数珠を手に合掌した。何を語りかけているのか高尾の祈りは、小半刻近くつづいた。伊蔵はその背後で膝を屈して、身じろぎもせず高尾の祈りが終わるのを待っている。

祈り終えた高尾が立ち上がり、伊蔵に告げた。

「御住職さまにご挨拶したい。取り次いでおくれ」

「すぐ手配りいたしやす。高尾太夫、まずは本堂の前までお移りを」

そう言って伊蔵は高尾を案内《あない》すべく歩をすすめた。

本堂の、阿弥陀如来が鎮座する須弥壇の前に、慈雲と高尾太夫が向かい合って坐っていた。高尾太夫の斜め後ろには伊蔵が、入口の柱の脇には右近が坐していた。

慈雲と高尾の間には小さな布袋が置かれていた。布袋は口があけられ、小粒や一分金《いちぶきん》が覗いていた。

「雪笹や当寺に葬られた遊女たちの供養代に、と吉原の遊女たちが寄せ集めた、こころづくしの金子《きんす》でございます。あわせて三両ほどになります。お納めください」

高尾のことばを聞きながら、慈雲は小粒のひとつをつまみ上げ、おのれの眼前にかざした。

「まさしく浄財《じょうざい》。遊女たちの削った血肉が染みついておるわい」

誰に聞かせるともなくつぶやいた慈雲は、小粒をもどし、布袋ごと押しいただいて頭を垂れた。

「浄閑寺は貧乏寺でな。ご喜捨《きしゃ》のほど、痛み入る。遠慮なく、いただいておく」

慈雲は布袋を懐にねじこんだ。

「では、これにて」

しばし黙り込んだ慈雲にうながされたかのように高尾が告げた。

慈雲は破顔一笑して、応じた。

「当代一の花魁と誉れの高い吉原の高尾太夫を遇するにはあまりに愛想なしだったのう。男所帯の貧乏寺のことゆえ、たいしたもてなしも出来ぬが気が向いたら足をお運びくだされ。拙僧の目の保養になる」

笑みで応え、

「おことばに甘えて、遠慮なく参らせていただきます」

と立ち上がりかけた高尾に伊蔵が声をかけた。

「しばしお待ちくださいまし。月ヶ瀬さまにお話ししたいことがありやすんで」

「右近に話だと。伊蔵、河原でこっぴどくやられた意趣《いしゅ》返しなら、ならぬぞ」

慈雲のことばに、苦笑いして伊蔵が言った。

「意趣返しをしようにも痛い目にあうのはあっしの方と、はなから決まってまさあ。負けとわかった勝負はしないのが、あっしの世渡りの知恵ってやつで」

「なるほど。さすがに三浦屋四郎右衛門の懐《ふところがたな》刀と評される四郎兵衛・風渡りの伊蔵、なかなかよいこころがけじゃ」

慈雲は屈託ない笑い声をあげた。

伊蔵は慈雲に軽く会釈《えしゃく》を返し、右近のそばに膝をすすめた。

「月ヶ瀬さま、ちょいとお耳に入れたいことが。まわり縁までご足労願えますか」

右近は、無言で点頭《てんとう》した。

右近と伊蔵は本堂内からまわり縁へ出た。吹く風がさわやかに頬をなでて通り過ぎていく。

「話を聞かせてくれ」

「へい」

と伊蔵は軽く腰を屈め、声をひそめた。

「実は、御上《おかみ》の勘定吟味役である安藤主馬が『月ヶ瀬さまを斬る』といきまいていたと聞込みましたので」

「安藤、というと私が髷を切った武士のことか。あやつ、公儀の勘定吟味役であったのか」

そう言って右近はことばを切った。しばしの沈黙ののち、独《ひと》り言《ごと》とも取れる口調でつぶやいた。

「商人《あきんど》が勘定吟味役に遊女を身請してやったたか」

一瞬、右近の面に、ふっ、と冷えた笑みが浮いた。

伊蔵は、右近のわずかな変化を見逃してはいなかった。が、そのことはおくびにも出さない。ただ、

「あっしの見聞きしたところでは、安藤主馬は執念深い、蛇のような気性の男のようで。くれぐれも御用心なすって」

とつけくわえ、そこで話を打ち切るように、

「高尾太夫を待たせておりやすので」

と言い、頭を下げた。

五

浄閑寺の一方の塀は山谷堀に面していた。堀川《ほりかわ》沿いに河原をゆくと三輪橋の欄干《らんかん》下へ出る。堤をのぼると下谷通《したやとおり》新町《しんまち》の通りであった。

伊蔵から、「安藤主馬が月ヶ瀬さまを斬るといきまいている」と聞かされた翌日から、右近は、魚籠《びく》と釣り竿《ざお》を手に御行《おぎょう》松《のまつ》のあたりへ出かけては、二刻ほど魚釣りをして過ごした。右近は、安藤主馬が必ず襲ってくると推断していた。

(浄閑寺へ斬り込まれては和尚や玄妙ら修行僧たちに迷惑もかかるであろうし、何かと面倒なことになる)

そう考えた末の右近の連日の魚釣りであった。

すでに四日過ぎ去っていた。右近は昼九つ半（午後一時）に浄閑寺の裏門を出、堀川の河原へ下りて三輪橋下から通りへ上がって橋を渡り、金杉下町《かなすぎしたまち》と下谷の境を右へ曲がって御行松へ出た。

御行松は上野山《うえのやま》の北麓に位置し、

「類《たぐい》まれな清流」

と風雅を尊《たつと》ぶ江戸の文人・大商人から評された音無川の岸辺に立つ大木であった。周囲は叢林《そうりん》や田園がひろがる閑静な地で、

（誰にも邪魔されることなく斬りあえるところ）

と、右近は判じていた。

右近は、御行松からすこし離れた水辺に腰を下ろし、釣り糸を垂れていた。御行松そばには散策を楽しむ者相手の茶店があり、乱闘になったら関わりのない人たちを巻き込む恐れがあった。それを避けるために右近は、あえて御行松から遠のいたところに位置したのだった。

釣りに飽きたら、懐から書物を取り出して読むか、腕を枕にうたた寝をする。まさしく暇を持て余した浪人を地でいく、右近の暮らしぶりであった

上野寛永寺《かんえいじ》の打ち鳴らす夕七つ半（午後五時）の時鐘《じしょう》を聞いたところで右近はやおら腰

を上げて帰途につく。判で押したような日々がつづいていた。

遊び人ふうの男が遠巻きに見張っていることに気づいて三日になる。しかし、右近は気づかぬふうを装っていた。右近を襲撃しようと企む相手は公儀の勘定吟味役である。右近から先手を打って攻撃を仕掛けるわけにはいかない役向きにある者であった。

(下手《へた》に動けば公儀を敵にまわすことになりかねない)

そう右近は考えていた。

今日あたり仕掛けて来るかもしれぬ、と右近は推量していた。いつもは尾《つ》けてくる遊び人ふうの男の姿が見えなかったからだ。御行松の近くにある茶店に、およそ風流とは場違いの、見るからに人相の悪い浪人たちが数人、店先に置かれた床几《しょうぎ》に坐って酒を呑んでいた。

いつもと違うありさま、ということはいつもと違う事が起きる前触れ、と常日頃から右近は考えることにしていた。

(かならず来る)

夕七つ(午後四時)を過ぎたあたりで右近はそう確信した。近くの叢林で鳴く野鳥の声が途絶えた。右近は周囲を見渡した。慈雲と知り合い、浄閑寺へ住むきっかけとなった遊女・雪笹と幼馴染みの大店の手代が足抜きの果てに心中した河原は、ここから日光御門主《にっこうごもんしゅ》御隠殿《ごいんでん》へ向かってしばらく行った、さほど離れていないところであった。

考えてみれば安藤主馬の髷を切ったのも、雪笹がもとでのことである。その安藤の遺恨を受けて、安藤の手先と斬り合うことになるのも雪笹との行きずりの縁から、ということになる。江戸へ出てきて数ヶ月にもならぬ土地不案内の右近が、安藤主馬の差し向けた刺客たちと斬り合うところとして選んだのが雪笹心中の場近くだったというのは、不思議な因縁《いんねん》と言えぬこともなかった。

鳥の声が止《や》んで小半刻ほどの時が流れていた。ただ遠巻きにしているだけで仕掛けてこぬところをみると、刺客たちは帰途を襲うつもり、と右近は推測した。

敵が仕掛けてくるまで待つ気はさらさらなかった。右近はひそんでいる刺客たちをおびき出すことにした。釣り竿を引き上げ、釣り竿と魚籠を手にして立ち上がった右近のさまは、傍目《はため》には帰途につく姿としか見えなかった。

が、ここからがいつもと違った。右近は釣り竿や魚籠を間近の大木の根元に置き、ゆっくりと御隠殿の方へ歩き出した。そぞろ歩きの散策と見せて、右近は刺客たちを誘ったのだった。

刺客たちは、右近の帰路を襲うと仲間内で打ち合わせているはずである。その段取りが狂ったとき、どう動くか。右近が釣り竿と魚籠を置いていったのは再びこの場へもどってくる証、とふんでこのまま動かず待つか、あるいは右近ほどの武術の業前《わざまえ》の者なら、とうの昔に刺客たちがひそんでいることに気づいているに相違ないと判断して、段取りを変え、斬りかかってくるか。刺客たちは、安藤主馬の髷切りで右近の腕前は先刻承知のはずであった。

右近は、どちらでもいいと考えていた。ただ釣り竿と魚籠はそのまま放置し、取りにもどらぬと定めていた。敵の人数、腕前のほどもわからぬいまのありようでは、好んで敵の術中にはまる必要はない。武術の仕合いならともかく喧嘩出入りの、ただの諍《いさか》いごとである。敵に後ろを見せるは卑怯などと、くだらぬ意地を張る気はさらさらなかった。

(襲ってきたら迎え撃つ)

右近は、そう腹をくくっていた。そのときは、

(容赦なく斬る)

とも定めていた。

右近は、源氏天流奥伝《げんじてんりゆうおくでん》の腕前である。

源氏天流は剣、居合い、棒、実手《じつて》など武芸十八般を網羅した実戦主義の流派で、八幡太郎《はちまんたろう》の異名を持つ源 義家《みなもとのよしいえ》を遠祖とし、源氏流祖の鈴木次郎重行《すずきじろうしげゆき》を経て吉良上野之介義貞《きらこうづけのすけよしさだ》によって一流をなした古武術の流派であった。吉良家は足利《あしかが》時代以来、小笠原《おがさわら》家・伊勢《いせ》家

となら ぶ典礼の家元でもあった。徳川幕府が元和《げんな》元年（一六一五年）に高家《こうけ》の制を定めたとき石橋《いしばし》・品川《しながわ》の両家とともに吉良家も登用されている。小笠原流諸礼は外向きの典礼を、伊勢流は屋内典礼を主とし、吉良流はその中間に位置していた。主君・浅野内匠頭《あさのたくみのかみ》の仇を報ずるべく本所松坂町《ほんじよまつさかちよう》の吉良邸へ討ち入った大石内蔵助《くらのすけ》ひきいる赤穂《あこう》義士四十七人によって討ち取られた吉良上野之介義央《よしなか》は、源氏天流流祖・吉良義貞の末裔《まつえい》にあたる。源氏天流は始祖吉良義貞から佐々木《ささき》内蔵之介豊高《とよたか》、村瀬七郎左衛門《むらせしちろうざえもんのすけ》尉良章《よしあき》へと、それぞれの時代の流派中の達人に受け継がれていった。

右近は亡父が源氏天流皆伝《かいでん》の腕前だったところからその薫陶《くんとう》を受け、洛外愛宕《らくがいあたご》山中に隠棲《いんせい》していた栗田寛正斎《くりたかんしようさい》のもとでさらに修業を積んで、源氏天流の口伝《くでん》の秘技までをもすべて修めていた。

歩みをすすめる右近の後方の雑木林から一斉に鳥が飛び立った。刺客たちが動き出したに相違なかった。

右近は、音無川の水辺へ歩み寄った。立ち止まり、川面《かわも》を背にしてゆっくりと振り向いた。斬りかかるとき好んで水中に入る者はいない。水中に身を置けば、動きが不自由となり、闘うに不利は必定であった。右近は、よほどのことがないかぎり音無川に入り、水中から攻撃を仕掛けて来る者はおるまいと推断し、川を背に立ったのだった。この立ち位置だと、まずは三方からの攻撃に備えるだけですむ、とも計ってのことであった。

右近は動かない。じっと視線の先にある雑木林を見つめて立っていた。

寂静《せきせい》が、あたりに垂れ込めていた。

ややあって……。

雑木林から浪人たちが現われ出た。総勢十人たらず、と右近は目算した。浪人たちの真ん中にいる男が刺客たちの頭格《かしらかく》と見えた。身の丈《たけ》六尺（約一八二センチ）はあろうかという筋骨逞《たくま》しい大男で、総髪に結い上げた髪に乱れひとつなかった。濃い眉に、一重《ひとえ》で吊り上がった鋭い眼。への字形に閉じられた薄い、大きめの唇と鷲《わし》の嘴《くちばし》をおもわせる尖《とが》った高い鼻が、馬面《うまづら》ほどではないがやや長めの男の容貌に剣呑《けんのん》な印象をつくりだしていた。

男は右近と数間の距離を置いて立ち止まった。顎《あご》をしゃくると背後の浪人たちが左右に散って、右近を三方から囲む陣形をとった。右近は浪人たちの動きに目線を走らせた。多勢を相手の戦いである。攻撃は最大の防御。右近は、積極的に斬って出て血路を開くところに定めた。

男は足下を踏み固めて抜刀し、右近を見据えて、言った。

「神夢想流《しんむそう》・磯貝軍十郎《いそがいぐんじゅうろう》、野仕合い申し入れる」

右近の片頬に、皮肉な笑みが浮いた。

「野仕合いとは笑止《しょうし》。ただの命のやりとり。へたな口上は止《よ》しにするがよい」

腰のものを抜きはなった右近は、下段正眼に構えた。この構えだと左右から斬ってかかる敵の首根を返し技で仕留めることができる。

それを看て取った磯貝軍十郎が不敵に薄笑った。その眼に、ぎらついた、それでいてねっとりとからみつく、脂《あぶら》ぎった光が宿っている。

「なるほど。話には聞いていたが、おもった以上の業前。おれは、人を斬ったときのずしりと腕につたわる、なにやら重々しげな感触が好きでな。その感触を味わいたいがために人斬りをつづけている。とくにおぬしのような腕の立つ者を見つけると、躰中の血肉が滾《たぎ》り立つのだ」

舌なめずりせんばかりの、磯貝の様相だった。

右近は、冷えた視線を磯貝に注いでいるだけであった。

磯貝軍十郎が半歩踏み出したのを合図かのように、左右から浪人たちが斬りかかった。

右近は大刀を左に振り、右へ返した。一瞬の早業であった。左右から襲った浪人たちは首根を切り裂かれ、血を噴《ふ》き散らしながら倒れ込んだ。血飛沫があがると同時に笛に似た哀切極まる音が響き、すぐに途切れた。左へ振り、間髪置かず右へ返した刀技は、花から花へ軽やかに舞い移る蝶の動きに似て、流麗を極めていた。

右近はもとの構えにもどっている。

磯貝軍十郎は、地に伏した浪人ふたりにわずかに目線をくれただけでさらに半歩踏み込み、そのまま右八双からの一撃を右近に浴びせた。右近は磯貝の力任せの一閃を鎬《しのぎ》で受け、鍔《つば》迫《ぜ》り合いとなった。巨軀を利して力業で右近を押し切ろうと磯貝が渾身《こんしん》の力を籠《こ》めた瞬間、再び左右から浪人が斬りかかった。

右近は鎬を滑らせて磯貝軍十郎の刃から逃れ、そのままの体勢で左へ走って、攻撃を仕掛けてきた浪人の脇胴に刀を叩きつけた。血飛沫を上げ、浪人はよろめいて崩れ落ちた。その骸を跳び越えた別の浪人が右近に斬りかかった。

右近が刀をはじき返す間に、数人の浪人が右近の背後に回り込んだ。ついに右近は、磯貝軍十郎ひきいる浪人群に四方から囲まれる仕儀《しぎ》に陥《おちい》った。

磯貝軍十郎たちは円陣をかたちづくりながら、次第に包囲の網を狭《せば》めていった。

大上段に構えた磯貝が右近に斬りかかった。磯貝の大刀を横へ跳びざまはじき返した右近は、円陣を破るべく浪人たちの一角へ向かって走った。

行く手を塞いだ浪人を斬って捨てた右近の前に、別の浪人が身を翻《ひるがえ》して立った。

足を止めた右近に再び磯貝軍十郎が、右八双からの攻撃をくわえた。右近は、剣先を避けるべく右へ跳び、下段正眼に構えた。

右近と向かい合うかたちで正眼に構え直した磯貝軍十郎が半歩、さらに半歩と詰め寄った。他の浪人たちも磯貝の動きにつれ、迫っていく。

包囲が狭められ、一気に磯貝たちが躍《おど》りかかろうとした刹那《せつな》――。

呼子《よびこ》が鳴り響いた。

その音に、磯貝が反応した。

「町方《まちかた》か。のちのち何かと面倒。退《ひ》け」

浪人たちに下知した磯貝軍十郎は、右近を睨み据えた。

「命冥加《みょうが》な奴め。今度あうときは必ず勝負をつける」

吐き捨てるなり磯貝は刀を引っさげたまま、踵を返して走り去った。浪人たちも磯貝につづく。

磯貝たちを見送った右近は、大刀を鞘《さや》におさめた。

磯貝軍十郎たちが現われた雑木林の、大木の後ろから出てきたのは風渡りの伊蔵だった。

右近に歩み寄って伊蔵は、

「いまみたいなときに便利づかいできる代物《しろもの》とふんで、土地《ところ》の岡っ引きに一分金をつかませて手に入れた呼子が、やっと役に立ちやした」

と、手にした呼子を掲げて見せた。

「遅かったではないか。もう少し早く鳴らしてほしかったな」

右近の面に、微かな笑みがあった。

「あっしがいたことに、気づいていらしたんで」

「三日前からな。夕刻、三輪橋の袂《たもと》の町家のかげでおれを待っていた。おれが裏門から出たのを見逃したので、半日近く、裏門へ通じる抜け道となる河原沿いを見張れるあの場所にいたのか」

伊蔵は、苦笑いを浮かべた。

「意地悪なお人だ。気づいていたら声をかけてくださればよかったのに」

「もうひとり、おれを見張っている遊び人ふうの男がいた。安藤主馬の手の者と看たので泳がせておきたかったのだ」

「敵を欺《あざむ》くにはまず味方からというやつですかい」

右近はちらりと伊蔵に視線を走らせた。

「三浦屋どのに変わりはないか。おれ同様、狙《ねら》われてもおかしくはない」

「総名主は四方を堀に囲まれた砦《とりで》同然の吉原のなかから、一歩もお出になられません。よほどのことがないかぎり、まずは身の危険はない道理で」

「そうか」

右近は、それだけ言って口を噤んだ。無言で歩きだした。御行松近くに置いてきた釣竿と魚籠を取りにもどる道筋であった。伊蔵は右近の傍らに身を置き、歩みをすすめた。独り言でも喋っているような口調で話し始めた。

「死化粧した雪笹の最後のお務めの座敷に安藤主馬と同席していたのは、陸奥国《むつのくにと》十三湊《さみなと》に本拠を置く廻船問屋・北海屋藤兵衛と陸奥国十三湊藩勘定方差配・島田庄二郎。あの夜は、別室で御上の勘定奉行・板倉内膳正《いたくらないぜんのしょう》さまと十三湊藩江戸家老・平塚兵部《ひらつかひょうぶ》さまが女たちも呼ばず、なにやらお話をなさっていたということで」

「別室には勘定奉行と十三湊藩江戸家老。座敷では勘定奉行直属の配下にあたる勘定吟味役と十三湊藩勘定方差配に十三湊藩出入りの商人と見ゆる北海屋が群れあっていたわけか。どんな話をしていたか、洩《も》れ聞こえてきたであろうが」

右近が話のつづきをうながすかのように伊蔵に一瞥をくれた。

わずかの沈黙があった。

伊蔵が、硬《かた》い声音で言った。

「廓内の話は洩らさない、というのが亡八者の掟《おきて》で」

右近が足を止めた。こんどは正面から、さらに話のつづきをうながし伊蔵を見据えた。

厳しいものが、その眼光にあった。

伊蔵は一瞬、目線を足下に落とした。迷走しつつあるおのがこころの踏ん切りをつけるための所作、と右近は看た。はたして顔を上げた伊蔵の面には、なにやらふっきれた、さばさばしたものがあった。

「月ヶ瀬さまには雪笹のことで借りがありやしたね。借りは返さなきゃならねえ」

そう言って、話を継いだ。

北海屋藤兵衛と十三湊藩はオロシアとの貿易をすすめるべく勘定奉行・板倉内膳正をつうじて老中・田沼意次《たぬまおきつぐ》を動かそうと画策していた。北海屋と十三湊藩の働きかけは功を奏し、田沼意次から、

「鎖国の禁を犯すことになるが、幕府財政逼迫《ひっぱく》のおりじゃ。儲《もう》かるのなら蝦夷地のどこぞに拠点を定め、その港のみでのオロシアとの交易を特別に認めてもよい。ただし、公儀に儲けの五割ほどの上納金をおさめるのが条件」

との色よい返答を得ているらしい。

当然のことながら金権政治の権化《ごんげ》と評される田沼意次への 賄《まいない》 は膨大な額に達している

との噂だ、と伊蔵はつけくわえた。

「そのような話が公《おおやけ》になれば松前《まつまえ》藩が黙っておるまい。蝦夷地は松前藩の領地と定められている」

伊蔵は、黙った。知っていることしか話せない、とその態度が語っていた。

右近は話を変えた。

「伊蔵、もう少しつきあってくれぬか。慈雲和尚がにわかに蠟燭《ろうそく》供養を思い立ってな。雪笹の弔い料、高尾太夫の喜捨などが般若湯に変わらぬうちに、雪笹はじめ遊女たちの供養をやっておいたほうがいい、と言いだしたのだ。墓石に手向ける蠟燭立てなど手伝ってくれ」

「そりゃ和尚さまらしくない、いいこころがけで。ぜひ手伝わせてもらいやす」

伊蔵は、凶悪な顔つきに似ぬ、優しげな笑みを浮かべた。

浄閑寺の墓という墓に供えられた蠟燭の炎が、夜の漆黒《しっこく》に照り映《は》えて、揺れていた。

墓地を見渡す本堂のまわり縁に坐って、慈雲と右近、すこし離れて伊蔵が酒を呑んでいた。

慈雲が、墓石群に視線を注ぎながら、言った。

「聞こえぬか」

右近は、もの問いたげに慈雲を見た。慈雲はつづけた。

「わしには、墓の下に眠っている遊女たちの声が聞こえるのじゃ。貧しさゆえに苦界に売られ、ただただ諦めるしか手立てのない身の上に流されながら、男たちの玩具《がんぐ》となって死んでいった女たちの恨み辛《つら》みの声が、聞こえるのじゃ。右近、その声はおまえにも聞こえるはずじゃ。おまえのこころの奥底にある衷情《ちゆうじよう》は、女たちとさほど変わらぬところにある」

右近の、盃を持つ手が止まった。そんな右近を見据えて、慈雲が言った。

「生きているのと死んでいるのとの違いこそあれ、ある意味では右近、おまえも墓の下にある女たちと酷似した身の上。わしは、そう看た」

慈雲は、盃を手にしたまま沈思《ちんし》の淵《ふち》に沈み込んだかに見える右近に視線を注いだ。迷い子を慈《いつく》しむ好々爺《こうこうや》に似た眼差《まなざ》しだった。

いま右近は、墓の下の女たちの声を聞いていた。女たちはことばにならぬ声を発していた。声ではなく、それがすすり泣きだとさとったとき、一陣の風が蠟燭の炎を揺らして去った。右近は、風の発した、

「向後《こうご》三途の川の用心棒として生き抜くのだ。迷わず行け」

との、強く耳朶《じた》を打つことばを聞き取っていた。

右近は、盃を一息に飲み干した。

動きを止めていたのは右近だけではなかった。伊蔵も、茶碗酒の手を止めて、じっと右近と慈雲を見つめていた。伊蔵もまた、亡八の世界《なか》以外では棲《す》むことのできぬ、ふつうの暮らしにはもどりえぬ過去《むかし》を背負う者であった。

慈雲が、つづけた。

「生ける死人が死人の怨念を後光《ごこう》のごとく背負って、横車を無理強いするこの世の悪どもを退治するか。不肖《ふしょう》慈雲も僧籍に入った折りに俗世との縁を断った、この世にあるとは言えぬ立場の者。習いおぼえた杖 術《じょうじゅつ》と拳法《けんぽう》を武器に、破邪《はじゃ》の戦いを挑む所存じゃ。今宵はそのことを墓の下の女たちに誓う、祈念の夜でもある」

慈雲が茶碗を傾け、ぐびりと酒を呑んだ。伊蔵が、横から口をはさんだ。

「あっしも、お仲間にくわえていただけやせんか。積み重ねたことへの、せめてもの罪滅ぼし。四郎兵衛稼業をつづけながらの半端《はんぱ》な仕儀になりやすが、役に立ちてえ」

必死のおもいが、伊蔵の面に顕《あらわ》れていた。

「来る者拒《こば》まずじゃ。仲間になってくれ。頼りにしてるぞ、伊蔵」

慈雲は呵々《かか》と笑った。

右近は、無言で、盃を口に運んでいる。

身《み》揚《あが》り

一

墓場では、玄妙たちが昨夜の蠟燭供養で墓石についた蠟燭の滓《かす》を削り取り、水をかけて洗い流していた。

右近は、庫裏《くり》の濡れ縁に胡座《あぐら》をかき、壁に背をもたせかけて目を閉じている。昼下がりのひとときであった。柔らかな陽射しが浄閑寺の境内にふりそそぎ、右近の躰をつつみこんでかすかな眠気をもよおさせていた。

薄く眼を見開いた右近は、とある遊女の墓の前にかがんで祈りをささげる、小袖を着流した男の後ろ姿を見いだした。

右近は、首をひねった。目を閉じ、中天に輝く陽のぬくもりに身をまかせて小半刻（三十分）ほどになる。が、いま右近が見ている光景は、目を閉じる前とさほど変わっているとはおもえなかった。右近は、一瞬、時が止まったかのような錯覚にとらわれた。

首を振る。眠気の残滓《ざんし》を払いのけるための所作であった。右近は、もう一度男に目を据えた。

祈り終えたのか男は傍らに置いた深編笠を手に取り、立ち上がった。振り向いた男の顔に、何やら見覚えがあるような気がして右近は、壁にもたせかけていた背を伸ばし、瞠目した。

その五十がらみの男は大銀杏に結い上げていた。大身《たいしん》の武士の忍び姿とおもわれた。

男は本堂へ向かって歩いていく。

細面、中背で細身の武士にどこで出会ったか、記憶の糸をたどっていた。一重の、どちらかといえば小さめの目、高からず低からずの細い鼻、薄い、やや大きめの唇。かすかに尖ってみえる顎《あご》。整ってはいるが特徴のない、印象に残らぬ顔立ちであった。

「あの武士、誰だとおもう」

背後から、慈雲の声がかかった。右近が振り向くと、慈雲が開けはなたれた戸障子から濡れ縁に足を踏み出したところだった。

右近の傍らに腰を下ろし、胡座をかいた慈雲は、言った。

「あの武士こそ、権勢を恣《ほしいまま》にしている、いまをときめく老中・田沼意次の忍び姿じゃよ」

「田沼……」

とつぶやいた右近の眼がわずかに細められた。

「あの墓に眠るは遊女桃里《ももざと》。部屋持の遊女でな。死して二十数年になる。桃里が自害して浄閑寺の門前に投げ捨てられたときは、まだわしは住職ではなかった。修行僧のひとりとして桃里を埋葬したものじゃよ」

「自害した」

右近は訝《いぶか》しげに慈雲を見やった。慈雲は、うむ、と一息おいて、ふたたび話しはじめた。

「田沼はそのころはまだ部屋住みの身でな。桃里のところへ通いつめる銭がなくて、桃里は身揚《みあが》りをして田沼との逢瀬を重ねたそうな」

「身揚りとは」

「遊女が玉代《ぎょくだい》や茶代を立て替えて客を取ることを、吉原では身揚りというのじゃ」

「田沼と桃里は相思相愛の仲だったのか」

「すくなくとも桃里は相思相愛の仲だとおもっていたようだな」

「……田沼は、そうではなかった。そういうことか」

「そのことは、わしにもわからぬ。田沼も、桃里を真実愛していたのかもしれぬ」

「が、桃里は自害した。ひとりで死んでいった。田沼に真実の愛があったとは、とてもおもえぬ。田沼に、人のこころなどあろうはずがない」

右近は、強い口調で吐きすてた。

「どうやらおぬし、田沼を嫌いなようだな」

右近は、無言でいる。慈雲は、かまわずつづけた。

「人にはそれぞれ立場がある。生まれ落ちた家、貧富の差。その立場がそれぞれの考え方を生みだし、処世のかたちをつくりだしていく。千差万別。同じ考え方をする者はふたりとはおらぬ」

「田沼の立場が、考え方が桃里を自害に追いやったというのか」

「そうだ。田沼は縁定めが決まってからも桃里のもとへ通い続けた。婚儀の前々日、田沼は桃里へ、親の定めたことゆえこころすすまぬが嫁取りをする、と告げたという。娶《めと》るがこころは桃里、おまえのもとにある、ともな」

右近は、黙って慈雲の話に耳をかたむけている。

「田沼は、それですむとおもったのだろうよ。真実を告げたのだ。武士である以上、いくら愛《いと》おしくても遊女を娶るわけにはいかぬ。妻にはできぬが愛おしいからいままでどおり吉原には通ってくる。田沼なりの真心《まこころ》を尽くしたつもりだったのだろう。もうじき家督を継ぐ。そうすればおまえに身揚りをさせずにすむ。いままで身揚りしてくれた分も返せる、と告げたそうな。桃里にしてみれば、田沼との逢瀬を重ねたい、ただそれだけのおもいで貢《みつ》ぎつづけたことであろうにな」

慈雲の眼は、遥か遠くを見つめていた。桃里の骸《むくろ》を葬ったときのことをおもいだしているに相違なかった。

「桃里と仲のよかった遊女が、桃里が自害にいたった経緯《ゆくたて》をわしに話してくれた。田沼は最後まで、桃里を身請するとは言わなかったそうだ。嘘でもいい。妻にはできぬ、たいした暮らしもさせられぬだろうが、おまえをねびきし、どこぞに囲って、わしひとりのものとしたい、と言ってほしかった、と桃里が語っていたという。話し終えたとき、その遊女が『口惜しい』と涙まじりの一言を洩らした。その遊女の声音と涙顔が、いまだにわしの脳裡《のうり》にやきついておる」

慈雲は、溜息をついた。こころに宿った澱《おり》を吐きすてたように見えた。慈雲は、さらにことばをつないだ。

「後日、吉原に遊びに来て、桃里が自害し、浄閑寺へ葬られたことを知った田沼は、その足でやってきて、桃里の塔婆に手を合わせ、一分金を供養料として置いていった。一月《ひとつき》後の桃里の月違いの命日に再び浄閑寺を訪れた田沼は、墓を建ててやってくれ、と二両の金を住職に差し出した」

「その後、毎月、桃里の墓参に来るというのか」

右近の問いかけに慈雲はうなずいた。

「在府のときは必ず来る。来れぬときにはその前後に、墓を詣でにやってくる」

右近は、再び、黙り込んだ。田沼のこころの動きを判じかねていた。

そんな右近のおもいにかかわりなく慈雲がつづけた。

「桃里の墓参をつづけること。それが、田沼に残っている唯一つの純な部分なのかもしれぬ」

右近は一言もことばを発しない。そんな右近にちらりと視線を走らせ、

「月々の桃里の墓参をかかさぬのも田沼なら、賄《まいない》づけの、金権にどっぷり浸《つ》かった権勢の鬼も、また田沼よ」

慈雲は、「どっこいしょ」とかけ声をかけ、やおら立ち上がった。

「どれどれ、田沼に会いにいくとするか。田沼め、景気がいいとみえて月参りのたびに五両の御布施を置いていく。一分が二分になり一両、二両と、出世するたびに御布施が増えていく。貧乏寺の浄閑寺にはありがたいお客さまじゃ。世辞のひとつも言ってやるつもりじゃよ」

立ち去っていく慈雲を見向きもせず、右近は桃里の墓のあるあたりを見つめていた。

右近にとって、田沼は、人生のすべてを変えたと言っても過言ではない相手であった。

右近はおのれの生き様を大きく変えたその事件を思いおこしていた。


半年ほど前のこと、京の都でひとつの心中事件が秘密裡に処理された。

中納言姉小路公知《あねこうじきんとも》の娘・沙耶古《さやこ》と大納言三条文麿《さんじょうあやまろ》の嫡男・克麿《かつまろ》が引き起こしたこの心中事件は、朝廷と公家たちを大震撼させた。

事は一年前の将軍家の今上《きんじょう》帝拝謁の儀に遡《さかのぼ》る。御所へ参内《さんだい》した将軍家治《いえはる》が、儀式後に催された宴の席で応対に出た沙耶古を見そめ、側室として大奥へ迎えたい旨を申し入れた。

だが沙耶古には三条克麿という許婚《いいなずけ》がおり、近々婚儀がとりおこなわれることが決まっていた。姉小路公知は丁重に家治の申し入れを拒絶した。

しかし家治は引き下がらなかった。家治の沙耶古のへの執着は常軌を逸していた。沙耶古大奥入りの要請が度重なった。拒絶の意をつたえつづける姉小路公知だったが、ついに、翻意せざるを得ない事態を迎えることとなる。

帝《みかど》の急なお召しがあり、参内した姉小路公知と三条文麿に、帝みずからが沙耶古の大奥入りを命じたのだ。

「これ以上将軍家の御意向を拒みつづけられるのなら、朝廷と幕府のかかわりを見直す事態を招くことになりかねませぬ。幕府財政逼迫の折り、無用な出費は出来うる限り控えるべし、との方向へ幕閣は動いております。そのこと御勘案の上、御返答をいただきたく」

家治の意を汲んで上洛《じょうらく》し、武家伝奏《ぶけでんそう》・広橋兼親《ひろはしかねちか》大納言をつうじて帝に拝謁した老中・田沼意次は、あくまでもへりくだった物腰で帝に言上した。が、内実は慇懃《いんぎん》無礼を地でいくものであった。田沼は遠回しに、

「拒絶されるのなら幕府より朝廷へ献納せし御領額一万石ならびに九条《くじょう》家の三千石、鷹《たか》司《つかさ》家千五百石など公家方の御領額を減額する」

と帝に言上したのだった。

帝はもちろん武家伝奏の広橋大納言、居合わせた関白《かんぱく》・九条篤保《あつやす》も震え上がった。いまですら豊かとは言えぬ暮らしぶりである。御領額が減額されれば、さらに困窮に苦しむのは目に見えていた。それだけではない。徳川幕府と朝廷の確執は、徳川幕府開府以来根深く渦巻きつづけていた。

「微妙に平衡《へいこう》を保っているにすぎない朝廷と幕府の間に争いの種をつくるべきではない」

との九条関白の進言もあり、帝はついに沙耶古の江戸下向、大奥入りを姉小路公知に命

じることを決意する。その結果の、姉小路卿らの呼び出しであった。

帝の命令ということであれば是非もない。姉小路公知も三条文麿も、帝の下知にしたがわぬわけにはいかなかった。

が、たとえ帝の命令といえども承服しかねる者たちがいた。相思相愛の仲にあるふたりである。

田沼が江戸へ引きあげたあとは、京都所司代《しょしだい》が矢の催促で沙耶古の江戸下向を求めた。

追いつめられた沙耶古は、

「このまま生木を裂くように引き離されるくらいなら、いっそあの世で添い遂げようぞ」

と迫る克麿の激情にこころを動かされ、相対死《あいたいじに》を決意する。

田沼が京を去って一ヶ月後、三条家の離れで克麿と沙耶古の情死は決行された。

ふたりの心中現場を発見したのは三条克麿とは乳兄弟でもある上月弦四郎《こうづきげんしろう》であった。上月家は代々三条卿につかえ、従六位の官位を授けられた公家侍だった。

弦四郎はひそかに三条文麿に事件の発生を告げ、文麿とふたりだけで離れへもどった。

愕然と立ち尽くす三条文麿に、弦四郎は告げた。

「たがいに喉《のど》を突かれた、覚悟の相対死とおもわれまする。沙耶古さまは絶命。しかし、克麿さまは傷が浅く、存命なされております。血止めなど応急の処置をいたしましたゆえ、ほどなく意識を取りもどされましょう」

「途方もないことを」

弦四郎のことばも耳に入らぬほどの、茫然自失の体《てい》にある三条文麿であった。

弦四郎は文麿の前にまわって坐し、顔を上げ、見据えた。

「沙耶古さまに心中を仕掛けたはそれがし上月弦四郎でございまする。かねてから沙耶古さまに横恋慕していた上月弦四郎は、沙耶古さまが三条家へ立ち寄られたのをよい折りに、おもいを遂げようと無体を仕掛け、あやまって沙耶古さまを殺害した。そこへ駆けつけられた克麿さまと弦四郎は、はげしく斬りむすんだ。結果、弦四郎は成敗《せいばい》されたが、克麿さまも傷を負われた。不心得者の弦四郎の骸は即刻三条家によって荼毘《だび》にふし、事は落着いたした。そう京都所司代へ届け出られませ。これならば三条家に傷はつきませぬ」

決死のおもいを面《おもて》にあらわす弦四郎に、文麿の双眼から大粒の涙がこぼれ落ちた。

「弦四郎……すまぬ」

三条文麿は弦四郎の手を取った。躰の奥底から噴き上がった熱いものが、おもわず為《な》させた所為であった。弦四郎と三条文麿は、しばし、見つめあった。

ややあって……。

「お暇《いとま》つかまつる」

そう告げるや弦四郎はいずこともなく立ち去っていった。

この一件で、おのれをこの世から消し去った三条家の公家侍・上月弦四郎こそ、月ヶ瀬右近の真の姿であった。


「いま、ここにいるのは、月ヶ瀬右近。おれは、月ヶ瀬右近以外の、何者でもないのだ」

無意識のうちに、右近はことばを発していた。低い、口にしたかどうかわからぬほどのつぶやきであった。

(向後、おのれの過去を決しておもいだすまい。生あるかぎり、ひとことも口にすまい)

右近は、あらためて、そう決意をかためていた。

二

つかず離れず、前を行く田沼意次の後ろ姿を見失わないほどのへだたりをおいて、右近は歩いていく。田沼は尾行に気づいていないようだった。深編笠を目深にかぶり、ゆったりとした、行くあてもなくそぞろ歩きを楽しんでいるかのような足取りだった。

上月弦四郎と名乗っていたころ右近は、帝のお召しを受けた三条文麿の供をして御所へ出向いた折り、退所する田沼意次を遠目に見たことがある。大紋直垂《だいもんひたたれ》に身をつつみ、玄関の広敷から下り立って駕籠《かご》に乗り込む田沼は、いかにも尊大きわまる態度でぐるりを睥睨《へいげい》していたものだった。

そのときの田沼と桃里の墓を詣でていた田沼とは、さながら別人の感があった。浄閑寺で右近が遠目に見た田沼は、どこにでもいる、平凡な熟年の男の顔をしていた。墓の主をいまでも大事に思っていることは、その詣で方に表われていた。身じろぎもせず小半刻近くも祈りつづけることなど、ふつうではとてもできぬことであった。田沼の後ろ姿には、失った者にたいする哀切の念が籠められていた。右近は、田沼の背に浮世から見捨てられた者の持つ絶念が生みだした、躰に染みついたわびしさのようなものを感じ取っていた。

(田沼という男、つかみどころがない)

それが右近の偽りのないところであった。げんに前をゆく田沼から右近が受けるのは、我欲ではなかった。何ごとにもとらわれることのない、悠々《ゆうゆう》たるありさまが滲《にじ》み出ていた。

田沼は老中。幕府権力の中枢にある者である。ことさら威厳をひけらかしても可笑《おか》しくない立場の者でもあった。ましてや田沼は、

「賄によって動く、人品卑小なる輩《やから》」

と陰口を叩かれる、金権主義の権化と評される人物だった。

が、その風評が必ずしも的《まと》を射ているとは、いまの右近にはおもえなかった。揺らいでいる。

右近の田沼へ抱いていた評価が、である。

桃里の墓を詣でる田沼の後ろ姿には真摯《しんし》なものが感じられた。桃里をおもう田沼のこころは、桃里を失ったときとさほど変わっていないのではないか、と右近は推《お》し量っていた。が、一方、二十有余年の長きにわたってひとりの女をおもいつづけることができるだろうか、と否定するこころも右近のなかに湧き上がってくるのだ。

ふつうではないことだった。ふつうでは起こり得ぬことを田沼が為しているということに、右近はこころを動かされていた。

「桃里の墓を詣でつづけるのも田沼なら、賄づけの、金権がすべての政《まつりごと》を行なう権力の鬼もまた田沼よ」

との慈雲のことばが、右近の田沼にたいする興味を増幅していた。

田沼のこころの奥にある偽りのないところを探ってみたい、とのおもいが強い。それが右近をして、田沼の尾行をおもいたたせたのだった。

田沼主殿頭《とのものかみ》意次の屋敷は、江戸城曲輪《くるわ》内の、神田橋《かんだばし》と一橋《ひとつばし》が架かるところの、ほぼ中間に位置していた。酒井雅楽頭《さかいうたのかみ》、一橋民部卿《ひとつばしみんぶきょう》の屋敷に隣接する贅《ぜい》を極めた建造物で、時の老中として権勢を誇る田沼が住まうにふさわしいものであった。

浄閑寺のある千住からは、まず三輪へ出、東叡山《とうえいざん》寛永寺の大甍《おおいらか》が聳《そび》える上野山を右手に見て、下谷広小路、御成《おなり》街道とすすんで神田花房町《はなふさちょう》を経、神田川に架かる万世橋《まんせいばし》を渡って筋違《すじかい》御門を通り抜け、鎌倉河岸《かまくらがし》へ出て神田橋御門から曲輪内へ入る、というのが江戸に住む者たちがよく使う道筋であった。

この道筋は、人通りが多い少ないの違いこそあれ人家が途切れることはなく、待ち伏せなどの不意の襲撃は起こり得ない処《ところ》でもある。

田沼も身の危険は感じていない様子だった。そのことは、のんびりとした田沼の動きでもよくわかった。

田沼は、立ち止まっては、道端に咲く野の花をしばしの間のぞき込み、歩き出すということを何度も繰り返した。右近も尾けながら、田沼の立ち止まったあたりで足を止め、田沼が愛《め》でたであろう道端に咲く花々を眺めた。

白い、小さな花びらが、緑の茎のあちこちから伸びた葉に埋もれるようにして咲き乱れている。可憐な、よく見きわめなければその良さがわからぬ、目立たぬ、いかにもはかなげな野花であった。

今をときめく田沼が足を止めて見つめるほどの花とはおもえなかった。田沼には、華美を誇って咲き乱れる大輪の花こそふさわしい。右近ならずとも誰しもがそうおもうはずであった。

可憐な、目立たぬ、いかにもはかなげな花々が右近の脳裡に、今となっては決して会うことのできない桃里の姿かたちをおもい描かせた。伏し目がちな、日頃はさほどの印象もあたえぬが、見開くと人のこころにくい入る輝きを持った黒い眸《め》。小柄で痩《や》せた躰。瓜実《うりざね》顔《がお》に高からず低からずの鼻と小さめのぽってりとした唇が、ほどよく配置されている、何もかもが控えめなつくりの、深く触れ合わないとその美しささえわからぬ桃里の様子がおぼろに浮かび上がり、すぐに霧の彼方へ消え去っていった。

右近は、路傍《ろぼう》に咲く花から田沼へ眼を移した。

刹那——。

右近は、瞠目した。

右近の視線の先に、いかにも着古した田舎《いなか》じみた服装の、ひとめで勤番侍とわかる数名の武士たちが田沼を取り囲んでいた。浄閑寺から田沼につかず離れず歩いて来た侍たちであった。

ばらばらに散らばって歩みをすすめる侍たちを、のんびりと警戒の気配ひとつもしめさ

ぬ田沼のありさまとかんがみて、右近は、

（田沼をひそかに守る者たち）

と推量し、さほどの警戒を払わずにいたのだった。

勤番侍たちは田沼を押しつつみ、通りからはずれて寛永寺慈眼堂《じげんどう》や御霊屋《みたまや》へ通じる脇道へ入っていく。上り坂の道の両脇は木々の生い茂る、昼なお暗い雑木林であった。

田沼の命を、奪おうとしているのだ。そう推断した右近は、次の瞬間、地を蹴っていた。走りながら刀の鯉口《こいくち》を切る。坂道を一気に駆け上がった右近が見たものは、田沼を包囲し、刀を抜きつれる勤番侍たちの姿だった。

深編笠を取ろうともせず、田沼はただ立ち尽くしている。戦う素振りはまったくなかった。腰の刀に手を伸ばそうともしない。

「世を乱す奸臣《かんしん》。天誅《てんちゅう》」

田沼の正面に立つ、髭の剃《そ》り跡《あと》の青い勤番侍がわめいて、大刀を大上段に振りかざした。田沼は、

「待て。まずは話を」

と低く、応じた。

「問答無用」

斬りかかった勤番侍が、低く呻《うめ》いてよろめき、刀を取り落とした。押さえた右手に小柄《こづか》が突き立っていた。

勤番侍たちは小柄が投じられた方角へ眼を転じた。

駆け寄る右近の姿がそこにあった。

抜刀しつつ、右近が告げた。

「多勢に無勢とは、卑怯」

「邪魔はさせぬ」

怒鳴って、勤番侍のひとりが右近に斬りかかった。

刀を右手に提《さ》げて走ってきた右近がわずかに身をかわし、右下から左上へ斜めに刃を一閃した。

右近の振るった刀の刃先が勤番侍の頸《くび》をかすめた。空《くう》を切ったかに見えた右近の剣だったが、行き交って体《たい》が入れ代わったとき、勤番侍の頸筋から細く、高く、血汐《ちしお》が噴き上がった。

勤番侍はおのれの血飛沫を顔面に浴び、はじめて頸の脈管を断たれたことをさとった。合点のいかぬ顔つきで頸を押さえた勤番侍の手指の間から勢いを増した血が噴きだした。

勤番侍は、刀を取り落とし、両手で頸を押さえた。が、流れ出た血は掌《て》を真っ赤に染め、着物の肩口を濡らした。勤番侍は、頸根から手を離し、血の色をあらためるかのようにおのが掌をじっと見つめた。

瞬間――。

甲高《かん》い、細い音色が響き渡った。誰が吹き鳴らす笛か、剣戟《けんげき》の修羅場《しゅらば》にそぐわない、あまりに風雅な音色に、居合わせた者たちはおもわず周囲を見渡した。が、どこにもそれらしき者の気配はなかった。

が、笛の音は鳴りやむことはなかった。

どうやら、その音は、身近なところから発しているらしい。雅《みやび》な笛は、強く、わずかの間をおいて弱くと、音色を変えていた。音のもとをさぐった者たちの視線は、いつしか頸筋を裂かれた勤番侍に集まっていた。いまや笛の音は、勤番侍の頸から噴出する血汐の発するものだと、その場にいる者のほとんどが察していた。

笛の音が弱まり、血の気の失せた面を歪《ゆが》めて勤番侍が崩れ落ちた。

その刹那。寸陰の金縛《かなしば》りから解き放たれたかのように残る勤番侍たちが、右近を見据えて大刀を構えなおした。

「秘剣風鳴《ふうめい》。わが源氏天流につたわる必殺の技」

右近がしずかに告げ、剣先を高くかかげて、切先上《きっさきあがり》に身構えた。田沼は身動きひとつせず、成り行きを見守っている。そんな田沼を視線の端にとらえながら右近は、驚嘆のおもいにとらわれていた。田沼の剣の業前《わざまえ》がさほどのものでないことは、勤番侍たちと対峙《たいじ》したおりの田沼の身のこなしから推量できた。が、田沼は、決して臆してはいなかった。

（何事にも動じぬ胆力の持ち主）

右近は、そう判じていた。そのとき、虚をつくように三方から勤番侍たちが斬りかかってきた。切先上に構えた右近の刀が右へ左へ、さらに右へと返された。その返し技の剣捌《さば》きは、名手が、開いた扇を打ち振って前後左右に身を躍《おど》らせ華麗に舞う、優美なさまをおもいおこさせた。

三人の勤番侍の腕が、ある者は肩口から、またある者は二の腕から斬り落とされて宙に飛んだ。その腕々が鈍い音を響かせて地に落ち、弾んだとき、勤番侍たちは切り口から血を噴き散らし、数歩よろめいて崩れ落ちていた。

「おぬし、何者」

怒りに眼をぎらつかせ頭格の勤番侍がわめいた。

「人に名を聞く前に自らが名乗るべきであろう」

右近はしずかに告げ、切先下《きつさきさが》りに、刀を右下段に構えた。切先下からの秘剣風鳴の鮮やかな業前を、いやというほど見せつけられた勤番侍たちであった。大刀を構えたまま竦《すく》んだように動かなくなった。脅《おび》えがそれぞれの面に浮き出ていた。

配下の者たちの戦意が削《そ》がれているのを看て取った頭格が右近に眼を据えたまま、怒鳴った。

「退《ひ》け」

後退《あとじさ》った勤番侍たちは踵《きびす》を返すや、雑木林のなかに身を翻《ひるがえ》した。

右近は刀を鞘におさめ、田沼を振り返った。

田沼は深編笠を取り、面をさらしていた。

「命拾いをした。礼を言う」

穏やかな口調で田沼は告げ、かるく頭を下げた。右近をしばし見つめて言った。

「どこぞで会ったかの。おもいだせぬが」

「初対面でございます」

「わしが何者かを知っての上で、助けたのではなかったのか」

「天下に比類なき権勢を誇る老中・田沼意次様と存じております」

田沼はわずかの間、沈黙した。田沼に、見知らぬ者からおのが名を告げられたことにたいする驚きはなかった。再び右近に目線を向け、言った。

「わしは、そちを知らぬ。よければ名を教えてくれぬか」

「浄閑寺の食客、月ヶ瀬右近」

田沼の面にかすかな笑みが浮かんだ。

「浄閑寺の。そうか。慈雲殿が、わしの身を案じて、そちに蔭ながらの護衛を命じてくれたのか」

「いえ。私の一存にて、失礼ながら尾けさせていただきました」

田沼が訝しげな表情を浮かべた。はじめて露《あら》わにした、こころの変容であった。右近は、ことばをついだ。

「桃里なる遊女の墓に小半刻ほども詣でておられたことに興を抱きました。それゆえ」

「桃里のこと、聞いたか、慈雲殿に」

右近は、無言でうなずいた。

うむ、と田沼は黙り込み、茜《あかね》に染まりはじめた空に視線を移した。

紅《あか》く夕陽に燃え立つ空を、黒点と化した鳥たちが飛び去っていく。

(天地あるかぎり、いずこにいても夕映えの空は変わらぬ)

田沼の目線の先を追った右近は、いつしか暮れなずむ光景に眼を奪われていた。

清閑がその場にあった。

「迷惑を重ねることになるが、わしを屋敷まで送ってくれぬか。先ほどの曲者《くせもの》どもがどこぞで待ち伏せているかもしれぬでな」

右近は無言で首肯した。

曲輪内にある田沼の屋敷の表門の前に右近と田沼の姿があった。寛永寺慈眼堂へつらなる林道からここまで、右近も田沼も一言もことばをかわしていない。

脇門に入ろうとした田沼が立ち止まり、右近を振り向いた。

「立ち寄っていかぬか。そちさえよければ、このままわしの屋敷に逗留《とうりゆう》しつづけてもよい。悪いようにはせぬ」

田沼はかすかな笑みを片頬に浮かべていた。

「自由気儘《きまま》に馴《な》れた身。浄閑寺の食客が私には似合いかと」

田沼は、機嫌を損ねたふうもなく、わずかに首をたてに振り笑った。

「そうか。が、このままでは何やら心残り。せめてわしの月参りのときの用心棒など引き受けてくれぬか」

「その儀も返答いたしかねます。和尚に相談せねば何事もままならぬ食客の身でございますれば」

丁重な物言いであったが、田沼の申し入れはあくまでも固辞するとの強い意志が言外に滲んでいた。

生来鈍い質《たち》なのか田沼には、右近のことばに含まれている拒絶の意志を解したふうはなかった。表情ひとつ変えるでもなく、つづけた。

「慈雲殿がよければよいのか」

右近は、かすかに苦笑いを浮かべた。

「和尚さえよければ、私に異存はございませぬ」

「なら慈雲殿に相談してくれ」

田沼は柔らかな目線を右近に注いでいた。人見知りをせぬ幼子を彷彿《ほうふつ》とさせる眼差《まなざ》しであった。右近は、無意識のうちに、うなずいていた。


その夜……。

庫裏の濡れ縁に坐り、手酌《てじゃく》酒を呑《や》りながら右近の話を聞いていた慈雲が、言った。

「田沼の月参りの用心棒、引き受けるがよい」

何の躊躇《ためらい》も、屈託もないあっけらかんとした口調であった。慈雲の真意を探るかのように見つめた右近に、さらに告げた。

「桃里の墓に詣でる田沼のこころに残る純なものが、われらの仲間として役立つことがあるかもしれぬでな」

慈雲の発したことばにひそむものを、右近は、じっと噛みしめていた。

三

右近は、山谷堀沿いに野の花を求めて早朝の土手下を散策していた。遊女たちの墓に供えるための花だった。浄閑寺に寄宿してからというもの、野の花を摘み、遊女たちの墓に手向《たむ》けるのが日課になっていた。が、献花はしても手を合わせることはしなかった。理由《わけ》ははっきりしている。右近は慈雲と出会い、三途の川の用心棒を引き受けたときから、おのれを、慈雲の言うところの、

「この世とみえて、この世ではない世」

に棲む者と、断じていた。

(この世に棲んでおらぬ者が、この世の仏を拝むわけにはいかぬ)

右近は、そう思いさだめ、いかなる墓にも手を合わせぬと決意したのだった。

いつもは花を摘むことを楽しむ右近だったが、この日は違っていた。

田沼のことが気にかかるのだ。

慈雲は、田沼を、

「われらの仲間として役立つことがあるかもしれぬ」

と評した。

しかし、右近には田沼が、

「この世とみえて、この世ではない世に棲む者」

とは、とてもおもえなかった。

田沼は権力の中枢にある人物である。人はおのれが得た地位、権力を捨て去ることは出来ぬ。のぼりつめた者の保身への執着は並大抵のものではあるまい。右近は、そのことを慮《おもんぱか》るのだ。

右近はいまだに田沼を、

「仲間になりうる者」

とは判じかねていた。

右近は腰を折り、紫色の花弁を朝の陽に向けている野の花を摘み、さらに傍らに咲く花に手を伸ばした。きのう田沼が何度も足を止めては、じっと見入っていた白い花であった。右近は動きをとめた。

なぜか摘み取ることが、はばかられた。このまま野に咲かせておこう、とのおもいが右近のなかに不意に芽生えたからだった。そう言えばあのとき田沼は、白い花に一度も手を伸ばそうとはしなかった。

(やはり、田沼はこの白い花に桃里の面影を見いだしていたのだ)

そう思いいたったとき、右近の耳に慈雲のことばが甦った。

「桃里の墓に詣でる田沼のこころに残る純なものが、われらの仲間として役立つことがあるかもしれぬ」

右近はいま、はっきりと慈雲のことばの奥底にひそむものを感じ取っていた。

桃里の面影と触れ合っているときの田沼のこころは、この世から離れて桃里の棲む世界で暮らしているのだ。そのときの田沼は、

「この世にあって、この世でない世に棲む者」

ということになりはしないか。田沼のこころに桃里への変わらぬ想いがあるかぎり、田沼は浄閑寺に味方することはあっても、仇《あだ》することは決してない。そう推断した右近は、田沼におもいを馳せた。

この日、田沼意次は登城を控え、ゆっくりと休息を取るつもりでいた。桃里の墓を詣でた翌日は、よほどのことがないかぎり務めを休むと決めている田沼であった。ひととき安

らいだこころから、人並みのさまざまなおもいを切り捨てて事に処するしかない政《まつりごと》の日々に立ち戻るための、狭間《はざま》となる時間《とき》が必要であったからだ。その一日が、突然の闖入者《ちんにゅうしゃ》によって乱されようとしている。とにかく田沼は不機嫌であった。

田沼を苛立たせた闖入者は松前藩江戸家老・江坂惣左衛門《えさかそうざえもん》であった。何度も会見を申し入れてきたが、あいまいな受け答えでずるずると日延べしつづける田沼の態度に業を煮やしたか、ついに早朝屋敷に押しかけてきたのだった。

田沼にしてみれば、できれば会いたくない相手だった。が、

「会っていただくまでは梃子《てこ》でもこの場を動きませぬ。松前藩の面目にかかわること、皺腹《しわばら》ひとつ割《か》っさばく覚悟でまいっております」

と眦《まなじり》を決し、猪首《いくび》の上の白髪《しらが》頭を打ち振っての懇願、と側役の者が取り次いできていた。

「会おう」

と応じた田沼だったが、気がすすまぬまま時が過ぎていた。田沼は、江坂惣左衛門が口角《こうかく》泡を飛ばして訴える、

「松前藩の面目にかかわる」

もととなった事柄を思いおこしていた。

時は数ヶ月前に遡る。

中奥の御用部屋に詰める田沼を勘定奉行の板倉内膳正が取次役をとおすことなく訪れてきた。勘定奉行は幕府の財務一般をあずかる勝手方《かって》と訴訟を担当する公事方《くじ》に分掌《ぶんしょう》され、定員四人がそれぞれ月番を定めて執務していた。

板倉内膳正は勝手方を職掌《しょくしょう》とする勘定奉行であった。田沼に向き合うなり、

「鎖国の禁を犯すことになりまするが、幕府財政立て直しの秘策ともなりうること。ひそかにご相談申しあげたく参上仕《つかまつ》りました」

と声をひそめ、左右に視線を走らせて、ことばをついだ。

「十三湊藩に出入りの商人で北海屋藤兵衛と申す者がおりまする。この者、廻船問屋を生《なり》業《わい》といたしておりますが廻船の途上、嵐にあい、荒れ狂う波に流され、危うく遭難いたすところをオロシアの船に助けられましたそうで」

「オロシアの船だと」

田沼は松前藩から、しばしばオロシアの巨大船が蝦夷地の沖合いに現われ、燃料などの補給や交易を要求し、ほとほと困惑している。いかがしたものか、との伺《うかが》いが出されていることをおもいだした。

「この北海屋藤兵衛、助けられたオロシアの商船の船長《ふなおさ》と意気投合いたし、さまざまな唐《から》物《もの》を手に入れる道筋をつけ、『オロシアとの交易、いつにても可』と十三湊藩へ申し入れてまいりました由《よし》」

「十三湊というと陸奥国にて二万千石を領する藩であったな」

「左様で」

「十三湊藩より勘定奉行のそちへ、オロシアとの交易のこと、伺いがなされたというわけか」

田沼はそこで、口を閉ざした。オロシアとの交易については蝦夷地を領する松前藩から再三の伺いがなされている。筋道から言って、松前藩をないがしろにして十三湊藩にオロシアとの交易を認許するわけにはいくまい、と田沼は考えたのだ。

田沼は人と人とのかかわりを何よりも大事にする性向があった。田沼自身、九代将軍・家重《いえしげ》、十代・家治との、臣下の立場を超えた友誼《ゆうぎ》の絆《きずな》とも言うべき細い一本の糸をたよりに一代で老中職まで登り詰めていた。

田沼意次の父・意行《おきゆき》は紀州《きしゆう》藩主吉宗《よしむね》が八代将軍職を継ぐにあたって、紀州より随伴させてきた足軽であった。意次は西ノ丸にあった吉宗の世嗣《せいし》・家重に小姓として仕えた。家重が将軍職を継ぐや田沼は遠江《とおとおみ》・相良《さがら》藩一万石の大名に取り立てられた。家重の後継者たる家治にはさらに重用されて、明和《めいわ》四年（一七六七）に側用人、安永《あんえい》元年（一七七二）には老中に就任した。異例の出世と言えた。いまでは一万石だった石高が五万七千石までに加増されている。すべて家重、家治の将軍二代の引き立てによるものであった。そのことは田沼自身、よくわきまえていた。人のつながりこそ、なによりも重要視しなければならぬものなのだ。田沼の根底には、つねにそのおもいがあった。

幕府の財政は疲弊しきっていた。田沼は、つねに財政立て直しの方策を求めて知恵をしぼっていた。そのおもいが田沼におもわぬひとことを吐き出させた。

「オロシアとの交易、どれほどの利がでるものであろうかの」

板倉は身を乗りだし、オロシヤとの交易がいかに儲かるかを滔々《とうとう》と話し始めた。おそらくは十三湊藩の江戸家老あたりからの聞きかじりであろうが、板倉のオロシア交易にたいする熱意は田沼にもつたわった。

長々と語りつづけたあと、板倉はつけくわえた。

「オロシアの品がいかほどのものか、まずは大奥におさめさせ、品定めなどをさせて、評判のほどをたしかめてはいかがでございましょうか」

「オロシアより渡来の品が揃《そろ》っていると申すか。すでに抜荷《ぬけに》をしているとみゆるな」

「御法度《ごはっと》を破って密かに交易を行なうなど滅相もないことと考えるからこそ相談をもちかけてまいったのでございます。北海屋藤兵衛なる者とオロシア商船の船長とは肝胆《かんたん》相照らす仲。オロシアの品などいかほどでも手に入ると十三湊藩の江戸家老が申しております」

田沼はことばを発しなかった。が、田沼のなかでひとつの思考が形をなしはじめていた。

松前藩にオロシアとの人脈があるとはおもえぬ。このさいオロシア人との深いかかわりを持つ北海屋藤兵衛を擁《よう》する十三湊藩にオロシアとの交易、まかせてみてもよいのではないか、との考えであった。

田沼は、板倉を見やった。

「板倉殿、手立てはまかせる。十三湊藩から伺いをたててきたオロシア交易のこと、まずはすすめてみよう。ただし、幕府と十三湊藩とで利を折半する、との条件を十三湊藩が承諾すればの話だが」

「十三湊藩に否《いな》やは言わせませぬ」

胸を張った板倉から眼をそらし、田沼は独り言《ご》ちた。

「少しは幕府の財政も潤うかもしれぬ。何もやらぬよりはましというものじゃ」

オロシアの金銀細工や宝玉類をふんだんに用いた装飾品を献じられた大奥では、その豪

華さ、珍重さをおおいに喜び、

「ほかにもオロシアのものはないか」

との声々が日に日に高まった。最初は品々を献上していた十三湊藩だったが、二ヶ月ほど前からは納めた品代を公儀に請求するようになっていた。

大奥で評判となったオロシアの壺や髪飾りなどの宝飾品は、いまでは噂を聞きつけた大名や江戸の富裕な商人たちにひそかに売買されていた。律儀なことに得た利の半分は、十三湊藩より公儀に上納されている。田沼の予想以上の成果といえた。が、

「十三湊藩が松前藩をさしおいてオロシアとの交易を行なっている。どうやら老中田沼様の肝煎《きもい》りらしい」

との風説が流れ、つたえ聞いた松前藩の藩士たちが、

「オロシアとの交易は松前藩がかねて御伺いをたてていたこと。公儀においては松前藩をないがしろにされるのか」

と騒ぎ立て、

「田沼意次、許さぬ」

と息巻いているとの噂が田沼の耳にも入っていた。

利那――。

田沼意次の脳裡に閃《ひらめ》くものがあった。昨日襲ってきた勤番侍は松前藩の者ではないのか、との疑念であった。

「松前藩の面目にかかわる」

と、怒りをあらわに前触れもなく屋敷へ押しかけてきた江坂惣左衛門のことをおもったとき、疑念は確信に変わった。

田沼のなかに、松前藩にたいする腹立たしいおもいが込み上げてきた。老中の職にあるこのわしに、刺客を差し向けるとは不埒千万《ふらちせんばん》な。どうしてくれようか。田沼のこころは激し、堪忍の糸が断ち切れた。

田沼は傍らの土鈴を手にして、鳴らした。馳《は》せ参じ、手をついた取次の者を、傲岸《ごうがん》に見下して告げた。

「気分がすぐれぬ。今日はだれにもあわぬぞ。松前藩の江戸家老がどうしても引きあげぬと居座ったら、腕ずくでも追い立てよ。わしは田沼意次、天下の政をあずかる老中じゃ。松前藩など歯牙《しが》にもかけぬわ」

四

田沼が体調不良を理由に面会を拒絶すると、江坂惣左衛門は訪れたときの剣幕が嘘のように、文句のひとつも言うことなくあっさりと引きあげていった。

その後、松前藩から何の音沙汰《おとさた》もないまま数日が過ぎた。田沼意次は政務に忙殺され、いつしか江坂惣左衛門のことも記憶の彼方へ薄らいでいった。

江戸城中奥御座之間《ござのま》で家治から幕府財政立て直しに関して問われ、

「印旛沼《いんばぬま》、手賀沼《てがぬま》の干拓事業、新田の開発など新たに財源となる手立てを講じておりまする。かならず幕府の財政を立て直してみせまする。田沼めにおまかせくださりませ」

そう直答して田沼は、御用部屋へ引きあげた。

財政が逼迫しているにもかかわらず、家治はもちろん大奥の女たちも、贅《ぜい》をつくした暮らしをあらためようとはしない。が、それも仕方のないことだと、田沼は考えていた。大奥は、言わば将軍の私《わたくし》の生活の場である。家治の暮らしのたつきに不自由を強《し》いることなど、田沼にできることではなかった。将軍家の機嫌を損じてはならぬ。田沼は、そのことだけには細心の気配りをしつづけた。田沼の施策は、すべて将軍家を喜ばすためのものであった、と言っても過言ではない。

田沼は、幕府中興の祖といわれる八代将軍・吉宗が行なった質実剛健の武士本来の気風と質素倹約をもととする政を継承する、と表向きは唱えていた。しかし、その実体は大きくかけはなれていた。窮乏しきった幕府の財力のみでは財政の立て直しは無理であると判じ、商人《あきんど》の力、民力を利用しようと考えた。

田沼は、まず「株仲間」を組織した。特定の商品を独占して販売する商人・手工業者たちを「株仲間」に加入させ、さまざまな特権を与え、その見返りとして運上金《うんじょうきん》・冥加《みようが》金《きん》を幕府に上納させた。結果、特権を得たい多数の者たちが田沼の屋敷にご機嫌伺いに出向いてきた。ご機嫌伺いには高価な贈答品が付き物である。なかには品物の下に小判を敷きつめた、明らかに賄賂《わいろ》とおもわれるものも多数あった。田沼は、それらをすべて拒むことなく受け取り、賄の多寡《たか》に応じて要望を具現化していった。

運上金・冥加金は幕府の金蔵《かねぐら》をたしかに豊かにしていた。しかし、財政を立て直すにはまだまだ足りなかった。田沼は、つねに新たな財源を求めていた。それもあまり時をかけることなく功を奏《そう》するものでなければならない。将軍家治の生あるうちに成果を得ることができぬ事業は、何の価値ももたぬ。田沼の思考の根はそこにあった。

田沼は、松前藩より、

「オロシアが再三交易を求めてきている。いかがしたものか」

との伺いがなされたときに、オロシアとの交易におおいに興味を抱いた。田沼は、オロシアとの接点となるであろう蝦夷地についてくわしく知りたい、とおもった。仙台《せんだい》藩の医師・工藤平助《くどうへいすけ》が著《あらわ》した『赤蝦夷風説考』なる書物があると知った田沼は、入手し、蝦夷地についての知識を深めていった。

そこへ降って湧いたようにでてきたのが勘定奉行・板倉内膳正をつうじて申し入れられた十三湊藩と北海屋によるオロシア交易の話であった。実現性がある、と直感した田沼は、オロシアの品の評判をたしかめるために十三湊藩に大奥への献納を命じたのであった。おもった以上の成果に、田沼は、新たな財源になる、との確信を得ていた。

なんとしても松前藩を押さえ込まなければならぬ。松前藩では、オロシアとの交易はまなるまい。田沼は、いまではそう考えていた。

御用部屋へもどった田沼を待ちかねていたかのように、同室に詰める老中・松平周防《まつだいらすおう》守康福《のかみやすとみ》が声をかけてきた。松平周防守は田沼の老中就任前から老中職にある御用部屋古参の者であった。いかに権勢を誇る田沼と言えども軽々しく扱える相手ではなかった。

「田沼殿、松前藩江戸家老・江坂惣左衛門なる者をご存じか」

「面識はありませぬが、名は聞き知っておりまする」

「その江坂なる者がわが屋敷に訪ねてまいっての。松前藩の権益が十三湊藩によって侵《おか》されている。十三湊藩の背後には田沼殿が控えており、再三の訴えも無視されている。何とかことを穏便にすませたいので仲介の労を取ってほしい、との懇願でな」

田沼は舌を打ち鳴らしたい気分になった。江坂惣左衛門は諦めたわけではなかった。田沼の動きを止める、もっとも効果的な手立てを練りあげていたのだ。江坂を北の地を領する田舎《いなか》大名の江戸家老としか見ていなかったことに気づき、田沼は歯嚙みするおもいにとらわれていた。

窮鼠《きゆうそ》猫を嚙む、の譬《たと》えもある。松前藩は田沼にたいし敵意を剝《む》き出してきた。松平周防守のもとへ駆け込んだのが、その証《あかし》だった。田沼が幕閣で唯一気を配る相手が松平周防守であった。下手《へた》な返答はできない。田沼は、この場をどう切り抜けるか、と考えしばし沈黙した。

ややあって、言った。

「某《それがし》には、松前藩に仇する気はござらぬ。何やら誤解があるのではなかろうか」

「蝦夷地を支配するは松前藩、と定められておる。蝦夷の沖合いにしばしば現われるオロシア船からの交易要求をいかがなすべきかについては何度も御上《おかみ》に御伺いを出してある。オロシアとの交易は蝦夷地にしかるべき港を開いて、そこを拠点に行なわれるべきで、交易を行なう立場にある藩は蝦夷地を領する松前藩をおいてなし、というのが江坂惣左衛門の訴えの要旨であったが」

「早急に善処いたしましょう。大名間の無用な争い、これ以上大きくするわけにはいきませぬ。上様の御心を安んじるのもわれらの務めのひとつ。わずかの諍《いさか》い事も御耳に入れるわけにはまいりませぬゆえ」

「お頼み申す」

松平周防守は念を押すかのように田沼を見据え、立ち上がった。

屋敷へもどった田沼は使いを出し、板倉内膳正を呼びつけた。馳せ参じた板倉内膳正を冷ややかに見つめて田沼は言った。

「そのほう、十三湊藩とオロシアとの交易にかかわることはすべておまかせあれ、と申したな」

「は。たしかに申しました」

「松前藩の者が、十三湊藩のオロシアとの交易は松前藩の権益を侵すもの。松前藩のためにお力添えをいただきたい、と松平周防守殿にひそかに懇願したそうな。城中の御用部屋で周防守殿より、すみやかに事を処理されるようにと咎《とが》められたわ」

板倉内膳正の面に狼狽《ろうばい》が走った。

「それは」

田沼が板倉内膳正のことばを遮った。

「いいわけは聞かぬ。松前藩、十三湊藩の間を調整し、よきに計らえ。これ以上の迷惑が生じたときは十三湊藩にオロシアとの交易のこと、認許するわけにはいかぬぞ」

おだやかな物言いであったが、田沼の声音《こわね》には厳しいものが含まれていた。

「ただちに」

板倉内膳正は額を畳に擦《こす》りつけんばかりに深々と頭を下げた。

屋敷に立ちもどった板倉内膳正は平塚兵部へ使者を走らせた。使者に託した書付には、

〔田沼様より叱責あり。このままではオロシアとの交易の認許、困難。善後策講じるため明日暮六つ、吉原・三浦屋にて会いたし　平塚兵部殿　板倉内膳正〕

と記されていた。

暮六つ（午後六時）、吉原・三浦屋の座敷に板倉内膳正の姿があった。板倉内膳正の左右下座には十三湊藩江戸家老・平塚兵部、北海屋藤兵衛が坐っていた。

人払いがされているのか座敷には、ほかにだれの姿もない。酒宴をはじめる前に用談をすませる。吉原ではめずらしいことではなかった。

「吉原で寄り合えば人の眼をあざむくことができようとおもってな。馴染《なじ》みの三浦屋で出会うように計らったのだが」

板倉が平塚から北海屋へと視線をながして告げた。

「いつもながらの気配り、平塚、感じ入ります。して、何事が」

「松前藩が騒ぎたてたのよ。御老中・松平周防守様へ直訴《じきそ》しおった」

平塚と北海屋が顔を見合わせた。

わずかの間をおいて、平塚が問うた。

「で、田沼様は何と」

「これ以上松前藩が騒ぎたてたら、オロシアとの交易の認許、十三湊藩におろすわけにはいかぬ。そのほうが持ちこんだ話、事がうまくおさまるよう善処することじゃ。これ以上の騒ぎは迷惑、と、いつもながらの他人事《ひとごと》の丸投げでな。このままでは、なかなか事の成就《じょうじゅ》はむずかしい」

板倉は、さりげなく顔をそむけた。平塚や北海屋と視線を合わせないための所作とおもえた。

「それは……」

困惑を露わに身を乗りだした平塚がことばを呑みこんだ。北海屋は身じろぎもせず、黙り込んでいる。

探り合いの沈黙がつづいた。

ややあって、北海屋が口を開いた。

「板倉さま、徒目付《かちめつけ》に存じ寄りの方はございませぬか」

「おらぬこともないが、どういうことじゃ」

板倉の問いかけに、北海屋が応えた。

「そのお方を抱き込むのでございます。勘定吟味役の安藤主馬さまのようにお仲間になっていただくのでございます」

「仲間に引き入れて、何をさせるのだ」

平塚が横から口をはさんだ。

「松前藩に落度をつくっていただくのでございます。日頃は若年寄《わかどしより》配下の目付の手先となり旗本衆の探索をなすのが役目の徒目付。職務から大名の非違《ひい》を探りあてでもおかしくはございますまい」

眉ひとつ動かさず北海屋が告げた。

板倉が視線を北海屋に注いだ。平塚が、息を呑むのがわかった。

「オロシアとの交易が莫大な利を生むことは明らか。板倉さまはもちろんのこと、窓口となる十三湊藩、さらに平塚さまにも巨額の配当金をお渡しする約定《やくじょう》になっております。新たにお仲間に加わっていただく徒目付の方にも安藤さま同様、配当金を受け取っていただきまする」

北海屋はその場でことばを切り、板倉と平塚を見つめた。その眼に射竦《いすく》める威圧があった。

「板倉さま、平塚さま。交易がつづくかぎり得られる巨額の配当金、松前藩の横槍ぐらいであっさりと諦めることができますするか」

板倉と平塚の面に微かな動揺が走った。北海屋藤兵衛は、そのわずかな変容を見逃さなかった。

北海屋は懐から袱紗包みを取りだし、前に置いた。袱紗を開くと封印された小判が現われた。

「百両ございます。板倉さま、この金を徒目付のどなたかを仲間に引き込む資金におつかいくださいませ。北海屋藤兵衛は商いで世渡りする者でございます。儲け話をみすみす見逃すわけにはまいりませぬ。火のないところに煙を立て、松前藩を改易《かいえき》に追いこんででもオロシアとの交易、仕遂《しと》げる覚悟でおりまする」

板倉を見据えた北海屋の躰から烈々たる気迫が溢《あふ》れ出ていた。

板倉と平塚が、一瞬、弱々しい視線をからませた。板倉が、目線を宙に浮かせて言った。

「松前藩を改易に追い込むか」

喉に痰《たん》がからまったかのような、かすれた、聞き取れぬほどのかぼそい声音であった。

「それ以外、松前藩を黙らせる手立てはありますまい。平塚さま、ほかに何かよき手立てはありますかな」

いきなり話をふられた平塚は、あわてて北海屋に顔を向けた。困惑が滲みでていた。

「ありますかな、よき手立てが」

北海屋が念を押した。平塚は視線を膝元に落とした。

「いまは、おもいつかぬ」

蚊の鳴くような声だった。

「ならば、ともに板倉さまにお願いくださいませ」

北海屋藤兵衛は両手を畳についた。平塚もそれにならった。

「板倉さま、何卒《なにとぞ》よろしくお手配くださりませ」

北海屋藤兵衛は深々と頭を垂れた。

五

浄閑寺の朝は早い。

八つ半（午前三時）には修行僧たちが起き出し、七つ（午前四時）には本堂から勤行《ごんぎよう》の声が響いてくる。

これまでは朝の勤行は修行僧たちにまかせて、昼近くまで寝入っていた慈雲だった。が、蠟燭供養の翌日からは、にわかに勤行にくわわり、修行僧たちをおおいに驚かせていた。もっとも、蔭にまわれば修行僧たちは、

「どういう心境の変化かわからぬが、いつもながらの和尚の気まぐれ、いつまでつづくことやら」

と声をひそめてささやきあった。

右近の暮らしぶりにも変化があった。修行僧たちと相前後して目ざめた右近は勤行が始まると同時に境内へ出て、居合い、上段からの切り落とし、下段からの振り上げ、八双からの返し技などほぼ一刻（二時間）にわたって、大刀を打ち振っての鍛錬に励んだ。

慈雲も右近に刺激されたのか暇を見つけては年代物の杖を持ち出し、振り回したり、突

き、引きなどの杖術の真似事《まねごと》に努めている。もっとも慈雲の場合は小半刻もすると肩を激しく上下させて、息も絶え絶えにへたり込む体《てい》たらくだが、本人は、

「寄る年波のせいじゃ。すぐ馴れる」

といたって意気軒昂《けんこう》なのだった。すぐ顎が上がるのは、

「永年にわたる、日頃の不摂生《ふせっせい》のつけ」

であることも明らかで、慈雲も口には出さないがそのことはわきまえているらしく、毎晩呑《や》る酒量が極端に少なくなっていた。

この日も右近は、いつもとかわらぬ錬磨をつづけていた。

と……。

背後に人の立つ気配がした。殺気は感じられなかったが、敵意を感じぬからといって油断は禁物である。「神夢想流」と名乗った磯貝軍十郎ほどの使い手であれば殺気を消すぐらい造作もないことだ。

右近は剣を下段正眼に構えなおし、躰ごとゆっくりと振り返った。右近がとった下段正眼は、源氏天流の奥義秘伝書に、

「下段正眼からの一刀は万刀に変化し、万刀は一刀に戻る」

とつたえられる、守破離《しゅはり》すべてに対応しうる身構えであった。

振り向いた右近の眼は、軽く腰を屈めた風渡りの伊蔵の姿をとらえていた。

「何かあったか」

鞘におさめようと大刀を握りなおした右近を、伊蔵があわててさえぎった。

「そのまま稽古《けいこ》をつづけておくんなさい。半端《はんぱ》はよくねえ。あっしは終わるまでここで待ちやす」

無言でうなずいた右近は、再び剣の修練にたちもどった。

「太刀筋の素早さといったらありゃしねえ。こっちで風を切る音が響いたとおもったら剣はあちらの方へ動いている。動きに音が後からくっついてくるなんて様子は、生まれてはじめて見やしたぜ」

鍛錬を終えた右近と庫裏の一間で向かい合ったとき、伊蔵はそう言ったものだった。

「気にかかることでも起きたか」

問いかけた右近に伊蔵が、一膝すすめた。

「実は勘定奉行・板倉内膳正と十三湊藩の平塚兵部、それに北海屋の三人が三浦屋に登楼しましたんで」

右近が目線で話のつづきをうながした。伊蔵がことばを継いだ。

「酒と肴《さかな》を運ばせて人払いをし、一刻近く三人で何やら話をしたあと、女たちをよんで半刻ほど遊んで引きあげたそうで」

「一刻の密談、半刻の遊興か」

つぶやいて右近は、黙した。ふつうではありえぬ成り行きであった。落ち合った場所は不夜城の賑《にぎ》わいをみせる遊郭・吉原の一流楼閣三浦屋である。こみいった話なら吉原以外に話し合いに適した場所があるはずであった。三浦屋で会ったということは、話し合いより遊びに主眼をおいた会合とみるべきだが、話し合いと遊興の時の長さが逆転している。

右近は、何やら密談がかわされたと推断した。

右近は伊蔵を見つめた。

「何かあったら知らせてくれ」

「奴らの動き、どんな些細《ささい》なことでも見逃すもんじゃありやせん」

伊蔵がぎらりと狐目を光らせた。


数日後の夜、吉原・三浦屋の座敷に板倉内膳正、平塚兵部、北海屋の姿があった。先夜と違うのは三人のほかに、切られた髷《まげ》隠しに宗十郎《そうじゅうろう》頭巾をかぶった勘定吟味役・安藤主馬と徒目付副頭《ふくがしら》・中里兵太郎《なかざとひょうたろう》が座に列していたことである。

附廻《つけまわ》しの朝霧《あさぎり》と鈴野《すずの》はじめ十名余の遊女たちをはべらせての酒宴がたけなわとなったと

き、北海屋が安藤主馬と中里兵太郎の前に坐り、銚子を手に酒をすすめながら愛想笑いを浮かべて切り出した。

「中里さま、北海屋藤兵衛、お近づきのしるしに贈呈したいものがございます。この座にいる遊女たちのなかにお好みの者がおりましたら身請などさせていただきます。後々の世話も私めがいたしますので、いかがですかな」

と言い、さらに安藤に向き直ってつづけた。

「安藤さまには、今一度、だれぞを身請なされては。北海屋藤兵衛、安藤さまのためなら一肌も二肌も脱ぐつもりでおりまする」

安藤の面に名状しがたいものが浮かびあがった。獣が生贄《いけにえ》を目の前に差し出されて舌なめずりしている。安藤の変容をみとめて、北海屋は心中でほくそえんだ。

(欲望を隠すことができぬ奴なのだ。欲しがるものを見きわめてあたえてやれば、どうにでも操れる)

北海屋藤兵衛は躰の奥底からこみ上げてくる嘲笑を、温顔を保つことで強く押さえ込んだ。

北海屋が中里に視線をもどした。黒目を落ち着かなく動かし、口をへの字に結んだ中里がそこにいた。盃を持つ手が止まっている。おもわぬ北海屋の申し出が中里の思案に余り、途方に暮れてとまどっている。そんな様子に見えた。

「いかがいたしますか、中里さま」

北海屋がやんわりと返答を急《せ》いた。

「……しかし、初対面のそのほうに世話になってよいものかどうか」

と言いつつ、中里の視線は朝霧に向いていた。

(これもまあ正直な。御上の旗本衆は、つづく泰平の世に牙《きば》も骨も抜かれてしまったとみえる。御しやすいお方たちだ)

こころでそうつぶやきながら、北海屋は安藤を振り返った。

「安藤さまはどうなさいます」

安藤は身を乗りだした。

「たびたびのこととなるが、身共はお願いしたい」

と言い、中里を見やった。

「中里殿、堅いことは抜きじゃ。北海屋の申し出、ともに喜んでうけようではないか」

安藤を見返った中里に、わずかの躊躇《ちゅうちょ》があった。その間《ま》を埋めるように北海屋が取りなした。

「なら、こういたしましょう。安藤さまは朝霧を、中里さまは、ええと……」

と思案すると、唐突に中里が口をはさんだ。

「朝霧だ。朝霧を身請したい」

北海屋は大仰《おおぎょう》に驚いてみせた。

「これは嘘も隠しもない、はっきりとした申されよう。武士《もののふ》はそうでなければいけませぬ。おのれのおもいはあくまでも貫き通す。北海屋、つくづく感服いたしました」

そう言い、視線を移した北海屋に安藤が告げた。

「鈴野でよい。北海屋、身共は鈴野でもよいぞ」

北海屋藤兵衛は軽く顎を引いて、応えた。

「では、さっそく朝霧、鈴野の抱え主でもある三浦屋をこの場によび、身請の話などすすめましょう」

安藤と中里が大きく、うむとうなずいた。

そんな安藤たちの様子を上座に坐った板倉内膳正と傍らに控える平塚兵部が、薄笑いを浮かべて見つめていた。

翌日の昼近く、遊女たちの墓に野花を供える右近の背後に伊蔵が立った。

立ち上がり、振り向いて右近が問うた。

「動きがあったか」

軽く腰を屈めて伊蔵が応えた。

「高尾太夫が直々にお話ししたいことがおありだそうで。ご迷惑かもしれやせんが吉原までご足労願いやす。太夫とはいえ、吉原という籠《かご》のなかの鳥の一羽、自由気儘に外出ができぬ身の上でございやす」

半刻後、右近は三浦屋の高尾太夫の暮らす座敷にいた。高尾と向かい合って坐している。斜め後ろに伊蔵が控えていた。

「で、朝霧、鈴野を身請したいと申し入れた北海屋に三浦屋どのはどう返答なされた」

右近の問いに高尾が、かすかに眉をひそめた。

「それが、いつもは廓から解き放たれるは遊女たちにとってもこの上もない幸せ。まさに玉の輿《こし》、と二つ返事で応じられる抱え主さまがきっぱりとお断わりになったのでございます」

右近は黙って高尾を見つめている。面に何の変化もなかった。高尾はつづけた。

「それから後は、大変な修羅場となったのでございます」

高尾が語るところによると、丁重な口調で、

「今回の申し入れ、まことに申し訳ありませぬが、三浦屋、お断わりさせていただきます」

と応えたのへ、北海屋が、

「三浦屋さん、遊女は売り物買い物。身請の金は北海屋、望みのままに払いまする。いかほどお望みか掛け値のないところを言ってくださいな。ここは北海屋の面子《めんつ》を立てて」

としつこく迫った。はじめは穏やかに受け答えしていた三浦屋だったが、あまりの執拗さに腹に据えかねたか、

「北海屋さん、おまえさんは廓の掟を破り、脇差を隠して座敷に持ちこまれたお方だ。そんな筋知らずのお人のことばを信じる気にもならなけりゃ、面子を立てる義理はもうとうありませんぜ。おまえさんからの身請話、金輪際《こんりんざい》、うけつける気はありやせん」

伝法な口調で応えた。

とりつく島のない三浦屋の対応に、一瞬、座が静まりかえった。

それもわずかのこと……。

突然、膳を蹴り飛ばす音が響いた。見ると、上座にいた板倉内膳正が肩をいからせて仁王立ちしていた。眼を吊り上げ憤怒を剝き出した板倉内膳正が、いきなり三浦屋を蹴り倒し、吠えた。

「わしは勘定奉行、板倉内膳正なるぞ。わしの配下同様の者たちの願いをうけ、北海屋が代人として申し入れた朝霧、鈴野の身請をあくまで拒絶するとは許せぬ。御上を怖れぬ所業とみた。この分では捨ておかぬぞ」

三浦屋は起きあがり、畳に座り直した。唇の端から血が垂れていた。三浦屋は、その血を拭おうともしなかった。

板倉内膳正を見上げた三浦屋の顔にかすかな笑みが浮いていた。それまで見せたことのない不敵な面《つら》構えであった。

「これは勘定奉行さまのおことばともおもえませぬ」

おだやかな口調だった。

板倉内膳正の顔が訝しげに歪められた。その変容を見とどけて、三浦屋はつづけた。

「私めは三浦屋の楼主でございます。が、それだけではございませぬ。この吉原の総名主でもございまする。吉原から御上への上納金を管理し、お納めする務めにある者でございまする。勘定奉行さま、吉原から御上への上納金、いかほどになるか、どれほど御上の御《ご》金蔵《きんぞう》を潤しているかご存じでございまするか」

丁重な物言いであったが、そこには毎年数千両にもおよぶ多額の金子《きんす》を幕府に納めている吉原の、廓者《くるわもの》としての矜持《きょうじ》が籠《こ》められていた。

「三浦屋、何を言いたいのだ」

「板倉さま、吉原にいかほどの客が入り、どれほどの利を得たか、御上では摑みきれますまい。すべてはこの三浦屋の胸三寸でございまする」

そう言い三浦屋は畳に両手をついて頭を下げた。

板倉内膳正は、しばし、三浦屋を睨《にら》み据えていたが、

「帰る」

と一声発するや座敷から足音高く去っていった。あわてて立ち上がった平塚が、安藤が、中里が、後を追った。行きかけた北海屋に顔を上げた三浦屋が声をかけた。

「お遊び代は帳場にてお支払いくださいませ」

立ち止まった北海屋が振り向いて、応じた。

「北海屋は商人。銭金《ぜにかね》の行き来だけは綺麗にしているつもり。懸念は無用」

吐きすてるや、歩き去った。

三浦屋は坐したまま、身じろぎもしない。

事の経緯を高尾から聞き取った右近は、しばし無言のままでいた。

右近が口を開いた。

「高尾太夫、私は浄閑寺に寄宿する一介の浪人。話はたしかにお聞きしました。しかし」

高尾がことばを断ち切るように、両手を畳についた。

「お願いいたします。吉原の、私ども遊女たちのお味方になってくださりませ。高尾、頼りにいたしております」

右近は何も応えなかった。黙して、しずかに眼を閉じた。

廓の昼は、夜の賑わいが嘘のような静寂につつまれていた。三浦屋の中庭から鳥たちのさえずりが聞こえてくる。

付《つけ》馬《うま》

一

下谷にある十三湊藩江戸屋敷の奥の間で、平塚兵部と北海屋藤兵衛が人払いをして密談をかわしていた。

吉原からひとことも口をきくことなく帰邸した板倉内膳正のご機嫌うかがいに、同朋《どうぼう》町《ちょう》は神田明神下近くの屋敷へ出向いた平塚兵部は、御用繁多を理由に面談を拒否され、

「わしの面子が立つように善処されたし。それまで面談無用」

との伝言を取次の者から聞かされて、なす術《すべ》もなくすごすごと引きあげてきたのだった。

板倉内膳正は五千二百石の大身旗本である。勘定奉行の職をつつがなく勤め上げれば、それなりの出世が約束される立場にいた。が、さらなる出世をもとめる板倉は十三湊藩からもちこまれたオロシアとの交易話に乗った。幕閣の要職に昇りつめるためにばらまく多

額の資金がほしかったからである。松前藩のことは気にならぬではなかったが、田沼意次を後ろ盾とすれば押さえ込めぬことはあるまい、と高《たか》をくっていた。が、松前藩は予期せぬ行動に出た。

「まさか御老中・松平周防守様を動かすとは……」

板倉は松前藩の動きを読み違えていたことを思いしらされ、このまま十三湊藩に与《くみ》していてよいのか、とのおもいにとらわれていた。そのおもいは、板倉の心底につねに滞っている。一度は北海屋の、

「松前藩を改易に追い込む」

との策謀に腹がすわった板倉だったが、策の根底となる徒目付副頭・中里兵太郎の抱き込みに失敗したかとみえるいまとなっては、

（これ以上の深入りは避けるべき）

とこころを決めていた。もちろん十三湊藩と北海屋がなんらかの謀略をめぐらして中里兵太郎に朝霧をあてがい、籠絡することになれば再び十三湊藩に肩入れすればよい。オロシア交易から得ることのできる巨利、みすみす捨て去ることもあるまいとも考えていた。

板倉が平塚を門前払いにした理由《わけ》は、あくまで計算づくのことであった。

「どうやら板倉さまはしばらくの間、日和見《ひよりみ》をきめこまれるおつもりのようですな」

平塚兵部から緊急の呼び出しを受けて十三湊藩江戸屋敷にやって来た北海屋藤兵衛は、招じ入れられた一間に坐して事のあらましを聞くなり、開口一番、そう言ったものだった。

「どうしたものかの」

平塚が弱り切った声をあげた。

「ようは板倉さまの面子が立つようにすればよろしいのでは」

北海屋は落ち着きはらっている。

「手立てが、あるのか」

平塚が探るような、半信半疑の目線を北海屋に注いだ。

「朝霧と鈴野の身柄をおさえ、中里さまと安藤さまにあてがえば板倉さまの面子が立つ。そういうことでございますすな」

平塚は、無言で首肯した。北海屋がつづけた。

「私めにおまかせください。朝霧と鈴野はしかるべき処に閉じこめ、中里さまと安藤さまがいつでも自由にできるよう取りはからいます」

北海屋は、須崎《すざき》村は三囲《みめぐり》稲荷近くの隅田川《すみだがわ》沿いに広大な敷地を擁する寮をかまえていた。この寮なら、朝霧と鈴野を軟禁しても近所に気づかれることはあるまい、と平塚はおもった。

北海屋は須崎村の寮のほか、江戸府内に日頃住み暮らす本宅を花川戸《はなかわど》町に、江戸へ同行してきた奉公人、用心棒らしき剣客や浪人たちを住まわせる別宅を中《なか》ノ郷《ごう》に所有していた。

平塚は、北海屋の財力を推《お》し量り、不審におもうことがあった。十三湊藩出入りとはいえ日頃の北海屋の商いの規模からみて、金の使い方は尋常ではなかった。まさに、湯水のように、との言いかたがそのままあてはまるほどの使いっぷりなのだ。廻船問屋以外に隠された裏の商いをやっているとしかおもえぬ。平塚は、いまではそう推断していた。

平塚が、ふう、と息を吐いた。いまとなっては北海屋の裏の顔を詮索しても何の役にもたたぬ、と気づいたからだった。オロシア交易の利から多額の配当金を受け取り、どっぷりと賄《まいない》に浸かっているおのれの所業が暴露されたときどうなるか。十三湊藩を存亡の危機にさらしているかもしれぬ所業であった。おのれが切腹するだけではすむまい。一族縁者が断罪に処せられるかもしれぬ、と平塚はおもっていた。

十三湊藩藩主・西尾内匠頭《にしおたくみのかみ》の凡庸《ぼんよう》をよいことに、藩主の承認を得ることなく、欲にかられた国許《くにもと》の国家老、城代家老などと手を組んで秘密裡にすすめたオロシア交易であった。北海屋と一蓮托生《いちれんたくしょう》、このますますむしかあるまい。平塚がそう腹をくったのを見《み》透《す》かしたかのように北海屋が口を開いた。

「中里さまを抱き込めぬと松前藩を改易に追い込む罠《わな》も仕掛けられませぬ。このまま松前藩の勝手にまかせれば十三湊藩主導のオロシア交易は無理、と板倉さまが判断されたは至極当然のことでございましょう。われらがお膳立てをととのえれば再びすすみだす話でございます。ご懸念にはおよびませぬ。それと」

「それと?」

鸚鵡《おうむ》返しに問うた平塚を見つめて北海屋が薄く笑った。笑みを浮かべながらも北海屋の眼は、表情の変化のひとつも見逃すまいと平塚の面《おもて》に据えられていた。

「松前藩を改易に追い込む手立て、すでに一度仕掛けております」

平塚の面に驚愕が走った。その反応を楽しむかのように北海屋がつづけた。

「どこぞの藩の勤番侍に見せかけて田沼さまを一度襲わせております。田沼さまは事の成り行きからみて、襲ったは松前藩の藩士、と推測なされておられるはず。松前藩の動きとみせて田沼さまを再び襲わせるつもりでございます」

「御老中を、田沼さまを再び襲わせた、と。なんと無謀な……」

平塚には、眼前に坐している北海屋がなにやら得体の知れぬ魔怪のようにおもえてきた。躰の奥底から震えが湧き起こってくる。平塚は膝の上に置いた拳《こぶし》を握りしめ、身震いを押さえ込もうとした。が、しょせん無駄な足掻《あが》きだった。平塚は、おのれの意志にかかわりなく躰が小刻みに震えてくるのを強く感じ取っていた。

磯貝軍十郎は北海屋の別宅の中庭にいた。大刀を抜きはなっている。右八双に構えたかとおもうと左へ振り、右へ返した。しばし動きを止めて、首をひねる。ふたたび左へ右へと剣を返しては、また首を傾げた。何度となく同じ仕草を繰り返している。

軍十郎が繰り返している太刀筋は、月ヶ瀬右近の振るう秘剣『風鳴』に酷似していた。

軍十郎は、勤番侍をよそおって田沼意次を襲った無頼浪人のひとりから、襲撃の邪魔をした着流しの浪人の振るった流麗な剣技について話をきいた。聞き終わったとき、音無川の河原で斬り合い、安藤主馬の髷を切った浄閑寺の食客・月ヶ瀬右近だと推断した。

頸《くび》の血脈を、剣先が触れたか触れぬかわからぬほどの間合いを計って断ちきる剣技に、軍十郎の剣客としての血が騒ぎ、

「必ずや倒してみせる」

との闘魂を燃やした、頭から離れぬ相手であった。

軍十郎が右近の太刀筋を模すとその無頼浪人は、

「まさしくそ奴が使った、源氏天流につたわる『風鳴』と称した秘剣に相違ない」

と断言した。

「源氏天流につたわる秘剣『風鳴』」

軍十郎は脳裡にそのことばを叩き込んだ。

磯貝軍十郎は神夢想流を得意とする者である。父は津軽《つがる》藩の藩士だったが、酒の上の諍《いさか》いから上司を斬って、その足でひとり息子の軍十郎を連れて脱藩した。軍十郎の幼いころ、酒乱を諫《いさ》めた母に逆上した父は、こころの激するまま刀を抜き放ち、これを斬殺した。

流れ歩く先々で、軍十郎の父は土地の無頼の用心棒となり人斬りの剣を振るった。父は神夢想流皆伝の腕前であった。五十石三人扶持《ぶち》の下級武士だった父は死物狂いで剣の修業に励んだという。

「が、生まれながらの身分の壁は、どうにもならぬのよ。軽輩は死ぬまで軽輩として蔑《さげす》まれる。剣の技など武士の世渡りには何の役にも立たぬ」

酒をあおりながら、据わった眼で呪詛《じゅそ》のようにつぶやきつづけた父のことを軍十郎は忘れてはいない。

軍十郎は父が嫌いだった。

「おまえには剣の天賦《てんぶ》がある」

と言い、厳しい修業を強いた父であった。軍十郎が初めて人を斬ったのは十五のときである。無銘《むめい》だが切れ味鋭い、父の自慢の愛刀を譲り受けた軍十郎は父とともに用心棒に雇われ、やくざの縄張り争いの喧嘩場へ出向いた。

はじめて真剣を抜き合わせたときは震えがきた。が、度胸殺法で斬りかかってきたやくざ者を、大上段から振るった剣で幹竹割《からたけわり》に断ち斬ったとき、脳天から噴き上げた血汐を、

「美しい」

とおもった。

そのとき、軍十郎の躰を痺れるような快感が駆けめぐった。その陶酔感が人斬りの虜《とりこ》にした。

軍十郎は、この喧嘩場で三人斬り殺している。いずれも脳天幹竹割に倒していた。

(血汐が噴き上げるその瞬間が、おれにひとときの夢を見せてくれるのだ)

軍十郎は噴出する血飛沫《しぶき》を見たさに剣を振るいつづけた。

右近のあやつる首根を断ち切る秘剣もまた、噴き出す血汐の美しさを軍十郎に感じさせてくれた。秘剣の斬り口から噴きだした血汐には、幹竹割によって噴き上げる血飛沫とはまた違った華麗さがあった。

（こ奴にこのまま剣を振るわせ、いま少し噴き飛ぶ血汐の舞いを見てみたい）
とのおもいが、音無川で斬り合ったとき、軍十郎に右近へ本気の攻撃を仕掛けることを躊躇《ちゅうちょ》させたのだった。

軍十郎は、おのれの剣が相手の生き死にのすべてを決める、ということに興奮した。いまではそれは生き甲斐となっている。

軍十郎が二十三になってまもなくのことであった。病に冒《おか》され、足手まといになった父を稽古にかこつけて、木刀で殴り殺した。血反吐《へど》を吐いて倒れた父の脳天を叩き割ったときに噴き出た血飛沫を見て、みょうに解放されたすがすがしい気分になったものだった。

以来、十数年、軍十郎は人斬り稼業をつづけながら流浪の旅をつづけた。北海屋に雇われたのは二年前のことである。廻船問屋として陸奥国の産物を江戸へ運んできた北海屋が商売敵《がたき》の恨みでも買ったのか、夜道で襲われていたところへたまたま通りあわせたのがきっかけとなった。助けを求め、助っ人代としてずしりと重い財布を投げて寄越した北海屋の金離れのよさにひかれて、ずるずると用心棒をつづけ、いまでは命じられるまま荒事の一切を取り仕切る立場となっていた。

磯貝軍十郎が、しばしの思案からさめ、再び右近の秘剣『風鳴』の太刀捌《さば》きを模したとき、

「磯貝さん」

と声がかかった。

見ると縁側に立って、北海屋が薄く笑みを浮かべて軍十郎を見つめていた。北海屋の後ろに、北海屋の片腕ともいうべき番頭の吉兵衛《きちべえ》が立っていた。

「仕事か」

大刀を鞘《さや》におさめながら問うた軍十郎に、北海屋が言った。

「人を斬りたくてうずうずしているという顔ですな。その望み、じきに叶《かな》いますよ。まずは手立てを打ち合わせましょう」

北海屋の広間の中央に一枚の絵図面が置かれていた。吉原のぐるりと建物の配置を記したものであった。絵図面を囲んで、北海屋、吉兵衛、磯貝軍十郎、無頼浪人ややくざら数十人が二重三重《ふたえみえ》に円陣を組んで坐っていた。

北海屋が居流れる者たちを見渡して、告げた。

「明夜、吉原を襲撃する。仕事は朝霧、鈴野という遊女ふたりの拐《かどわ》かしだ。何人ぶっ殺してもいい。しかし、朝霧、鈴野のふたりだけにはかすり傷ひとつつけちゃならねえ。わかったな」

磯貝軍十郎ら無頼たちが、無言で点頭した。

「段取りはこうだ。近寄って絵図面を見てくんな」

北海屋には、いつものまっとうな商人の様子はなかった。ぎょろりと剝かれた三白眼が鋭さを増して、さながら香具師《やし》の大親分と見まがう凄みさえ感じられた。

「吉原には大門からしか入れねえ。守るにやさしく攻めるには難しいところ、そこが吉原だ。まずは大門だ」

北海屋が絵図面の大門を指で押さえた。磯貝軍十郎らが身を乗り出す。

尖《とが》りきった緊迫がその場を覆っていた。

二

吉原遊郭は縦二町に横三町の方形の地で総坪数は二万七百六十七坪。黒板塀をめぐらし、周囲には大溝《おおどぶ》、大下水《おおげすい》、あるいは御歯黒《おはぐろ》どぶと呼ばれる幅五間の堀が掘られていた。

衣紋坂からつらなる五十間道がつきたところに立つ大門以外に出入りできる場所はなく、平地に建つ城郭《じょうかく》、と言っても過言ではない堅固なつくりであった。

大門の左側には面番所《つらばんしょ》と称される門番所があり、町奉行所の隠密廻りの与力と同心が出張ってきて、見張っていた。面番所以外に西河岸《がし》と羅生門《らしようもん》河岸に番屋、自身番が設けられていた。

大門を入ってすぐの右側に会所があり、ここに四郎兵衛たちが詰めるところから四郎兵衛会所とも呼ばれた。

大門を入った大通りが仲の町《なかのちよう》、突き当たりを水道尻といい、火の見櫓《やぐら》と秋葉常燈明《あきばじようとうみよう》が立っていた。仲の町通りの左右に引手《ひきて》茶屋や遊女屋があった。大門口から見て右側は西河岸と呼ばれ、水道尻へ向かって江戸《えど》町一丁目、揚屋《あげや》町、京《きよう》町一丁目とつらなり、塀沿いに河岸見世《かしみせ》という下級の遊女が春をひさぐ局《つぼね》見世が建ちならんでいた。大通りの左側には伏見《ふしみ》町、江戸町二丁目、堺《さかい》町、角《すみ》町、京町二丁目とつづき、塀にそって吉原最下級の遊び場である羅生門河岸があった。

吉原遊郭の四隅には、大門の左に榎本《えのもと》稲荷、右に明石《あかし》稲荷、水道尻の突き当たりに建てられた火の見櫓の右手に開運稲荷、左手には九郎助《くろすけ》稲荷と四社が祀《まつ》られ、五十間道にある吉徳《よしとく》稲荷とともに遊女や亡八者たちの信仰をあつめていた。

北海屋たちが吉原襲撃の謀議をかわした翌夕のこと。

樫《かし》の杖をつき、不自由な右足を引きずるようにして歩いている、長身でがっしりした体軀の武士がいた。身につけた衣服は絹仕立ての、見るからに値の張りそうなものであった。総髪に結い上げた眼光鋭い、どこか無頼の臭いのする容貌ではあるが、姿形からいって大身の武家の忍び姿としか見えなかった。

武士は仲の町の通りを杖をつきながらゆっくりと行ったり来たりしている。落馬でもして負傷したのか、治療の無聊《ぶりょう》をまぎらそうと冷やかし半分に吉原に繰り出したといった風情だった。

やがて夜も更け、面番所の手の者が打ち鳴らす拍子木の音がひびいた。張見世を終え、大門を閉める時刻と定められた四つ（午後十時）である。もっとも、この四つの拍子木は、

——吉原は拍子木までもうそをつき

と川柳でも揶揄《やゆ》されているように、

「四つで大門を閉められては営業の時間が短くて商いが立ちゆかぬ」

と強硬に申し入れてきた吉原遊郭の総名主、亡八たちと面番所の与力たちが相談した結果の、苦肉の策であった。

「浅草寺の鐘が四つを知らせても吉原では拍子木を打たず、九つ（午前零時）の鐘が鳴ったときに吉原では四つの拍子木を打ち、すこし間をおいて正《しょう》九つの拍子木を打つ」

と取り決められた嘘を承知の約束事で、ほんとうのところは九つを知らせる拍子木の音だった。

拍子木が打たれたのが合図のように、仲の町をぶらついていた武士が杖を高々と掲げた。

杖を大きく円を描くように振り回しながら、武士はゆっくりと火の見櫓へ向かって歩き始めた。武士は足を引きずってはいなかった。胸を張り、傲岸《ごうがん》とさえ見える顔付きで周囲を睥睨《へいげい》しつつ歩んでいく。武士は、磯貝軍十郎であった。

火の見櫓の下に男たちが群がっていた。数人の男たちが入り乱れて争っているのだ。火を絶やさぬはずの秋葉常燈明の火が消えている。北海屋の手下がしでかしたことであった。おそらく、

「水道尻に祀った火伏せの神・秋葉権現に供える秋葉常燈明の銅灯籠《どうとうろう》の火が消えると廓に火事がある前兆」

と言いつたえられてきた秋葉常燈明の火を消すところを見廻りの亡八者たちに見とがめられて、それで乱闘となったに相違なかった。

「愚図どもめ」

磯貝軍十郎は腹立たしげに舌打ちをした。身を翻して駆け寄るや、手にした杖で襟元に

茶屋の名が染め抜かれた半纏を羽織った亡八者のひとりの脳天を上段からしたたかに打ち据えた。

骨の砕ける鈍い音がし、頭から血を噴き散らして亡八者が突っ伏した。軍十郎の顔に笑みが浮かんだ。度肝《どぎも》を抜かれてすくんだ別の亡八者へ歩み寄る。と、横合いから匕首《あいくち》を腰だめにした若い亡八者が突きかかった。

軍十郎は軽く身をかわし、つんのめった亡八者の後頭部にこんどは大上段から杖を叩きつけた。

凄まじい杖の速さだった。亡八者の後頭部が叩き割られて、へこんだ。少し間をおいて、血が噴き出す。軍十郎の眼がぎらついていた。血まみれになった杖を見て、言った。

「鉛《なまり》を仕込んだ杖、なかなかの使い勝手。存分に血を吸わせてやるか」

軍十郎は残るふたりの亡八者へ向き直った。

後退《あとずさ》りする亡八者ふたりに歩み寄りながら、御店者《おたなもの》ふうの男に声をかけた。

「早くしろ、留三《とめぞう》。半鐘を鳴らさねば何ひとつ始まらぬ」

軍十郎が、低く告げた。

背後で留三がうなずく気配がした。

「いくぜ」

手下の者に声をかけ、留三が火の見櫓の階段へ向かった。

（火の見櫓の張り番はふたりだけだ。留三たちは四人。遅れをとることはまずあるまい）

階段を駆けのぼる足音を聞きながら軍十郎は胸中でつぶやいた。

火の見櫓から争う音が聞こえ、ふたりの男が叫び声とともに落下した。通りに叩きつけられた激突音と何かがひしゃげる物音がほとんど同時に響き渡った。

軍十郎に追いつめられた亡八者ふたりが匕首を振るって突きかかった。

その瞬間。

火の見櫓で半鐘が鳴りひびいた。軍十郎は上段に杖を振り上げ、振り下ろした。間髪を容《い》れず、同じ所作を繰り返す。軍十郎の両脇で、ふたりの亡八者が脳天から血を噴き散らして崩れ落ちた。おそるべき手練の早業といえた。

軍十郎は左右に視線を走らせた。九郎助稲荷と開運稲荷の鳥居と社《やしろ》から炎が立ちのぼっている。

大門側にある榎本稲荷と明石稲荷も燃え上がっているはずであった。亡八者どもは火を消すために四方に散る。廓内の警戒が手薄になることはあきらかだった。

（あとは吉兵衛の仕事だ。どれ、もう少し亡八者をぶち殺してまわるとするか）

血の滴る樫の杖を右手に提《さ》げて、軍十郎はのんびりと歩きはじめた。散策へでもでかけ

るような気楽な足取りだった、

磯貝軍十郎が亡八者だけを相手にすれば事が足りると断じているのには理由があった。吉原遊郭は公儀との特別な取り決めにより、江戸府内に所在しているにもかかわらず江戸南北両町奉行の支配地ではなかったのである。かといって、道中奉行、寺社奉行、代官などの支配地でもなかった。かの火付盗賊改方ですら廓内に踏み込んでの捕物は公には認められていなかった。つまるところ、吉原遊郭は江戸府内にありながら幕府の検察権力の及ばぬ地であった。江戸南北両町奉行所の手の者は手配の悪党を廓内で見かけてもそのまま泳がせ、大門から外へ出るのを待って捕物を仕掛けた。西河岸と羅生門河岸にある番屋、自身番はたんに物見のためのものにすぎなかったのである。

吉原遊郭は郭内の治安を守るための組織をつくりあげていた。蔭では女改所《おんなかいしょ》とも呼ばれている大門口脇の会所、四郎兵衛会所に詰める四郎兵衛たちをはじめ、見廻り、取締まりにしたがう亡八者たちを多数抱え、さまざまな揉め事に備えていた。が、しょせん寄せ集めの破落戸《ごろつき》集団である。町奉行所の与力、同心たちの働きには遠く及ばなかった。

吉原遊郭がもっとも怖れたのが火事である。享保《きょうほう》の改革を押し進めた八代将軍・徳川吉宗の治世に江戸南町奉行の職にあった大岡越前守忠相《おおおかえちぜんのかみただすけ》は町火消しを組織し、江戸の火災を最小限に食い止めるに多大な貢献を果たした。以来、町火消しは江戸南北両町奉行所の管轄下にあった。吉原遊郭に江戸南北両町奉行所の支配が及ばぬということは、火事になったときには町火消しの力をあてにできぬ、ということにつながる。組織だった緻密さが要求される消火の動きは、亡八者ら廓の男衆にとっては揉め事の仕切り以上に難しかった。吉原遊郭がしばしば火災を起こし、そのたびに全焼に近い被害を受けて仮宅《かりたく》での営業を余儀なくされたのは町火消しが十二分に活用できなかったことにもよる。

げんに、吉原遊郭が葺屋町《ふきやちょう》から葭原《よしはら》へ移転を余儀なくされたのは、明暦《めいれき》三年（一六五七）正月十八日、本郷《ほんごう》五丁目裏の本妙寺《ほんみょうじ》より出火して江戸の大半を焼き尽くした振袖《ふりそで》火事のあおりをうけて全焼したためであった。以来、葺屋町にあった吉原を元吉原、葭原へ移転した遊郭を新吉原と江戸の町人たちは呼びわけた。

いま、新吉原こと吉原遊郭の四隅に火の手があがっている。常日頃、火事の怖さをつたえ聞いている廓者たちはおおいに慌てた。

消火に向かう男衆たちが血相変えて走ってゆく。磯貝軍十郎は仲の町を、大門近くの待合の辻《つじ》へ向かって茶屋沿いに歩いていった。いつもなら惣籬《そうまがき》、半籬、惣半籬の格子の奥に客を待つ遊女たちが艶《えん》を競う遊女屋がつらなる、不夜城のまばゆさを誇る仲の町だが、張見世の終わったいまとなっては足下もさだかには見えぬほどの闇が立ちこめていた。立ちならぶ誰《た》そや行灯《あんどん》に点《とも》る蠟燭《ろうそく》の炎が夜風に揺れている。軍十郎は、火事場へ急ぐのか抜け道のうら寂しい路地へ走り込んだ亡八者を追っては、杖を後頭部に叩きつけた。歩き出してすでに亡八者ふたりを殴り殺していた。

まもなく三浦屋であった。

三弦の音《ね》が鳴り響き、三浦屋はいまだ喧噪のなかにあった。

突然――。

この世のものともおもえぬ獣の咆哮が響き渡った。立ち働く三浦屋の男衆、遣《や》り手婆《てばばあ》たちがおもわず動きを止めるほど尋常ならざるものであった。

鳴き声のしたほうを見やった廓者たちの目に、出入口に掛かる三浦屋と染め抜かれた暖簾《のれん》の下から投げ入れられた三個の炎の塊《かたまり》が飛び込んだ。三つの炎は土間に着地するや、唸り声を発しながら上がり端から框《かまち》に駆けのぼった。同時に遊女や禿《かむろ》たちのけたたましい悲鳴があがった。

内所にいた三浦屋四郎右衛門は騒ぎに気づき、廊下へ飛び出した。炎の塊が三つ、廊下を走り、階段へ飛び上がっていた。三浦屋は炎の正体を見きわめようと、塊のひとつに目を凝らした。

飛び跳ねる四本の足に虎斑《とらふ》の毛模様。燃え上がる炎で背のあたりが見えなかった。三浦屋はさらに瞠目した。そしてその炎の塊が、躰に油をかけられ、火をつけられた猫だとさとったとき、驚愕が三浦屋を襲った。

「猫だ。火をつけられた猫だ。つかまえろ。火事になるぞ」

三浦屋はありったけの声を張り上げた。その声に、我にかえった廓者たちが火玉となって走り回る猫たちのあとを追った。だが逃げまどう遊女たちに行く手をさまたげられ、男衆たちの追い込みはなかなかはかどらなかった。

猫は、火を消そうとして戸襖に躰をぶつけ、すりつけてもがいた。何度もぶつかり、躰を擦《こす》りつける。やがて襖がやぶけ、めくれた襖紙に火がついた。燃え上がった襖が倒れ、床に入っていた客と遊女が一糸もまとわぬあられもない姿で座敷から飛び出してきた。近くの布団部屋からでも取りだしてきたのか薄掛けを、駆けよった遣り手婆が客と遊女の躰に着せかけている。

火だるまと化した三匹の猫たちはところかまわず走り回った。三浦屋のあちこちに火がつき、燃え上がった。

三浦屋は男衆たちの先頭に立ち、薄掛けを手に走り回っては火を叩き消した。客たちは燃え上がる火に驚き、騒ぎ立てた。廓主の四郎右衛門はじめ三浦屋の男衆、遣り手婆、はては遊興の座にいた男芸者までくわわって猫三匹の捕獲と火消し、慌てふためく客の始末にと追い立てられた。

肉の焦げる異臭をまき散らし、走り回った三匹の猫が力尽きてその動きを止めるまで、三浦屋たちは翻弄されつづけた。三つの炎の塊が燃え崩れたのを見届けた三浦屋は、廓にいる者たちを総動員してあちこちで立ちのぼる火を消してまわった。

三浦屋たちが燃えくすぶった火をすべて消し去ったのは、明六つ（午前六時）のことであった。

一息ついた三浦屋が内所に落ち着いたとき、血相変えた男衆のひとりが飛び込んできた。見落としがないか念入りにあらためるために三浦屋の内々を見回らせた男衆のひとりであった。

男衆の知らせは三浦屋にさらなる驚愕をもたらした。

遊女の朝霧と鈴野の姿が見えない。縊《くび》り殺された遣り手婆の骸《むくろ》が鈴野の座敷に残されており、さらに悪いことに朝霧と鈴野の客も、交合《まぐわい》の最中であったのか素裸で、喉笛《のどぶえ》に裁《た》ちばさみを突き立てられて息絶えている、というのだ。

「お客さまを死なせてしまった、だと」

三浦屋の声が尖った。客が命の商いである。遊びに上がった客に怪我でもさせたら亡八の名折れでもあった。それが、死なせてしまった。三浦屋の面は屈辱と怒りに朱に染まり、怒張した。

男衆が首を竦《すく》めた。三浦屋の拳が振り下ろされることを怖れた気持ちがおもわず取らせた動きだった。

が、三浦屋は派手に舌を鳴らしただけだった。

「できるだけ他の客に気づかれぬよう死骸を始末しろ。それと、殺された客の身元をすぐに割り出すんだ。三浦屋の暖簾にかかわる。表沙汰にするわけにはいかぬ。すべてを秘密裡に片づけるんだ」

首肯して立ち上がり、座敷から出ていく男衆を目で追いながら三浦屋は心中でつぶやいていた。

（朝霧と鈴野が拐かされた。誰がやったのか）

思考を押し進めた三浦屋の脳裡に、薄笑いを浮かべた北海屋藤兵衛のふてぶてしい顔が浮かび上がった。

三浦屋四郎右衛門のなかに激しい憤《いきどお》りが噴きあげてきた。

（どうしてくれようか。このままではすまさぬ）

三浦屋は無意識のうちに奥歯を嚙み鳴らしていた。

三

　火事騒ぎから二日が過ぎた。

　三浦屋四郎右衛門は風渡りの伊蔵を供に、浄閑寺へ足を向けた。

（月ヶ瀬右近さまに、朝霧、鈴野拐かしの始末を何としても頼み込む）

　と腹を決めてのことであった。

　浄閑寺の境内へ足を踏み入れた三浦屋四郎右衛門は立ち止まり、遊女たちの墓が立ちならぶ一画へ向かって合掌した。

「亡八の祈念などうけても女たちは喜ぶまいよ」

　かけられた声に振り向くと、杖を手にした慈雲が満面に汗を浮かせて立っていた。

「これは和尚さま、相変わらず厳しい仰《おつしや》りようで」

　苦笑いを浮かべて、三浦屋が腰を屈めた。

「あの世へいった女たちに手を合わせるくらいなら、生きているうちに一片の情でもかけてやったらよかろうに。のう、伊蔵」

　慈雲の言いように伊蔵が、三浦屋同様、苦く笑って軽く頭を下げた。

「ま、亡八には亡八の通すべき筋があろうがの。ところで今日は何の用だ。おまえたちがひっきりなしに遊女たちを投げ込んでいくから、当寺の銭蔵《ぜにぐら》は空《から》っぽで年がら年中すきま風が吹いておる。御布施は持ってきたか。多ければ多いほどいいぞ」

慈雲のことばに三浦屋が笑みを含んで応じた。

「御布施のこと、常日頃から耳に胼胝《たこ》ができるほどお聞かせいただいておりますので、よく承知しております。今日は、月ヶ瀬さまへお願いしたいことがございまして参りました次第で」

「右近に」

慈雲がちらりと伊蔵に視線を走らせた。伊蔵が生真面目《きまじめ》な顔つきでかすかに首肯した。うむ、と慈雲は首をひねった。しばしの沈黙ののち、言った。

「よし、取り次いでやる。ただし、わしも同席するぞ。それでいいな」

「結構でございます。和尚さまに聞かれて都合の悪い話ではございませぬ」

三浦屋がじっと慈雲を見つめた。

阿弥陀如来像が鎮座する須弥壇を背に慈雲と右近が、向かい合って三浦屋、三浦屋の斜め後ろに伊蔵が坐っていた。

「朝霧と鈴野の座敷で殺されていたのは旗本千五百石岡部《おかべ》さまの御嫡男と下谷・今生寺《こんじょうじ》の御住職でございました」

そう言った三浦屋に慈雲が口をはさんだ。

「それはよかった。旗本の跡継ぎと坊主、しかも住職となると、死んだ場所が悪すぎる。ともに家門の恥、寺の不名誉。表沙汰にするわけにはいかぬであろうよ」

三浦屋は無言でうなずき、つづけた。

「昨日、岡部さまと今生寺にお詫びにうかがい、それぞれ三百両の弔問金をお包みして事を落着とさせていただきました」

それまで三浦屋の話に聞き入っていた右近が口をひらいた。

「話の成り行きからみて、朝霧と鈴野を拐かしたのは北海屋とその一味とおもえるが」

「それが、そうも決められませんので」

三浦屋の応えに右近が訝しげに眉を寄せた。三浦屋がことばをついだ。

「火事騒ぎのあった夜、遊女屋の松《まつ》か年《ね》屋さんの座敷で北海屋藤兵衛、平塚兵部、安藤主馬、中里兵太郎、島田庄二郎の五人が暮六つから呑めや唄えの乱痴気騒ぎをやらかしておりましたので」

町人が武士を呼び捨てにするなど、本来はあってはならぬことであった。それを承知の上であえて呼び捨てにした三浦屋の胸中を右近は推し量った。

（三浦屋は北海屋の一味こそ、此度《こたび》の事件の黒幕と確信しているのだ）

右近は三浦屋を見つめた。

右近の視線を受け止めて、三浦屋が言った。

「月ヶ瀬さま、拐かされた朝霧と鈴野の行方を突きとめ、命あらば助け出していただけませぬか」

右近は、応えない。面には何の変化も見えなかった。

誰も口を開かなかった。右近を見つめ、返答を待っている。

ややあって右近が伊蔵に視線をそそいだ。

「ひとりで仕遂げるには無理なこと。伊蔵、手助けしてくれるか」

「命賭《か》けて、やらせていただきやす」

伊蔵が身を乗りだした。

「三浦屋どの。伊蔵を借りる。落着まで四郎兵衛の仕事からはずれてもらうことになるが」

「存分にお使いくださいませ。伊蔵だけでは頭数が不足。とりあえず二十人ほど伊蔵の下につけます。足りなければ何人でも用意いたしますので遠慮なくお申しつけください」

三浦屋が傍らに置いた二つの袱紗包みのひとつを手にとった。前に置き、袱紗を開くと、なかみは封印された小判であった。三浦屋は小判を二つにわけた。

「二百両あります。探索に役立ててください」

そう言って三浦屋は一山を右近の前に差しだし、さらにもう一山を、

「御布施として百両、お受け取りください」

と、慈雲の前に置いた。

慈雲は小判に手を伸ばした。そのまま小判を受け取り、懐に入れるとしかおもえぬ慈雲の所作であった。が、つづく慈雲の動きは、一座のおもいを大きく覆《くつがえ》した。慈雲は、小判を三浦屋に押し返した。

「この御布施は受け取れぬな」

三浦屋が黙った。当惑が面に滲み出ていた。慈雲がことばをついだ。

「亡八が、亡八の道を忘れて生きている女のために捨て銭を出そうというのに、死人のための御布施まで出させるのは気の毒。それゆえ遠慮しようというのだ。もっとも、三浦屋が、一度出した金は引き取れぬと言うのなら、これはこうして」

と慈雲は小判を右近のほうに押しやった。

「浄閑寺が受け取った浄財じゃ。朝霧と鈴野の探索のために使ってくれ」

「和尚さま」

一瞬、三浦屋はことばをつまらせた。ややあって三浦屋は傍らに残してあった袱紗包みを慈雲の前に置いた。

包みのなかみは、一見して異国渡りのものとわかる毘盧遮那仏《びるしやなぶつ》だった。密教で大日如来《だいにちによらい》と称する仏である。銅に金鍍金《きんときん》を施した仏像の諸所に宝玉が嵌《は》めこまれていた。

「天竺《てんじく》からの渡来物とみたが……見事な出来栄《ば》え」

毘盧遮那仏に見入っていた慈雲が感嘆の声をあげた。

「私も最初はそうおもいました」

「違うのか」

三浦屋の応えに慈雲が訝《いぶか》しげな顔を向けた。

「江戸の腕のよい飾《かざり》職人の仕事でございます。なんでも古《いにしえ》のころ、天竺より渡来した毘盧遮那仏を微《び》に入り細《さい》をうがって模像《もぞう》したものときいております」

「しかし、どう見ても天竺渡りの仏像としかおもえぬ」

慈雲はあらためて仏像を見つめている。その面には、

(これが江戸の飾職人の細工とは……)

との驚嘆があふれていた。

「この毘盧遮那仏は寄進いたします。寺内の一隅にでも鎮座させていただき、日々の勤行で魂を入れていただければ、と願っております」

「遠慮なくいただいておく。多数の宝玉類が嵌めこまれた華麗極まる毘盧遮那仏、遊女を供養する当山にはふさわしいものかもしれぬ」

慈雲は仏像を袱紗ごと手に取り、おのれの前に置いた。

「和尚さま、月ヶ瀬さま、此度のこと、よろしくお頼み申しあげます」

三浦屋が畳に両手をつき、深々と頭を下げた。


翌日、浄閑寺へ伊蔵に引きつれられた亡八者たちがやってきた。そのなかにひとり、およそ場違いな、年の頃は二十五、六の瓜実顔の、目鼻立ちのととのった婀娜《あだ》な女が混じっていた。一見すらりとした小股《こまた》の切れ上がった艶な年増《としま》に見えるのだが、女にしては鋭い、いかにも鼻っ柱の強そうな棘《とげ》のある目許が難で、近寄りがたいものを周囲に感じさせていた。

女の名は、お蓮《れん》という。

お蓮は付馬《つけうま》だった。付馬は、つけうま、つきうま、うま、などと呼ばれ、不足あるいは未払いの遊興費を受け取るために遊客について行ったり、遊客の家々へ取立てにまわったりする稼業の者であった。

本堂で、右近と亡八者たちの顔合わせとなった。右近の傍らに、当然のことのように慈雲が坐して一座の者たちを見やっている。

風渡りの伊蔵が数列に居並ぶ男たちを見返って言った。

「左次郎《さじろう》から順に名乗ってくんな。月ヶ瀬さまに顔と名をおぼえていただくんだ」

左次郎がうなずき口を開こうとしたとき、男たちからすこし離れて坐っていたお蓮が口をはさんだ。

「ちょっと待っておくれ、伊蔵さん」

「何だ、お蓮」

伊蔵が気むずかしい顔を向けた。またか、といったうんざりした様子を剝《む》き出しにしていた。

「男衆から順にいったらあたしが最後になっちまうじゃないか」

「名を言うだけだ。たいした手間はかからねえよ」

そっけなく伊蔵が言った。

「承服できないねえ。総名主さまから言われたからきたんだ。付馬稼業は大忙しでね。今日も何軒も取立てにまわらなきゃいけない。わずかの時でも惜しいんだよ」

歯切れよくお蓮が言い立てた。

「お蓮、こんどのことはおれが差配をまかされているんだ。おれの気儘《きまま》にさせてくれねえか」

「何度同じことを言わせるんだい。承服できないって言ってるんだよ」

「お蓮」

伊蔵の声が尖った。

そのとき……。

「お蓮さん、というのだな」

かかった声に、伊蔵やお蓮が目を向けた。右近がお蓮に視線をそそいでいた。

「顔合わせは終わった。稼業にもどってくれ」

右近のことばに、お蓮はにこりともせず応じた。

「そうですか。それじゃ遠慮なく行かせてもらいますよ」

裾をはらって立ち上がったお蓮は、右近に軽く会釈して踵《きびす》を返した。

立ち去るお蓮から右近に目線を移して伊蔵が言った。

「みっともないところをお見せしちまって。とんだはねっかえりで」

右近が何事もなかったように告げた。

「はじめてもらおうか」

伊蔵が首肯して、左次郎を振り返った。

「左次郎といいます」

そう言って頭をさげた。

「太吉《たきち》で。お見知りおきください」

「利助《りすけ》と申しやす」

亡八者たちは次々と名乗っていった。右近は名を名乗る亡八者たちを目線で追っていく。亡八者たち全員が名乗り終わったあと、右近が口を開いた。

「指示はすべて伊蔵につたえておく。伊蔵の差配にしたがってくれ」

「これだけ頭数がそろっているとなかなか名と顔がひとつにならぬわい。おいおいおぼえるとするか。どれ、これにてお開きとしようぞ」

慈雲がゆっくりと立ち上がった。伊蔵が亡八者たちを振り返って言った。

「みんな引きあげてくれ。おれは月ヶ瀬さまとこれからのことを打ち合わせてから帰る。二刻（四時間）あとに会所で寄り合おう」

亡八者たちが首肯し、相前後して立ち上がった。

右近と伊蔵は本堂のまわり縁に場を移していた。連子窓《れんじまど》下の壁に背をもたせかけて境内を眺めている。仲のいいふたりが身分を離れて語り合っているかのような、一見のどかな様子であった。

が、右近と伊蔵がかわしている話は外見とは裏腹に厳しいなかみのものであった。

「月ヶ瀬さまも北海屋の一味が朝霧、鈴野を拐かした犯人と踏んでいらっしゃるんで」

ちらりと右近に視線を走らせて、伊蔵が言った。右近が応じた。

「そうだ。とりあえず手分けして北海屋、平塚兵部ら十三湊藩一派、安藤主馬、中里兵太郎、それぞれの身辺を洗ってくれ。屋敷の所在するところ、別宅の有無。わかる範囲でいい。もし人手に余裕があれば一味の者たちを見張らせてくれ」

「お蓮は、どう扱いましょう。総名主から必ず役に立つ、仲間にくわえておけ、と言われたんで連れてきたんですが、あの調子だ。みんなともうまくいくはずがねえ」

右近は、黙っている。伊蔵が垣間見た右近の顔は、いつもと変わらぬ柔らかなものだった。伊蔵は話の接ぎ穂に困った。何を話すか迷った伊蔵は、おもいつくままお蓮の過去について語り始めた。

お蓮は深川の裏長屋に住む飾職人の娘だった。十三のときに母を病でなくし、父娘ふたりの暮らしでお蓮は父の身の回りの世話などを器用にこなし、近所では親孝行の娘でとおっていたという。が、父の職人にありがちな博奕《ばくち》好き、酒好きの性格が災いして次第に借金が膨《ふく》れあがっていった。

父の博奕の借金のかたに、お蓮が土地のやくざに吉原に叩き売られたのは十七のときだった。

勝ち気が顔に出ているがなかなかの美形。うまく仕立てれば太夫、花魁にもなりうる上玉、というのが当時のお蓮にたいする吉原遊郭の亡八たちの評価であった。抱え主の三浦屋四郎右衛門は一年間みっちりと遊芸を仕込んだお蓮を、花魁としては下級だが遊女としては上級格の、新造《しんぞう》のつかぬひとりづとめの昼三《ちゅうさん》としていきなり宴席に侍《はべ》らせた。

利発で、すべての稽古事の修得も早いお蓮の評価は上々だった。お蓮の太夫、花魁への道は順風満帆かとおもわれたが水揚げの夜、その事件は起こった。

お蓮は男を知らなかった。知識としての床技は、性技を教え込む遊女あがりの遣り手婆などからみっちりと仕込まれていたものの、肉と肉との生身の絡み合いは初めてのことだった。

お蓮の相手は大店《おおだな》の物産問屋の主人だった。五十すぎの、でっぷりとした、てらてらと脂《あぶら》ぎった赤ら顔の男はさんざんお蓮の躰をおもちゃにしたあと、処女《きむすめ》を女にして血まみれになった男根をお蓮の口に突っ込んだ。お蓮は息苦しさにもがいた。その抵抗が男の獣欲に火をつけた。男は膝でお蓮の躰を押さえつけ、髪をつかんでお蓮の喉奥へ一物を深々と突き立て、腰を前後に揺すった。

逃れようと必死に悶えるお蓮に欲情をかきたてられた男が、さらに激しく責め立てたとき、激痛が男を襲った。男は断末魔の絶叫にも似たわめき声を発し、お蓮を突き飛ばして畳の上でのたうった。

叫び声を聞きつけた遣り手婆や男衆が部屋へ駆けつけたとき、お蓮は一糸まとわぬ姿で口から血を滴らせて、呆《ほう》けたように坐っていた。男は、男根を半ば嚙み切られ、一物から血を溢《あふ》れさせて気を失っていた。

相方を傷つけた遊女は厳しい仕置《しおき》に処す。吉原遊郭の掟《おきて》はそうであった。お蓮は割れ竹叩きの私刑に処された。ふつうなら死んでもおかしくない、厳しい処罰であった。全裸に剝かれ、梁《はり》にかけた縄に両手首を縛りつけられ、両手を高々と引きあげられたお蓮を、前後左右に位置した亡八者たちが割れ竹を手にしてそれぞれ百回、叩きつづけた。お蓮の皮膚は裂け、えぐれて、血みどろとなった。

仕置が終わったとき、お蓮は意識を失い、身動きひとつしなかった。梁にかけ、柱に縛りつけた縄の一端を解き放ったとき、支えを失ったお蓮の躰はそのまま仕置部屋の床に崩れ落ちた。誰もがお蓮は息絶えたと断じていた。亡八者たちはお蓮をそのままに仕置部屋から立ち去った。

一刻（二時間）後、仕置の結果を見届けにやってきた三浦屋四郎右衛門はお蓮にまだ息があるのに気づいた。そのまま放置すればおそらくお蓮は息絶えたに違いない。が、三浦屋はそうしなかった。医者を呼び、お蓮を手当させた。結果、お蓮は息を吹き返した。三浦屋は、お蓮を付馬として働かせることにした。お蓮の強情で粘り強い性格は付馬にはうってつけ、と見込んでのことだった。三浦屋は、

「お蓮の処断は終わった。こんごのことは私がすべての責任を持つ」

と言い張って、

「吉原の掟にしたがえば処刑するがあたりまえ。下手に情をかければ遊女どもの仕切りがゆるむ怖れもある」

と難色を示す廓主たちを説き伏せた。

恢復《かいふく》したお蓮は付馬として働きはじめ、いまでは腕利きとして重宝されていた。

「お蓮が割れ竹叩きにあったとき、情け容赦なく叩きのめした亡八者のひとりが、あっしなんで」

伊蔵が、そのときの光景をおもいだしたかのように細い眼を、さらに細めた。

しばしの沈黙があった。

右近が、しずかに告げた。

「お蓮の気儘にさせるがいい」

伊蔵は黙り込んだ。どう返答していいかわからなかった。

（お蓮は割れ竹叩きのことを忘れてはいまい。いまでもおれを恨んでいるにちがいない）

伊蔵は心中でそうおもった。そんな伊蔵のこころを見透かしたように右近が、言った。

「おそらく、お蓮は、過去《むかし》のことは何も気にしておるまい。お蓮は三浦屋から拾われた命を新たに得た命とみて、付馬稼業に力を尽くしていまこのときを生きているのだ」

右近は、三浦屋四郎右衛門がなぜお蓮を寄越したかわかるような気がした。お蓮もまた、この世にあってこの世と見えぬ世界に身を置く者なのだ。そのことがわかる三浦屋もまた、同じ世界に生きるこころを持つ男なのかもしれない。右近は、空を見上げた。大きな雲が二つにちぎれて、風に身をまかせて離れていく。

（おそらくあの雲は、二度とひとつになることはあるまい。出会うこともあるまい）

右近はじっと流れる雲を見つめていた。

伊蔵もまた、無言で空を見上げている。

四

田沼から、

「いつもの月参りをいたしたく明後日朝五つ半（午前九時）に曲輪《くるわ》内の上屋敷まで出向いていただきたく。意次」

との書付が、使いの小者によって浄閑寺の右近のもとへとどけられたのは、亡八者たちとの顔合わせの翌朝のことであった。

書付には一枚の木札が同封されていた。

「此者懇意の者也。田沼家に関わりある屋敷場所出入り自由。此者余に面談を望みし折は最重要の扱いにて至急取次致すべきこと　田沼意次」

と、田沼の手によって墨跡《ぼっこん》鮮やかに記された鑑札とも言うべきものであった。

木札に記された内容は、右近が抱いていた田沼との関わりかたの範疇《はんちゅう》をはるかにこえていた。右近は木札をとどけさせた田沼の真意が奈辺《なへん》にあるか測りかね、慈雲に木札を見せて問うた。

「和尚、田沼は何をたくらんでいるのであろうか」

慈雲は木札の表をあらため、裏をかえしてさらにあらため、ふたたび懇《ねんご》ろに表を見つめて、言った。

「ただの木札じゃ。書かれたとおりのことをそのままに解すればよい」

「ただの木札」

慈雲のあっけらかんとした口調に、右近はおもわず鸚鵡《おうむ》返しに言った。

「田沼は話相手が欲しいのじゃよ。死んだ桃里は田沼の話をよく聞き、うまく相づちを打ってくれる聞き上手の女だったのかもしれぬ。田沼は、浄閑寺に住まうおぬしを無意識のうちに桃里と重ね合わせたのじゃ。田沼とわしらの間には何の損得もない。損得のないところに浮世の駆け引きは存在せぬ。田沼とは思うがままに接すればよい」

慈雲はそこでことばを切って右近を正面から見つめた。いつもと違って厳しいものがその眼差しのなかにあった。

「右近、おぬしは田沼との関わりが切れても痛くも痒《かゆ》くもない身ではないのか。なぜ田沼との関わりかたにこだわるのじゃ。田沼に何を求めようというのじゃ」

右近は慈雲のことばに、おのれのなかにひそむ妄執《もうしゅう》を見いだしていた。

（おれはとらわれているのだ）

たしかに右近は、京の御所で見た田沼意次の傲岸な姿にいまだ惑わされていた。

（あのときの田沼は幕府の威光を一身に背負っていた。幕府という組織のなかでしか生きてゆけぬ、がんじがらめに縛られた者。それが田沼の真の姿なのかもしれない）

「それも田沼、これも田沼よ」

慈雲が田沼を評して言ったことばが記憶の奥底から蘇り、右近の耳朶《じだ》を打った。

「この木札、ありがたく頂戴する」

右近は懐から取りだした銭入れに木札を入れた。慈雲は、うむ、とうなずき、腕まくりをして言った。

「一手御指南といくか。わしの杖術の業前、それほど捨てたものではないぞ」

屋敷へ出向いた右近を田沼は上機嫌で迎えた。深編笠に着流しの忍び姿で裏門から出た田沼は、右近とひとことのことばをかわすでもなく浄閑寺へ向かった。

いつものとおり田沼は、桃里の墓の前で小半刻（三十分）ほど過ごした。

本堂で慈雲に桃里の供養料を納めた田沼は右近に声をかけた。

「鷲《おおとり》神社までつきあってくれぬか。近くの茶屋で昼餉《ひるげ》など楽しもう」

「月参りの日は田沼さまの用心棒をつとめる身、どこへなりと随伴つかまつります」

応じた右近に田沼が告げた。

「頼りにしておるぞ。松前藩の者とおぼしき輩《やから》が、ひそかにわしの身辺をうかがっておるとの噂もあるでな」

松前藩、と聞かされた瞬間、慈雲と右近がちらりと眼をからませた。松前藩に何やら謀略あり、と田沼の耳に吹き込んでいる輩がいるに違いない、とたがいの眼が語り合っていた。右近と慈雲に起きた変容に、田沼が気づいた様子はなかった。

鷲神社は吉原田圃《たんぼ》をはさんで吉原遊郭の西南の方角にある、お酉《とり》さまで有名な神社である。御神体は鷲の背に乗った釈迦如来《しやかによらい》の立像で鷲明神と称され、鷲神社が俗に鷲明神とも呼ばれるいわれとなっている。鷲神社は出世、武運、開運の神として信仰されてきたが、このころになると商売繁盛の神として江戸の町人たちの信仰を集めるようになっていた。毎年十一月の酉の日には祭礼がとりおこなわれ、境内から吉原田圃のあぜ道まで露店が立ちならんで身動きができぬほどの人出で賑わった。この日ばかりは客と一緒であれば外出が許されたこともあって、吉原遊郭の遊女のなかには客を誘って鷲神社の参詣に出かける者たちも何組かあった。

田沼はわざわざ回り道して吉原田圃の畦道《あぜみち》を通った。歩きながら、言った。

「露店ではいろいろな縁起物《えんぎもの》が売られていてな。儲けや福を掻き込む道具とされる熊手《くまで》。人の頭となることを意味する、山芋の一種である八ツ頭《がしら》。金持ちになるとの願いをこめて黄金餅《こがねもち》と名付けられた粟《あわ》餅を、一緒に歩きながらともに食べたりしたものだ」

右近が垣間見ると、田沼の顔にはかすかな笑みが浮かんでいた。田沼が言う、一緒に歩きながらともに粟餅を食べた相手は桃里に違いあるまい。畦道から黒板塀ごしに建ちならぶ吉原遊郭の遊女屋が見える。おそらく、遊女屋の二階からもひろがる吉原田圃や鷲神社が見えているはずであった。

鷲神社に参詣した田沼は右近を見やって、告げた。

「腹がすいた。昼餉には少し遅れたが浅草《あさくさ》へでも足をのばして鯉こくでも食するか」

「結構ですな」

右近は、笑みを含んで応じた。

田沼と右近は吉原田圃を突っ切って、金竜山浅草寺《きんりゅうざんせんそうじ》の本堂の裏手から境内へ入った。浅草から吉原遊郭への近道としてよく利用されている道筋であった。本堂の脇を抜け、仁王門へ向かう。左手に五重塔が抜けるような蒼天を切ってそびえ立っていた。仁王門から風雷神門へ向かう参道に仲見世が軒を連ねていた。

その仲見世の、茶屋が二十軒余もならぶところから二十軒茶屋と呼ばれる一画を抜けると脇道があった。その脇道を左へ曲がると大川《おおかわ》へ突き当たる。その脇道にも参詣客相手の茶屋がならんでいた。田沼はそれらの茶屋には目もくれず脇道を通り抜け、大川に面した料亭［粋川《すいせん》］へはいった。

粋川は瀟洒《しょうしゃ》なつくりの、川魚料理を売り物とする料理茶屋であった。田沼の行きつけの店であることは出迎えた仲居の扱いでわかった。通された二階の、大川に面した座敷へは主人や女将《おかみ》が挨拶に出向いてきた。田沼は鷹揚《おうよう》に応えている。

このあたりの大川は浅草川とも呼ばれ、旧名を宮戸川《みやとがわ》といった。白魚、紫鯉の二品が大川の名産とされ、鰻もまた評判の品であった。

紫鯉の煮付けに鯉こく、鰻の蒲焼きと料理人が腕を振るった料理が膳をにぎわした。

田沼と右近は運ばれてきた料理を黙々と食した。

「ここまでといたそう。もう食べられぬ」

と田沼が仲居に告げるまで、さまざまな料理が運ばれてきた。

田沼は酒を呑まなかった。そのかわり茶を何杯も口にした。

「すまぬが昼は酒を呑まぬと決めておるのでな」

座敷に座るなり田沼が心底申し訳なさそうな顔つきで右近に告げたものだった。右近は無言でうなずいている。

ひとしきり料理を平らげたあとで、右近は田沼に問いかけた。

「なぜ松前藩の者が田沼様の身辺をうかがっているとおもわれたのか、その根拠は奈辺にあるかお聞きしたい」

田沼は、松前藩江戸家老・江坂惣左衛門の突然の来訪から同役の老中への働きかけなど策謀をめぐらした動きが推量のもととなっている、と右近に告げた。

田沼の話を聞き終えたあと、右近は、言った。

「勘定吟味役・安藤主馬殿、徒目付副頭・中里兵太郎殿が吉原の遊女・朝霧と鈴野を身請しようとなされたのをご存知か。安藤殿にいたっては雪笹なる遊女を身請しようとし、身請を潔《いさぎよ》しとしなかった雪笹が言い交わした男と足抜きして心中、身請することが叶わなかった経緯があっての二度目の身請申し入れでござった」

「勘定吟味役と徒目付副頭が身請を申し入れた、と。遊女を身請するほど内証《ないしょう》に余裕があるとはおもえぬが」

田沼が眉を顰《しか》めた。

「身請の金主もとは北海屋藤兵衛。北海屋と安藤殿、中里殿を引き合わせたは勘定奉行・板倉内膳正殿と聞いておりまする」

田沼は無言で右近を見つめている。右近はことばをついだ。

「朝霧と鈴野の抱え主である三浦屋は安藤殿と中里殿の身請申し入れを断わったそうでございます。そのあと、朝霧と鈴野は吉原遊郭と三浦屋に起こった火事騒ぎのどさくさのさなか何者かに拐かされ、その行方はいまだに不明でございまする」

「遊女の朝霧と鈴野が拐かされた、と。それも身請の申し入れ拒絶のあとで、とな」

田沼はそう言い、思案に沈んだ。

ややあって、顔を上げ、右近に問うた。

「月ヶ瀬は、どこでそのような話を聞き知ったのだ」

「浄閑寺は、投込寺とも呼ばれている吉原遊郭の遊女たちの墓所でございます」

「吉原遊郭の出来事は耳談合まで、時を置かず聞こえてくるということか」

右近は首肯した。

田沼は黙り込んだ。大川の水音が窓障子ごしに聞こえてくる。

閑静のときがつづいた。

田沼が右近を見やって言った。

「桃里は遊郭のことや町の噂をいつもわしに話してくれた。わしは桃里から聞いた話を上様に話した。上様は世情をご存じない。わしの話に目を輝かせて聞き入られた。わしは桃里から聞いた下々《しもじも》の噂話を語ることで上様のおぼえめでたい身になれた。いまでもそうおもっているのだ。月ヶ瀬、今後もわしにさまざまなことを聞かせてくれ。いまのわしはすでに町人の暮らしが、そのこころが見えなくなっている。そんな気がしてならぬ」

「私でよければ、いつでも」

　ありのままの心情を吐露《とろ》したかに見える田沼のことばに、右近はおもわずかすかな笑みさえ浮かべて応えていた。

　数日後、登城した田沼意次が御用部屋へ入ると大目付・秋月能登守《あきづきのとのかみ》重正《しげまさ》が待ちかねていたように歩み寄ってきた。目線で部屋を出るようにうながす。何事か表沙汰にはしかねる話、と田沼は推断した。

　田沼と秋月は中庭に面した濡れ縁に立っていた。傍目《はため》には、世情の話でもしている体《てい》にしか見えぬはずであった。茶坊主が田沼らに黙礼して背後の長廊下を通り過ぎていった。あたりには人影はなかった。

「何事だ」

　田沼の問いかけに秋月が声をひそめて応えた。

「実は若年寄配下の徒目付からひそかに、さる大名の不穏な噂がもたらされまして」

「徒目付が、差配違いのそちに直訴か」

　田沼の口調に棘が含まれていた。大目付は老中の配下にあり諸大名を監察し、不届のかどがあれば摘発する役職であった。旗本を監察する若年寄配下の目付とは直接つながらぬ立場の者といえた。定められた筋目を違《たが》えることは世を乱すもとである、とつねづね田沼は考えていた。田沼は直属の上司を飛び越えてする話を極端に嫌った。田沼のこの信条が、結果的に、権力の座についた田沼にすべての話が集まる構図をつくりあげ、その権力をさらに肥大させていったのだった。あわてて秋月が打ち消した。

「旗本同士、幼き頃より親しくつきあっている仲の者でございまする。けして差配違いの直訴などではございませぬ。探索のさなか摑み得た大名の不審な動き、と碁などを打っておりました折りに申したまでのこと」

「ならわしも世間話として聞こう。申してみよ」

秋月は左右に視線を走らせ、人気《ひとけ》がないのをたしかめてから言った。

「実は松前藩にオロシアとの抜荷の噂がある、というのでございます」

「松前藩が抜荷を。証拠があるのか」

「松前藩下屋敷にオロシアと密かに交易した品々が運び込まれたふしがある。先日、江戸湾に到着した松前船に積み込まれていたのではないか、ということでございます」

田沼は黙した。松前藩江戸家老・江坂惣左衛門のことを思い浮かべていた。江坂は同役の老中・松平周防守に直訴し、田沼の動きを牽制《けんせい》するなどの謀略をめぐらしている。事露見のあかつきには、

「オロシアとの交易は十三湊藩のみがなし得ることではなく、わが松前藩でもいつでもオロシアと交易し、多くの品々を揃えられまする。その証拠に、ほれ、この通り、オロシアの品々を手に入れておりまする。御老中、御照覧あれ」

と開き直り、十三湊藩に試しの交易を許した田沼に迫る腹を固めての江坂の動きとおもえた。

田沼は、江坂惣左衛門を虫の好かぬ奴と判じていた。田沼は江坂の人となりをつまびらかに知っているわけではない。田沼の屋敷に何の前触れもなく押しかけてきた江坂を、無礼な奴と決めつけた、そのおもいがつづいているだけのことであった。

田沼は秋月に告げた。

「松前藩のオロシアとの抜荷のこと、証拠を固めよ。事は急を要する。若年寄と話し合い、秋月殿に情報をもたらした徒目付を借りうけるがよい。そのこと田沼の許可を得ている、と若年寄につたえてよい。よろしいか、証拠を摑んだらまずわしひとりにつたえよ。松前藩改易にも及びかねぬこと、慎重の上にも慎重に事をすすめねばならぬでな」

「は。ただちに手配つかまつります」

秋月の面に緊迫が漲《みなぎ》った。

五

朝霧と鈴野の行方は皆目わからなかった。手がかりのひとつも摑めていない。

すでに十日近く経過していた。

探索の結果をつたえに浄閑寺へやって来た風渡りの伊蔵は、めずらしく右近に弱音を吐いた。

「神隠しにあったとしかおもえませんや。朝霧と鈴野は、もうこの世にいないんじゃねえかと」

右近が住み暮らす庫裏の一間に、ふたりはいた。

「伊蔵。いままでの探索でわかったことを振り返ってみよう。まずは北海屋だ」

右近はそこでことばを切った。伊蔵を見やって、つづけた。

「北海屋藤兵衛は花川戸町の本宅、中ノ郷にある別宅、須崎村の寮と江戸に三つの屋敷を所有している。ふだん住み暮らしているのは本宅で、別宅には奉公人や用心棒らしき浪人たちがたむろしている。寮は隅田川沿いにある地の利を生かして、千石船で運んできた荷を入れる蔵代わりにも使っている。江戸湾には北海屋の千石船が数日前から碇を下ろしているが、まだ寮に荷は運び込まれていない。そうだったな」

伊蔵が首肯し、応えた。

「須崎村の北海屋の寮と通りひとつ隔てたところに十三湊藩の平塚兵部の別邸がありやす。北海屋が平塚のために建ててやったのではないかとおもわれます。日頃は十三湊藩勘定方差配の島田庄二郎が留守番がわりに住んでおりやす」

「島田はそこから下谷の十三湊藩上屋敷へ通っているのか」

「へい。朝出かけて、夕刻にはもどってくる。吉原や余所《よそ》の盛り場へ繰り出すとき以外は判で押したような暮らしぶりで。六助《ろくすけ》という五十がらみの雇い人がいて料理や掃除などにこまめに立ち働いていると土地の者からききこんでおりやす」

「その平塚の別邸へ安藤主馬と中里兵太郎が三日にあげず通ってきている」

「そのとおりで」

「朝霧と鈴野が閉じこめられているのは平塚兵部の別邸。そうおもうのが当たり前のところだが、どうもそうではないようだな」

伊蔵が身を乗りだした。

「亡八者のひとりで太吉《たきち》という奴、もとは奥山《おくやま》の軽業師だったんですが酒と女で身を持ち崩して盗人《ぬすっと》の仲間になり、あくどいこともかなりやったそうなんですが、そいつが三度ほど忍び込んで隅から隅まで調べあげた結果のことで、まず間違いありやせん」

「北海屋の寮にも何も仕掛けはなかったという話だったが」

「北海屋の寮には四度ほど忍び込んでくまなく調べてきやした。平塚兵部の別邸同様、ここにも朝霧や鈴野を閉じこめておくようなところは見つからねえ。腕のいい盗人だったおれだ、家捜しに見落としはねえ、と太吉の野郎、荒い鼻息で」

右近は、黙り込んだ。ややあって、問うた。

「いつも同じ顔が張り込んでいるんじゃまずかろう、というので手の者が順繰りに張り込む場所を変えている、と言っていたな。太吉は今日、どこを張り込んでいるのだ」

伊蔵が、記憶をたどるような顔つきで思案して、言った。

「今日は、別宅で」

「太吉は、北海屋の別宅に忍び込んだりはしていないだろうな」

「そいつはないとおもいやすが。いや、お調子者の太吉のことだ、やらないとは言いきれねえ」

伊蔵の応えに、右近がふたたび黙り込んだ。

しばしの沈黙があった。

うむ、と右近はうなずいた

「伊蔵、出かけるとするか。探索の結果を見きわめて動きだそうとおもっていたが、そろそろ頃合いかもしれぬ」

立ち上がった右近は刀架《とうか》に手を伸ばし、大刀を取った。

右近は伊蔵を案内役に、中ノ郷にある北海屋の別宅に向かった。浄閑寺から日本堤へ出、吉原遊郭を右に見て、山谷堀沿いにまっすぐすすむと突き当たりは隅田川となる。

見返柳が吹く風にゆったりと揺れていた。まだ陽が高いというのに五十間道には吉原へ足を向ける色客の姿がちらほらと見受けられた。

隅田川に行き着いた右近たちは金龍山瓦町《かわらちょう》のはずれの町家の角を右に曲がり、大川橋へ歩みをすすめた。隅田川ごしに水戸《みと》家下屋敷の大甍《おおいらか》や三囲稲荷の赤い鳥居が見える。

北海屋の寮は三囲稲荷をはさんで水戸家下屋敷の反対側に位置しており、塀に沿って庭に木々が植えられていた。

あの庭木の配置では外から寮の様子を覗き見ることはできまい、と右近はおもった。遠目に見ただけだが外部の者を受けつけない何かを北海屋の寮は醸《かも》し出していた。裏口からつづく汀《みぎわ》に、厚板を川面にのばした簡単なつくりの船着場がしつらえてあった。

袂《たもと》を左へ折れて大川橋を渡り、細川《ほそかわ》家の下屋敷の前を左へ曲がると堀川が隅田川と合流するところへ出る。右折して堀川沿いに行くとそのあたりが中ノ郷であった。

北海屋の別宅は堀川沿いにあった。水戸家下屋敷に隣接する常泉寺《じょうせんじ》と、堀川をはさんで向かい合っている。右近は、板塀で囲まれた別宅のぐるりを歩きまわり、さらに堀川へ通じる路地へも分け入った。北海屋の寮同様、別宅にも堀川に面して出入口があるらしく、小舟が一艘《そう》、河岸際に打たれた舫杭《もやいぐい》につないであった。

寮と別宅は歩いてもさほどの距離ではない。が、船を使えば、北海屋の寮へ行き着く時間はさらに短縮されるはずであった。

北海屋は廻船問屋。船を使っての水運の便利さを知りつくしている上での手配りか。右近はそうおもった。

右近は、別宅にたむろする用心棒のひとりに安藤主馬の手先となり右近を襲った、

「神夢想流　磯貝軍十郎」

と名乗った浪人がいると伊蔵から聞かされていた。そのことから、田沼意次を襲撃した勤番侍らしき武士も北海屋藤兵衛の手の者に違いない、と推断していた。

右近がにわかに思いたって中ノ郷まで足をのばしたのは、太吉が調子にのって浪人たちの巣窟ともいうべき別宅に忍び込んでいるのではないか、との危惧《きぐ》を抱いたからだった。

が、それだけではない。張り込んでいるうちに田沼を襲った勤番侍に擬した浪人のひとり

でも顔改めできれば、ともおもっていたのだった。

右近と伊蔵が町家の蔭に立ち、別宅を見張りはじめてまもなく小半刻になろうかというころ――。

突然、別宅の板塀を乗り越え、通りへ飛び降りた町人がいた。相前後して裏口がわりの潜《くぐり》から浪人たちが走り出てきた。

右近と伊蔵は町人の面を見定めるべく、通りへ飛び出した。

「太吉の野郎だ」

伊蔵が低く叫んだ。転瞬、右近は走り出していた。走りながら刀の鯉口を切る。

表門から浪人たちが走り出たときには、太吉は板葺《いたぶき》屋根の木戸門を身軽に走りすぎていた。表門から走り出てきた長身の武士が鞘から小柄を抜き取るや、太吉に向かって投げた。太吉が右足を押さえてよろけ、地面に膝をついた。武士の投じた小柄が右太腿に突き立ったに相違なかった。

太吉が小柄を抜き取り、右足を引きずりながら駆けだしたとき、抜刀しながら背後から走り寄った武士が上段に大刀を振り上げ、太吉の脳天に叩きつけた。

刀は太吉の頭蓋骨を断ち割り、深々と顔面を斬り裂いて顎《あご》まで達した。武士が刀を引き抜くと、太吉の頭から血汐が噴き上がった。血飛沫をまき散らしながら太吉が地面に倒れ込んだ。

武士は薄笑いを浮かべて、太吉の骸を見下ろした。上段からの幹竹割《からたけわり》を得意とする長身の武士は、まさしく磯貝軍十郎に違いなかった。

恍惚に酔いしれた血走った眼で太吉を見つめていた軍十郎が、歩み寄る人の気配ににわかに面を引き締め、後ろへ飛びさがった。数尺余も飛んだだろうか、巨漢に似ぬ敏捷きわまる動きであった。

軍十郎は鋭く前方を見据えた。その視線の先に、剣を切先下《きっさきさがり》に右下段に構えた右近の姿があった。

「源氏天流。おもわぬところで出会えた。今日は勝負をつける」

磯貝軍十郎は大上段に刀を振りかぶった。

「まだ血を見足りぬようだな」

右近は下段正眼に構えを移した。

「畜生、太吉を殺《や》りやがったな」

右近にわずかに遅れて駆け寄った伊蔵が太吉を見据え、叫びを上げた。

「脳天を斬り割られている。てめえだな、火事騒ぎのとき、亡八者たちの頭を叩き潰したのは」

「伊蔵。まことか」

軍十郎を油断なく睨み据えたまま右近が問うた。

「火の見櫓の近くで五人、あとは路地の暗がりで数人。杖か何かで頭をかち割られた亡八者たちの骸が転がってやしたんで」

軍十郎は表情ひとつ変えなかった。大上段に大刀を構えたまま一歩、さらに一歩と間合いを詰めた。

右近は動かない。背後の伊蔵に声をかけた。

「伊蔵。もといた場所まで下がっていろ。神夢想流の磯貝軍十郎、おれの業前では五分がやっとの相手と見た。とてもおまえまで気がまわらぬ」

「月ヶ瀬の旦那」

伊蔵は、無意識のうちに右近にそう呼びかけていた。五分がやっと、という命の遣り取りをする相手を前に自分の身を案じてくれた右近に、かつて味わったことのない温かなものを感じ取ったのだった。

「いけ」

右近が伊蔵をかばうように立つ位置を変えた。

「旦那。無理はいけねえ。逃げやしょう」

右近は伊蔵の呼びかけに応じなかった。下段正眼に構えたまま半歩、また半歩と間合いを詰めた。

伊蔵はおもわず後退った。右近と磯貝軍十郎の発する烈々たる殺気が、伊蔵の躰を竦めさせた。伊蔵は後ろ向きのまま、もといた町家の近くまで引き下がった。

目が離せなかった。目を離したら、その一瞬間に勝負が決する。頭頂から高々と血汐を噴きあげて崩れ落ちる右近の姿が、伊蔵の脳裡をよぎった。伊蔵は眦《まなじり》も裂けんばかりに眼を見開き、睨み合う右近と軍十郎を見据えた。眼を閉じたら月ヶ瀬の旦那がやられる。伊蔵は奇妙な強迫観念にとらわれていた。

右近と磯貝軍十郎は少しずつ、それでいて動きを止めることなく間合いを詰めていった。勝負は寸陰《すんいん》で決するであろう。その場にいる誰もが、そう感じ取っていた。

下段正眼から右八双に右近が構えを移した。構えを変えるその間に生じたわずかな隙を軍十郎は見逃さなかった。裂帛《れっぱく》の気合いを発して一気に間合いを詰め、大刀を右近の脳天めがけて斬り下ろした。

軍十郎が踏み込んだ刹那——。

右近の躰は左へ流れていた。左へ走り抜けながら切先上に右八双に構えた刀を左へ打ち振っていた。軍十郎の右脇を駆け抜けた右近は躰を回転させ、軍十郎と対峙する姿勢にもどっていた。

軍十郎もまた、体勢をととのえ、右近と正対で向き合っていた。

右近は、左へ振った刀を右へ返し、八双に構え直した。

そのとき、右近の小袖の右袖がだらりと垂れ下がった。右近の右袖は、軍十郎の振るった刀で切り裂かれていた。

軍十郎は片頬に冷えた笑みを浮かべた。

「こんどは袖だけではすまさぬ」

低く告げて、大刀を大上段に振り上げようとした。

と——。

着物の袖が右肩の付け根からだらりと垂れ下がった。

「なにっ」

呻きに似た軍十郎の声音だった。

右近が皮肉な笑みを浮かべた。

「相討ちだったようだな。たがいに五分と見て、命惜しさの未練ごころに間合いの見きわめをわずかに誤ったとみゆる」

軍十郎の眼が細められた。

「命が惜しいとおもったことなど、一度もない。今度は、斬る」

軍十郎が吠え、大上段に刀を振り上げたとき、

「おやめなさい」

横合いから、声がかかった。軍十郎をしてその動きを止めさせるほどの鋭さが、その声音には含まれていた。

見ると――。

北海屋藤兵衛が通りの真ん中に立っていた。影のように吉兵衛がつき従っている。伊蔵がその後ろに位置しているところからみて、北海屋は本宅あるいは寮から別宅へ向かってきたものとおもわれた。

「昼日中、江戸のど真ん中で白刃《はくじん》の舞いとは、あきれ果てた話だ。双方とも刀を引きなされ。このところ本宅、別宅、寮と目つきの悪い男たちがうろついているんで何か悪いことが起きるんじゃないか、と心配していたんだ。磯貝さん、みんな、引きあげるんだ」

北海屋のことばに軍十郎は刀を手にしたまま、踵を返した。右近を見向きもしなかった。

大刀を鞘におさめた右近を見やって北海屋が言った。

「私が三浦屋の朝霧と鈴野を拐かしたとの噂が立っているようだが迷惑な話だ。月ヶ瀬さんとかいったね、そこにいる四郎兵衛ともども、三浦屋につたえてくだされ。北海屋藤兵衛、痛くもない腹を探られるのは真っ平御免《ごめん》。本宅はもちろん別宅も寮も、家捜ししたけりゃいつでもおいでなさい、とね」

北海屋は不敵な笑みを浮かべるや別宅へ向かって歩きだした。吉兵衛がつづく。

駆け寄ってきた伊蔵に右近が告げた。

「どこかで荷車を借りてきてくれ。太吉を浄閑寺へ運ぶ」

伊蔵は大きくうなずいた。

仁《に》和《わ》賀《か》

一

太吉は浄閑寺に無縁仏として葬られた。吉原遊郭の男衆、亡八者も命が果てたときは、死んで門前に投げ込まれる遊女たちと同じあつかいを受ける決まりとなっていた。贔屓《ひいき》など墓の主にかかわりを持った者が支払うか、あるいはなんらかの手立てで永代の供養料を保証した遊女たちだけが、浄閑寺に墓を建てることができたのだった。

右近と三浦屋と伊蔵が立ち合い、慈雲が経文を唱えただけの太吉の弔いであった。右近はこのときも、太吉を埋めた土饅頭《どまんじゆう》に手を合わせようとはしなかった。じっと土饅頭を見つめていただけであった。そんな右近を慈雲は咎めようともしない。三浦屋もまた、右近に合掌せぬ理由を尋ねようともしなかった。

吉原へ帰る道すがら三浦屋が、したがう伊蔵に問いかけた。

「伊蔵。月ヶ瀬さまから過去話《むかしばなし》めいたものを聞いたことはないか」

「いえ、何も。必要なこと以外、仰《おつしや》らないお方で」

伊蔵の応えに三浦屋が黙り込んだ。歩きながら、何やら思案している様子だった。

ややあって、独り言《ご》ちた。

「月ヶ瀬さまは理非曲直《りひきよくちよく》に乱れがないお方のようにおもえる。それが仏に手を合わせぬ。仏に合掌するのは人として当たり前のこと。当たり前のことができぬ理由がなにかあるのだ。しかし……」

三浦屋が再び伊蔵に問うた。

「伊蔵。おまえは月ヶ瀬さまをどうおもう」

「決して自分のなかに他人を入れぬお人だと。それでいて心根に温かいものがちらほらと垣間見えます。短いつき合いでございますが、あっしは、月ヶ瀬さまに惚れておりやす」

「男が男に惚れる、か。実はわしも月ヶ瀬さまに惚れかかっている。ちょっと見には冷たく感じるが、いつどこで会っても様子が変わらぬ、なかなかできることではない」

三浦屋は、そこでことばを切った。

行く手に風になびく見返柳が見えている。三浦屋と伊蔵は、それきり口を噤《つぐ》んで、ゆったりと歩をすすめた。

翌朝、伊蔵は高尾太夫の部屋で、高尾と向かい合って坐っていた。日々の探索の結果を右近に報告すべく浄閑寺に出かけようとしていた伊蔵は、禿《かむろ》から、

「頼みたいことがあるので部屋まで来てほしい」

との伝言を聞き、急遽予定を変更して、高尾のもとへ出向いたのだった。

太吉への弔いのことばを述べたあと、高尾は簞笥《たんす》から風呂敷包みを取りだし伊蔵の前に置いた。包みを開くと、なかには男物の漆黒《しっこく》の小袖が一枚、しまいこまれていた。

「わたしが目分量で仕立てさせたもの。おそらく見立て違いはありますまい。これを月ヶ瀬さまにお渡ししたいのですが、わたしと浄閑寺まで行っていただけませぬか。伊蔵さんが口添えしてくれればわたしも外へ出られます」

伊蔵は黙って、しばし小袖を見つめていた。顔を上げ、言った。

「この話、お断わりさせていただきやす」

高尾の顔が訝しさに歪んだ。伊蔵がつづけた。

「太夫が仕立てさせた小袖、となれば月ヶ瀬さまは受け取られぬはず」

「なぜそうおもうのですか」

高尾の声がこころなしか高ぶっていた。

「太夫の心づくしだからというわけではございやせん。おそらく誰からのものでも受け取

られない、と」

「それは……」

「月ヶ瀬さまは誰とも、いえ、このところ毎日面《つら》をつき合わせているあっしとも深いかかわりを持とうとはなさいやせん。人とのかかわりをできるかぎり避けている。そうとしかおもえないご様子なんで」

高尾は黙っている。伊蔵のことばの意味を嚙みしめているように見えた。

「お聞きしてもよろしいですか」

伊蔵の問いかけに、高尾が無言で首肯した。

「太夫は、なぜこの小袖を月ヶ瀬さまに、とおもわれたので」

見つめる伊蔵の、こころの奥底まで見透かすかのような眼光の鋭さに、高尾はおもわず視線をそらした。伊蔵がことばを重ねた。

「太夫、まさか月ヶ瀬さまのことを」

高尾はことばを発しなかった。が、その面《おもて》に走ったかすかな動揺を伊蔵は見落としてはいなかった。

「いけねえ。そいつは悪い料簡だ。太夫といえども遊女。遊女は売り物買い物だ。惚れられても惚れぬが稼業の心得。銭金《ぜにかね》抜きで男にこころを動かすのは御法度ですぜ」

高尾は伊蔵を見つめて、言った。

「月ヶ瀬さまにこころを奪われているとは申しませぬ。ただ気になるのです。なぜ仏に手を合わせぬのか。なぜ頼りにしたくなるのか」

伊蔵は高尾をじっと見据えた。

「太夫のこころを覗く気は毛頭ありやせん。もしその小袖を月ヶ瀬さまに身につけていただきたいと心底おもっていらっしゃるんなら手立てがありやす」

「どうすれば……」

「月ヶ瀬さまに着ていただきたいと吉原の者たちが金を出し合って仕立てさせた小袖、とすれば月ヶ瀬さまはお受け取りになられるはず」

高尾は視線を小袖に落としていた。顔を上げて、言った。

「わたしが見立てて仕立てさせた小袖を身につけておられる月ヶ瀬さまの姿を、一目見とうございます。その願い、叶えていただけますね」

「そのこと、かたくお約束いたしやす」

伊蔵は、きっぱりと言いきった。


風呂敷包みを小脇に抱えた伊蔵が浄閑寺の山門をくぐったのは昼四つ半（午前十一時）

すぎのことであった。

境内を横切り庫裏に向かおうとして、伊蔵は足を止めた。新たに盛られた土饅頭の前で、膝を折って合掌する女の後ろ姿に気づいたからだった。

「お蓮……」

おもわず口にした名に伊蔵は、戸惑いすら感じていた。廓内でも三浦屋四郎右衛門以外とは親しいつき合いを持っていないお蓮であった。朝霧、鈴野の行方を探索するさなか、太吉が北海屋の用心棒に斬り殺されたとの噂は一夜のうちに吉原中に広まっていた。

三浦屋の命《めい》のもと、ともに探索にあたっていた左次郎たちは四郎兵衛会所に詰め、伊蔵が戻ってくるのを待ち受けていた。張り込みに出向いている亡八者たちをのぞいた者たちが揃っているのを伊蔵は見届けている。伊蔵が語る太吉の最後のさまに左次郎たちは涙を流して悔しがった。お蓮は顔を見せることもなかった。伊蔵自身、お蓮のことはすっかり忘れさっていた。すでに伊蔵の頭のなかではお蓮は朝霧、鈴野探索の一員からはずれていたと言ってもいい。

そのお蓮が太吉を葬った土饅頭を参っている。伊蔵のなかでは、

(ありうべからざること)

とのおもいが強かった。

が、祈り終えて裾をはらって立ち上がった女が振り向いたとき、伊蔵のなかで何かが弾《はじ》けた。

「お蓮、すまねえ。太吉もさぞ喜んでるだろうぜ」

伊蔵は、お蓮が気づく前に声をかけていた。わずかに笑みさえ浮かべているおのれに伊蔵自身驚いてもいた。

お蓮は、

「伊蔵さんの微笑《わら》った顔、はじめて見たよ。狐目が、じゃれてる猫の目になっちまった」

相変わらずの仏頂面《ぶっちょうづら》でそう言ったものだった。

「いつもと変わらぬ憎まれ口だ。やっと付馬のお蓮らしくなったぜ」

苦笑いした伊蔵に、歩み寄ったお蓮が、告げた。

「実は伊蔵さんに聞きたいことがあってね。女改所を訪ねたらいなかったんで、たぶんこだとおもってやって来たのさ」

「なんでえ、太吉の墓参りに来たわけじゃねえのか」

伊蔵の声音にかすかな落胆が含まれていた。

「太吉さんの墓参りは、もちろんのことさ。ふたつの用事がひとつですんだのは、たまたまがうまく重なったからだよ」

「聞きたいことってなんでえ」

「半年ほど前、花月楼《かげつろう》へ売られてきたお光《みつ》のこと知ってるよね」

「器量がいいんで、末は花魁にもなれる玉だという噂だが」

そう言って伊蔵はお蓮の顔をしげしげと眺めた。かつては、

「末は花魁、太夫にもなりうる美形」

と言われた女が目の前にいた。伊蔵は瞬間、人の運命の変転を見せつけられた気がして黙った。目を据えてよく見ると、お蓮はなかなかいい女だった。

「何だよ。人の顔をじっと見つめて。恥ずかしいじゃないか」

お蓮の顔に、ぽっと紅《あか》いものが差した。伊蔵はお蓮の隠された純情《うぶ》な一面を覗き見た気がした。見てはいけないものを見た気がして、伊蔵はことさらに突っぱねて、言った。

「話はなんでえ。こちとら忙しいんだ」

「たいそうな言い様《ざま》だね。忙しいのはお互いさまさ。手短にすますよ」

いつもの、冷えた目つきのお蓮に戻って、話しはじめた。

お蓮の掛け取りにまわる先に相生町《あいおいちょう》に住む松造《まつぞう》という飾《かざり》職人の親方がいた。松造は数軒の遊女屋に二十両近くの借金を残していた。その松造の行方が二月《ふたつき》ほど前からぷっつり

とわからなくなった。松造に行方をくらますような理由はまったくなかった。近所の住民やつくった品物を納めていたお店の者たちは異口同音に、

「神隠しにあったとしかおもえない」

と松造の消息を聞き込みにまわるお蓮に告げた。

お蓮は、松造の行方を追っているうちに職人仲間の親方から、お光の兄の仙吉《せんきち》もまた行方知れずになっていることを知ったのだった。聞き込みをつづけていくと松造、仙吉だけではなく、ほかにも十人ちかくの飾職人が行方知れずになっていることがわかった。

「飾職人が十人以上も行方知れずになっている。これは尋常じゃないとおもってね。面番所の顔馴染みの同心の旦那に、そのことを相談してみたのさ」

最初はお蓮の話に熱心に聞き入った同心だったが、数日後、再び面番所を訪ねていくと様子が変わっていた。

「不思議なことにこの一件に関しちゃまったくの興味薄で、ろくに話も聞いてくれなくなったんだよ。上から手が回って町奉行所の旦那方を押さえ込んでいるとしかおもえないのさ」

そう言ってお蓮は口惜しそうに顔をしかめて、つづけた。

「お光のように吉原へ売られて来た女たちの身内で行方知れずになった飾職人がいない

か、廓中を調べあげてもらいたいんだよ。四郎兵衛なら簡単にできることだろう」

お蓮は、行方知れずの者たちが他にも多数いることを調べあげ、同心たちを動かす手立てにしたいと考えていたのだった。

お蓮の話を聞いているうちに、伊蔵は三浦屋が浄閑寺に寄進した天竺《てんじく》渡りとしか見えぬ、江戸の飾職人が模像した毘盧遮那仏《びるしゃなぶつ》のことをおもいだしていた。裏街道で修羅場を何度もかいくぐってきた伊蔵の動物的ともいえる勘が、何かあると告げていた。

（ひょっとしたらこの飾職人の行方知れずの一件、おれたちが追っている朝霧、鈴野の一件とつながるかもしれねえ）

何の脈略もない思考のつながりだった。が、伊蔵はおのれの直感を信じた。躊躇することなく、お蓮に告げた。

「悪いがいま話したこと、月ヶ瀬の旦那にもういちど話してくれねえか。旦那なら、いい知恵が浮かぶにちげえねえ」

「何度でも話すよ。朝霧や鈴野拐《かどわ》かしの一件とどこでつながるかわからないしね」

お蓮のことばから伊蔵は、お蓮が執念深く飾職人の行方知れずを探索している真の理由を察知した。お蓮は三浦屋から命じられた朝霧、鈴野拐かしの探索を、お蓮なりのやり方でつづけていたに違いなかった。

本堂のまわり縁で右近はお蓮の話を聞いた。ひとことの口もはさむことなく聞き終えた右近は、お蓮に告げた。

「お蓮さん、いいことを聞かせてくれた。今後も探索をつづけてくれ」

「総名主さま肝煎《きもい》りのお役目だ。言われなくともきっちり仕遂げますよ」

あいかわらずの口調だったがお蓮の顔には微かに笑みが浮かんでいた。

「何か、お役に立ちましたんで」

伊蔵が身を乗りだした。

「須弥壇の隅に鎮座している毘盧遮那仏のように、飾職人の手によるものでありながら異国より渡来した仏像としか見えぬ品もある。オロシアとの交易品のなかにもさまざまな金銀細工を施した品があろうとおもってな。江戸湾の沖合いに停泊する北海屋の千石船から積み荷が運び込まれた様子はない。が、寮からは大店などに売りつけたオロシアの品々が多数運び出されている、と張り込みの者たちから報告があったではないか」

右近のことばに伊蔵とお蓮が驚愕の息を呑んだ。

「なにやらからくりがあるやもしれぬ、な」

右近は、冷えた笑みを片頬に浮かべた。

二

　その日、小石川《こいしかわ》の松前藩下屋敷は突然の乱入者に混乱を極めていた。大目付・秋月重正の密命を帯びた徒目付・中里兵太郎が配下の者十数名をしたがえて、下屋敷内を隠密裡に探索すべく乗り込んできたのだ。

　下屋敷番頭《ばんがしら》・川路清助《かわじせいすけ》は慌てふためき、

「私一存では判断しかねること。事の処理を上屋敷の江戸家老・江坂惣左右衛門に伺いをたてますれば、しばしのご猶予《ゆうよ》をいただきたい」

　と、申し入れた。が、中里は、

「ならば事を表沙汰にし、公儀の命を受けての探索という形を取り、のちの裁定を評定《ひょうじょう》所《しょ》にゆだねまするか」

　と冷たく言いはなち、さらに引きあげる素振りさえ見せた。

「評定所の裁定」

　との中里のことばに、川路清助は動揺の極に達した。

「あくまでも隠密裡のことでござるな」

と念を押し、中里らを下屋敷に招じ入れた。

中里らの探索は執拗を極めた。部屋部屋をあらためるだけではなく台所の窯《かま》の中まで探索した。それだけではあきたらず中里らは、天井裏、床下まで調べはじめた。

そのころになると川路は落ち着きを取り戻していた。

「痛くもない腹。存分にあらためられるがよい」

と中里に皮肉のひとことも浴びせるほどになっていた。

が、川路の自信は中里配下の、

「あったぞ」

のひとことで粉々に砕かれることになる。

天井裏と床下から、木箱に入れられた華美な金銀細工を施した置き物などあきらかに異国のものとおもわれる品々が発見され、続々と運び出されてきたのだ。

中里は川路を見据えて、冷ややかに言いはなった。

「松前藩にオロシアとの抜荷の噂があり密かに内偵をすすめてまいったが、これほどの証拠が蔵されているとは。大目付さまにご報告いたすゆえ公儀よりの沙汰、待たれるがよかろう」

川路には何が何だかわからなかった。並べられた多数の木箱を前に、呆《ほう》けたように立ち尽くしていた。

その夜、曲輪《くるわ》内の田沼家上屋敷の一間で、田沼意次と秋月重正が向かい合っていた。

「そうか。松前藩下屋敷からオロシアとの抜荷の証《あかし》となる品々が発見されたか」

田沼のひとことに秋月は膝をすすめた。

「この上は事を公《おおやけ》にし、国許にある松前侯にかわり松前藩江戸家老・江坂惣左右衛門を評定所へ呼びつけ、裁定に仕掛かるべきかとおもわれまするが」

田沼は応えない。田沼は、奇異なおもいにとらわれていた。オロシアとの抜荷の発覚は松前藩の存亡にかかわる大問題である。それほどの大事の証拠の品々が下屋敷の床下と天井裏に隠されていた、ということに田沼は不自然なものを感じたのだった。

(策謀好きは知恵者に通じる。その知恵者の江坂惣左右衛門が為《な》したこととは、とてもおもえぬ)

どう考えても、その推論しか浮かび上がってこないのだ。

「いかがなされました」

田沼の長い沈黙に焦《じ》れたのか、秋月重正が上目遣いに見やった。

田沼は、その問いかけで思案から覚めた。それまで気にかかっていたことを無意識のうちに口にしていた。

「松前藩のオロシアとの抜荷の噂を聞きこんだ徒目付の名をまだ聞いておらなんだな。大手柄だ。賞してやらねばなるまい」

「それは名誉なこと。中里兵太郎もさぞ歓喜いたすでございましょう」

「その徒目付、中里兵太郎と申すか」

田沼は、その名をどこかで聞いたような気がした。

「は。徒目付副頭・中里兵太郎でございまする」

「徒目付副頭・中里兵太郎……」

再度その名を口にしたとき、田沼の脳裡に月ヶ瀬右近のことばが蘇った。

――勘定吟味役・安藤主馬殿、徒目付副頭・中里兵太郎殿が吉原の遊女・朝霧と鈴野を身請しようとなされたのをご存知か。身請の金主もとは北海屋藤兵衛。

田沼は、うむ、とひとりうなずいた。秋月重正を見やって告げた。

「ご苦労。松前藩がこと、しばらく、わしが胸にしまいおく」

「は?」

訝しげな視線を投げた秋月重正から目をそらして田沼が無機質な声音でつけくわえた。

「松前藩下屋敷より押収してまいったオロシアとの抜荷の証拠の品々、明日にもわが下屋敷へ運び込んでくれ。事はあくまでも隠密裡に運ばねばならぬ。よしなに頼むぞ」

「委細《いさい》承知つかまつりました」

秋月重正は深々と頭を垂れた。


翌夜、浄閑寺の庫裏の一室では風渡りの伊蔵を前に右近が沈思していた。

張りつめた気がその場を支配している。

右近が、伊蔵に視線を据えて、言った。

「もう一度聞く。昨日の朝、中里兵太郎は徒目付配下を引き連れ、松前藩下屋敷へ出向いた。夕刻には多くの木箱を荷車数台に積み込んで引きあげ、一路、大目付・秋月重正の屋敷へ入った。ほぼ小半刻（三十分）後、中里は秋月を乗せたとおもわれる駕籠《かご》に付き添い曲輪内の田沼様の上屋敷まで出向き、そこで別れた。駕籠の主は半刻（一時間）後に上屋敷を出た。今朝、中里は大目付から差し向けられたとおぼしき者の訪問を受け、急遽呼び出されたのか、使いの者とともにいそいそと出かけた。大目付の屋敷についた中里は大目付の家来たちに松前藩下屋敷より運び出してきた木箱を積んだ荷車を曳《ひ》かせ、田沼様の下屋敷へ運び込んだ。それに違いないな」

「その通りで」

応じた伊蔵に右近が重ねて問うた。

「中里が松前藩下屋敷より押収した木箱を運び込んだ先は、間違いなく大目付・秋月重正の屋敷だったのだな」

「間違いございやせん。吉原には諸大名や大身旗本衆のことをあらいざらい調べあげた独自の武鑑《ぶかん》というべきものがございます。どの大名の内証《ないしょう》が豊かでどこが貧しいかまで、手に取るようにわかる代物《しろもの》で。吉原は遊興の場。お武家からの遊びの掛け取りはなかなかむずかしいものがありやして」

「転ばぬ先の杖。売掛金の上限をあらかじめさだめておくためにも細かい調べが必要、というわけか」

「そういうことで」

と、伊蔵が応じた。

「松前藩下屋敷から中里が運び出してきた木箱が大目付の屋敷へ運ばれた、か。大目付が乗りだしたということは松前藩になんらかの不審な動きがあった、ということになる。松前藩が何をなしたか、だ」

右近はつぶやき、思考を押し進めた。

大目付はその夜のうちに田沼家上屋敷に馳せ参じている。

（大目付は、田沼さまの命を受けて動いたのだ。だから、その復中《ふくしん》に出向いた）

右近は、田沼のことにおもいを馳せた。田沼は、

「襲撃を仕掛けたのは松前藩江戸勤番の者」

との疑惑を抱いていた。疑惑の根が芽生えるよう仕向けたのは誰か、右近にはあらかたの推察がついていた。徒目付副頭・中里兵太郎を動かした者こそ、田沼襲撃を仕掛けた者に違いなかった。

（北海屋藤兵衛がすべての絵図を描いているのだ）

いま、右近のなかで推測が確信に変わりつつあった。

「伊蔵、田沼様の下屋敷に忍び込み、松前藩下屋敷より中里が運び出してきた木箱のひとつでも盗み出してこれぬか」

伊蔵が、薄ら笑いを浮かべた。狐目が細められ、日頃から獰猛《どうもう》な獣をおもわせる顔つきがさらに凶悪なものとなった。

「亡八者には盗人あがりの者が掃いて捨てるほどいまさあ。警戒が手薄な大名家の下屋敷に忍び込むなんざあ、あっしにも朝飯前の仕事で」

「盗みだすのは早ければ早いほどいい」

「さっそく今夜にでも」

伊蔵が眼を光らせた。

右近がことばを重ねた。

「大目付・秋月重正、十三湊藩上屋敷、下屋敷、それと田沼様の上屋敷、下屋敷をあらたに張り込んでくれ。人手が足りぬかもしれぬが、うまく手配りしてくれ」

「人手の方はご懸念なく。総名主さまより人手も銭も月ヶ瀬の旦那の望むままに用意しろ、と言われてますんで」

「頼む」

ひとこと言って右近は空《くう》に眼を据えた。右近は、田沼家下屋敷に運び込まれた木箱のなかみはオロシアとの交易品に相違あるまい、と推断していた。

(十三湊藩を牛耳《ぎゅうじ》る北海屋はオロシアとの交易を独占するために、邪魔になる松前藩を葬ろうと画策しているのだ)

右近は、事の急転を予感していた。

江坂惣左右衛門は、松前藩上屋敷の奥の間にひとり坐していた。この二日間、江坂は一睡もしていなかった。

大目付の密命を帯びた徒目付副頭・中里兵太郎なるものが多数の配下を引き連れて下屋

敷に突然現われ、探索を行なった。その結果、あるはずのない木箱を天井裏と床下から見つけだした。木箱のなかみはオロシアとの交易で入手したとおもわれる置き物や装飾品などであった。まったく身に覚えのない、狐につままれたような話だった。

（が、すべて現実なのだ。御上は押収した品々を証拠に、オロシアとの抜荷の疑いあり、と調べを押し進め、ついにはわが松前藩を改易に追い込む存念に相違ない）

江坂は臍《ほぞ》を噛むおもいでいた。老中・田沼意次ひとり押さえ込めば十三湊藩の野望を粉砕できると踏んでいたおのれの浅知恵に、腹立たしささえ感じていた。

田沼が十三湊藩にオロシアとの交易を仮認許したとの確報を得た江坂は、松前藩の権益を守るべく直ちに行動を起こした。

探索の結果、田沼もまた躍らされているひとりにすぎないのではないか、との疑念が浮上した。江坂はさらに十三湊藩の内偵をすすめた。十三湊藩江戸家老・平塚兵部を籠絡し、背後であやつる北海屋藤兵衛の焦臭《きな》い動きを知った江坂は、ひそかに緊急の手を打った。その手立てはいまだに功を奏していない。

（遅きに失したのだ。どうすればこの窮地を脱しうるか）

江坂惣左右衛門は大きく息を吐いた。心中に重く垂れ込めた暗雲を払いのけるための所作であった。吐きだしたそばから澱《おり》のように懊悩《おうのう》が沈殿していくのがわかった。

江坂は思考を止めた。

（何事が起こるか向後《こうご》のことはわからぬ。いまは坐して待つしかあるまい。下手な動きは悪足掻《わるあが》きにつながる）

江坂はそう腹をくくり、しずかに眼を閉じた。

松前藩下屋敷から中里兵太郎が運び出したオロシアとの抜荷の証となる品々が田沼家下屋敷に移送された、と平塚兵部から聞かされた北海屋藤兵衛はしばし黙り込んだ。

庭に面した腰高障子《こしだかしょうじ》が開けはなたれていた。餌《えさ》でもついばんでいるのか、数羽の小鳥がさえずりながらせわしなく走り回っている。その向こうに草むしりをしている六助の姿があった。見様《みよう》によっては、密談をこらす座敷に人を近づけぬために警戒しているともおもえる六助の動きだった。須崎村にある平塚兵部の別邸に北海屋たちはいる。北海屋が、

「いかにお勤め大事でも江戸藩邸で住み暮らしておられては息が詰まるときもありましょう。御自由にお使いください」

と平塚兵部に供した建物であった。数百坪の庭に巧みに配置された木々と池水《ちすい》が深山の奥行きをつくりだし、見る者を造園の妙に酔いしれさせてくれる。ことに、いま北海屋たちが坐している座敷から見る景色がもっとも風光明媚《めいび》なところであった。

が、北海屋はじめ一座にひかえる平塚兵部、島田庄二郎、吉兵衛、磯貝軍十郎の様相には風流のひとかけらもなかった。

北海屋が派手に舌を打ち鳴らした。

「賄《まいない》好きの田沼さまが松前藩から押収した品々を賄賂《わいろ》代わりに横取りして松前藩に恩を売り、さらになにがしかのものをせしめる、一石二鳥《いっせきにちょう》にも三鳥にもなる策をおもいつかれたのではあるまいか」

「大目付も動いていること、それはあるまい。田沼様は欲すれば何でも即座に手に入る立場にあるお方だ」

平塚兵部が言下に打ち消した。

「あまり時はかけたくありませぬな。無為に時をすごせば松前藩の下屋敷へオロシアの品々をひそかに運び込んだ苦労が水の泡になりまする」

北海屋が眼を細めた。それが悪巧《わるだく》みをめぐらしているときの北海屋の癖だった。平塚兵部はこのところ、そんな北海屋の顔つきを頻繁に見ている。狡猾《こうかつ》さと残忍さが入り混じった、獲物を狙う肉食獣をおもわせる北海屋の眼光だった。

「何をする気だ」

長い沈黙に耐えかねて平塚兵部が問いかけた。

片頬を歪めて薄笑った北海屋が口を開いた。

「田沼さまに今一度怖いおもいをしていただくのがよろしかろうとおもいましてな」

平塚兵部の顔がさっと青ざめた。

「北海屋、まさか」

「襲わせますのさ。松前藩の藩士と見せかけた者たちにね」

北海屋が低く含み笑った。磯貝軍十郎を見やって、言った。

「磯貝さん。明日は、田沼さまのいつもながらの浄閑寺詣での日だ。松前藩士になりそうな浪人たちを大至急みつくろってくださいな」

磯貝軍十郎は血走った眼をさらにぎらつかせ、傲然と首肯した。

三

桃里の墓の前で膝を折った田沼意次は、いつもより長く、半刻近くも手を合わせていた。庫裏の濡れ縁からその様子を眺めた慈雲は、

「田沼は、何を桃里と語り合っているのであろうかの」

と、ぽつりとつぶやいた。右近は、浄閑寺にやって来たときの、いつものこころの安ら

ぎが田沼から失われている、と看《み》ていた。そのことは、「吉原の廓者たちのこころづくしの小袖」と、伊蔵から手渡された漆黒の小袖を着流して迎えに出向いた右近と、顔を合わせたときの田沼の顔つきからうかがえた。

田沼と右近はこの日、ひとことのことばも交わしていない。歩みをすすめながら田沼は時折、右近に物問いたげな視線をそそいだ。右近がことばをかけたら田沼は訊《き》きたいことを口にしたに相違なかった。が、右近はあえてことばを発しなかった。いま田沼と口をきけば、右近はおのれの意見を述べなければならなくなる。右近が看るところ、田沼はまだおのれの抱いている疑問について熟考しきっていないようにおもわれた。右近の具申によって田沼のなかの、権力の座にある者特有の傲岸不遜《ごうがんふそん》な気質が目ざめ、腹立ちまぎれに、

「わしに意見するとは僭越《せんえつ》なり」

と意味もなく逆らう結果を招くことを右近は危惧《きぐ》したのだ。

が、田沼の右近にたいする好意がいつもと変わらぬものであることは、投げかけられる柔らかな目線によって感じ取れた。

(田沼様は松前藩にかかわる大目付の探索結果に疑問を抱いておられるのだ。その疑問のもとは中里兵太郎にある)

右近は田沼が中里兵太郎の名を口にするまで待つ、と決めていた。

桃里の墓を詣でた田沼は慈雲に御布施を渡し、しばし他愛のない時候の話などを交わした。

「泥鰌《どじょう》でも食するか」

浄閑寺の門を出るなり、足を止めて田沼が右近に声をかけた。

右近は無言でうなずいた。

どこへ行くとも言わず田沼は足を日本堤へ向けた。山谷堀沿いに駒形《こまがた》へ抜けるつもりとおもわれた。駒形には泥鰌料理を売り物にする店が何軒かあり、自慢の味を競っていた。

日本堤の寺院が建ちならぶ一画を抜けてしばらく行き、左右に浅草田圃がひろがったあたりで、それは起こった。

抜きつれた大刀を手に土手の下から飛び出した多数の勤番侍たちが、田沼めがけて斬ってかかった。田沼を背にした右近は、抜く手も見せぬ居合いの早業で一番手の勤番侍の胴を見事に斬り裂いていた。

朱《あけ》に染まって倒れる一番手を見向きもせず、眼前の十名の余にも及ぶ勤番侍たちを見据えて右近が告げた。

「ことばもかけずに斬って出るとは、此度《こたび》はおれの雇い主様をはなから傷つけるつもりでいるようだな。この間とは殺気が違う。ただ脅すつもりでいたものが腕の一本でも斬り落とす気に変わった理由は奈辺にあるか教えてくれと訊いても、返答はなかろうがな」

低く、静かな、およそ修羅場には無縁の声音であった。

右近の正面に構える勤番侍の頭格《かしらかく》が吠えた。

「わが藩を意味もなく敵視する奸物《かんぶつ》に天誅をくわえるのだ。金で雇われた用心棒と看た。怪我をせぬうちに手を引け」

右近が片頬をわずかに歪め、皮肉な笑みを浮かべた。

「先日見知った顔もある。金で雇われた同じ身の上と看たが。命果てたら、銭金は無用のものぞ」

「ほざけ。われらは多勢。死ぬるはうぬだ」

頭格が捨て身の突きをくれた。右近は鎬《しのぎ》で頭格の大刀を右にはねながら受け、そのまま刀を滑らせた。切っ先がその喉もとに吸い込まれた。呻き、痙攣した頭格の手から刀が地面に落ちた。右近は頭格の喉のなかで刃先の向きを変え、右真横に払った。血飛沫が喉から噴き、皮一枚残して斬られた首が肩から胸にずり落ちて垂れ下がった。

「人の命を断つことに躊躇《ためらい》のない者と知れ」

右近は下段正眼に構えを変えた。背後の田沼に声をかけた。

「土手下にまだ伏勢がひそんでおるやもしれず、どこにも背を置く場がございませぬ。円陣を組まれ、一挙に仕掛けられたら防ぎかねます。斬って出ますゆえ、側から離れぬように」

「わかった」

つねと変わらぬ田沼の声であった。

(不思議なお人だ)

身に迫る危険を目前にしながら動じた様子のない田沼に、右近は半ば呆れかえっていた。田沼の剣の業前がさほどのものではないことは、日頃の動きから察しられた。下手をすれば抜きはなった大刀の重みでおのれの足先を切り裂いてしまうほどの未熟さ、と右近は看ていた。

右近は重ねて、告げた。

「決して刀を抜いてはなりませぬ。ともに怪我をすることになりかねませぬので」

「わかっておる」

田沼は、声にわずかに威厳をこめて応えた。右近は、おもわず微笑を浮かべた。おのれの腕の未熟を知りつくした田沼が、せめてもの見栄を張ったとしかおもえなかった。田沼は、ひとことつけわえた。

「わしは、おのれの得意と不得意がなにかをわきまえておる。右近、逃げるが勝ちじゃ」

「委細承知。行きますぞ」

背後で、田沼がうなずく気配がした。

右近は大刀を左八双に構えなおした。右近の秘剣『風鳴』の凄まじさを知る勤番侍たちは息を呑んで後退《あとじさ》った。

右近はその虚を見逃さなかった。正面の敵めがけて一挙に斬り込んだ。正面の敵が右へ跳んだ。

転瞬――。

右近が右横へ一閃した大刀がその首の根を切り裂いていた。

首根から血汐《ちしお》を噴きあげて男はたたらを踏み、そのまま地面に突っ伏した。

右近が剣を左へ返すのを見越したか、左側に位置していた勤番侍たちが弾け飛ぶように道端へ逃れた。勤番侍の組んでいた円の一角が大きく崩れた。右近と、ぴったりと寄り添った田沼が一気に駆け抜け、勤番侍の包囲網を突破した。

「そのまま走られよ」

言うなり右近は踏みとどまって、勤番侍たちを振り返った。

「すまぬ」

声をかけた田沼は、そのまま脱兎《だっと》の如く走り去った。

追ってきた勤番侍たちは、斬ってかかろうとはしなかった。大刀を構えたまま、仲間同士探り合っているかに見えた。田沼に逃げられたいま、無用の斬り合いは避けたいとのおもいが勤番侍たちのなかにあるのはあきらかだった。

「斬る」

一声発して、右近が刀を切先下に右下に下げ、勤番侍たちへ向かって駆け寄った。

そのとき――。

「引きあげろ」

との声がいずこからか、かかった。その声に勤番侍たちは一斉に右近に背を向け、逃げだした。

が、逃げ遅れた勤番侍のひとりが右近の一太刀に太腿を断ち切られ、大袈裟な悲鳴をあげて転倒した。他の勤番侍たちは傷ついた仲間を見向きもせず、走り去っていった。

右近が歩み寄った。

「誰に頼まれた。あらいざらい話してもらおう」

大刀を、半身起こした勤番侍の鼻先に突きつけた。

「拙者《せっしゃ》、松前藩の」

言いかけた勤番侍は悲鳴を上げた。右近が剣先を勤番侍の鼻に滑らせたのだ。一筋の血の糸が尾を引いて勤番侍の鼻をつたい流れた。

「嘘は許さぬ」

右近が迫った。勤番侍の面《おもて》が恐怖に引きつった。

「待て。待ってくれ。言う。拙者は」

勤番侍が叫んだ瞬間、凄まじい風切り音がひびいた。

鈍い音がした。なにかが勤番侍の背に突き立って発した物音とおもわれた。

右近は倒れかかった勤番侍を盾代わりに、身を低くして警戒の視線を周囲に走らせた。

土手の草々を踏みしだく音がした。

人の気配が消え去るまで右近はそのままの姿勢でいた。

やがて右近は身を起こし、勤番侍の背をあらためた。短い木の柄のついた、くの字形の二本の鉄の細棒が背肉に食い込んでいた。右近は柄を握り、引き抜いた。鉄の細棒の先端は鋭い刃先となっていた。

右近が見たことのない武具であった。

右近はその投槍に似た奇妙な武具を倒れた勤番侍の躰の上に置き、刀を手にしたまま油断なく立ち上がった。

山谷堀を隅田川へ向かって、一丁櫓《いっちょうろ》の猪牙舟《ちょきぶね》が一艘遠ざかっていく。猪牙舟には深編笠をかぶった侍がひとり、乗っていた。船頭ではなく遊び人ふうの男が猪牙舟の櫓を操っている。操船の技を持つ町人と侍が気楽な舟遊びを楽しんでいる、と見えぬこともなかった。

右近は深編笠の侍の後ろ姿に見覚えがあるような気がした。さらに右近が眼を凝らしたとき、声がかかった。

「終わったようだな」

右近が振り向くと、間近に深編笠を手にした田沼が立っていた。

駒形の泥鰌屋の座敷で、きざんだ長葱《ながねぎ》を山盛りにぶっかけた泥鰌鍋に一膳飯という昼餉《ひるげ》をすませた田沼は、茶をすすりながら、ぼそりとつぶやいた。

「食い物はやはり温かいうちに食するべきじゃな。同じ食材でも、味が違う。味見役など何人かの食改めを経たあと運ばれてくるわが屋敷での食事は、すべてが冷え冷えとして、おいしさが半減してしまう」

右近は鍋に残った泥鰌の最後の一匹を口へ運んだ。十分に煮込んであるせいか骨も柔らかく、噛むと染みこんだ煮汁の醬油味がじんわりと口中にひろがってくる。湯飲みを手に取り、茶を呑んだ。渋茶の香りで泥鰌の濃厚な味がやわらいだ。右近は、湯飲みを膳に置き、問うた。

「此度の襲撃、何者の仕業とおもわれますか」

田沼は湯飲みを手にしたまま首を傾げた。ややあって、言った。

「わからぬ。ただ」

「ただ」

右近が鸚鵡《おうむ》返しに訊いた。

「あ奴らは、松前藩の者ではないような気がする」

田沼はそこでことばを切った。じっと右近を見つめた。

「徒目付・中里兵太郎のこと、くわしく訊きたい」

右近は首肯し、中里兵太郎にかかわる知っているかぎりのことを語って聞かせた。田沼はひとことの口もはさむことなく右近の話に聞き入っていた。聞き終えたあと、言った。

「わかった。何かと考えることがありそうだな」

右近は田沼を見やって、告げた。

「松前藩のこと、再吟味《ぎんみ》なされるべきではないでしょうか」

田沼は凝然と右近を見据えた。いつになく厳しい眼の色であった。その眼が腹の奥底まで見透かすかのように右近にそそがれていた。右近は、じっと見返した。

探り合いの火花が散ったかのような峻烈《しゅんれつ》な気が、沈黙のなかに迸《ほとばし》った。

それも一瞬――。

田沼が視線をそらして、言った。

「どうやら松前藩下屋敷の一件、存じているようだな」

「私は吉原の死した遊女たちが投げ込まれる浄閑寺の食客でございます。吉原の総名主・三浦屋の依頼を受け、拐かされた遊女・朝霧と鈴野の行方を探索しております」

「中里兵太郎にも見張りをつけたか」

「身請を申し出て断わられた者、疑うは当然のことかと」

うむ、と田沼がうなずき、右近に視線をもどした。右近への好意に満ちた、いつもの田沼の目顔であった。

「これからも見聞きしたさまざまなこと、話して聞かせてくれ。今日聞いた話も興味深いものであった。耳に留め置く」

右近は、無言で首肯した。

四

右近の前に宝玉で華麗に装飾された絹張りの小函《こばこ》が置かれていた。あきらかに異国の香りのする品であった。

伊蔵配下の亡八者で盗人あがりの左次郎が田沼家下屋敷より盗み出してきた代物だった。松前藩下屋敷より中里兵太郎が押収したオロシアとの抜荷の証とされる品のひとつである。

伊蔵がこの品を手に浄閑寺へ姿を現わしたのは明けの六つ半（午前七時）のことであった。右近は日々の剣の鍛錬を終え、井戸端で汗を拭っていた。伊蔵は、足音に気づき振り向いた右近に手にした風呂敷包みを高々とかかげて見せ、にんまりとほくそえんだものだった。

微笑で応じた右近は、伊蔵を庫裏の一室へ招じ入れた。

坐るなり伊蔵は、

「昨夜、盗み出しましたんで。さすがにいまをときめく田沼さまのこと、他の大名の下屋敷とは大違い。なかなかの警戒ぶりで、おもいのほか手間取りました」

そう言って、右近の前に小函をくるんだ風呂敷包みを置き、結び目をといた。

右近は、しばし小函に見入っていた。

ややあって、顔を上げた。

「まさしくオロシアの品。これらの品々が松前藩下屋敷に隠されていたとなれば、誰しもが松前藩はオロシアと抜荷を行なっているに相違ない、とおもうであろうな」

「仕掛けたのは十三湊藩と北海屋。右近の旦那は、どう判じられます」

伊蔵が身を乗りだした。

それには応えず、右近は再び小函に視線をもどした。腰高障子のかすかな隙間から差し込む陽光に宝玉が煌《きら》めいている。

「さて、この品をどう役立てるか、だ」

そう独《ひと》り言《ご》ちて、右近は黙り込んだ。

右近の沈黙はつづいている。修行僧たちが境内の掃除をしているらしく、竹箒の音が漏れ聞こえてきた。浄閑寺の朝は、まさしく寂静《せきせい》のなかにあった。

思案の淵に沈み込んだと見える右近の様子に、暇を持て余した伊蔵はどこを見るともなく視線を泳がせた。

と――。

伊蔵の目が動きを止め、一点に吸い寄せられた。

伊蔵の目線の先に文机の脇に置かれた、田沼意次を襲った勤番侍の背に突き立った投槍に似た奇妙な武具があった。武具は着物の片袖を敷物がわりに置かれている。右近が切り取って武具を包む風呂敷がわりにした、勤番侍が身につけていた小袖の片袖であった。

「これは」

伊蔵がおもわず腰を浮かした。

「どうした」

唐突な伊蔵の動きに、右近が問いかけた。

「右近の旦那、あれをどこで手に入れなすったんで」

伊蔵が奇妙な武具を指差した。

「知っているのか」

右近が武具を見やって、言った。

「魚を突く銛《もり》で。餓鬼《がき》の時分、生まれ在所の房州《ぼうしゅう》で漁師の手伝いをやらされてたことがありやして。あまりのつらさに数ヶ月もしないうちに逃げだしやしたが。故郷を捨てたその後はぐれっぱなしの、落ちっぱなしで」

伊蔵はそこでことばを切った。右近を見つめて、ことばをついだ。

「柄が短く切りつめられてやすが間違いなく魚用の銛で。漁師時代にいやというほど扱った道具だ、見間違えることはありやせん」

「魚を突く銛、か。この銛を自在に操ることができる者は漁にかかわりがあると看るべきかもしれぬな」

右近のつぶやきに伊蔵がことばを重ねた。

「もしくは海、あるいは川、湖のそばで住み暮らしていた者かもしれやせんね」

右近は膝をすすめ、銛を手に取った。

「伊蔵、いいことを教えてくれた。貴重な手がかりになる。この銛の使い手、漁を得手とする水夫《かこ》ということも考えられる」

伊蔵が合点し、おもわず掌《て》を一方の拳《こぶし》で打った。

「廻船問屋の北海屋の千石船にかかわりがある奴、ということですかい」

右近は目顔でうなずいた。

利那――。

右近の記憶の奥底から噴出し、浮かび上がった残像があった。勤番侍が銛を背に受けて果てたとき、山谷堀を一艘の猪牙舟が下っていった。右近は、その猪牙舟に乗っていた浪人の後ろ姿に見覚えがある気がした。その浪人の後ろ姿が、いまはっきりと磯貝軍十郎のそれと重なり合ったのだった。

右近は、さらに記憶をたどった。北海屋の別宅に太吉が忍び込み、磯貝軍十郎に斬殺されたとき、止めに入った北海屋藤兵衛の背後にさながら影のように寄り添っていた番頭ふうの男のことを思い浮かべた。猪牙舟の櫓を操っていた町人と躰つきが似ている、と右近はおもった。

「北海屋にいつもつきしたがっている番頭、何という名だったか」

右近はそうつぶやいた。

「吉兵衛、のことで」

伊蔵が応じた。

「吉兵衛、と申すか」

右近は、しばし黙った。伊蔵に視線を据えて言った。

「向後、吉兵衛の動きからも目を離すな」

「吉兵衛は北海屋の商いの片腕。ただの番頭としかおもえやせんが。廓に来ても、いるのかいないのかわからない、おとなしい野郎で」

伊蔵が首を傾げた。

「能ある鷹は爪を隠す、の譬《たと》えもある。見た目で人の実体はわからぬ」

おだやかな物言いだったが、右近の声音には厳しいものが含まれていた。

「わかりやした。吉原へ戻ってすぐ手配いたしやす」

伊蔵が身軽な仕草で立ち上がった。


その日の昼四つ（午前十時）、再び伊蔵が血相変えて浄閑寺へ駆け込んできた。刻限から見て、吉兵衛の張り込みを配下の亡八者に命じて、時をおかずに馳せ戻ったとしかおもえなかった。

境内を一気に走り抜け、庫裏の濡れ縁の前に立った伊蔵は腰高障子ごしに声をかけた。

「右近の旦那、すぐにも御出馬願いやす」

伊蔵は、部屋に右近がいるかいないかたしかめることすらしなかった。その様子から伊蔵の動転ぶりがうかがえた。

腰高障子がなかから開けられた。

「どうした」

右近の問いかけはいつもと変わらぬ落ち着いたものだった。

「鈴野が、鈴野の死骸が見つかりやした。しかも心中なんで」

「鈴野が、心中したと」

予想だにしていなかった展開であった。右近は刀架に架けた大刀を手に取った。

鈴野と職人ふうの男の死体は、橋場町《はしばちょう》は真崎《まさき》稲荷近くの三浦屋四郎右衛門の寮の庭先に横たえられていた。敷かれた筵《むしろ》の上に骸《むくろ》が置かれている。死んだ遊女は浄閑寺の門前の土の上に投げ捨てられるのがつねであった。それがたとえ筵とはいえ敷物の上に置かれているる。せめてもの三浦屋の心遣いといえた。

三浦屋の寮は表向きは、とある大店の寮という触れ込みになっていた。吉原でも三浦屋の腹心の者しか存在を知らぬ、秘密の別宅であった。三浦屋は、喧噪を極める吉原遊郭をときおり抜け出ては静謐《せいひつ》を楽しむかのようにこの寮でひとりの時を過ごしていた。その寮に三浦屋は鈴野たちの死体を運び込んだのであった。

はたして三浦屋は寮に駆けつけた右近の姿を見るなり、言った。

「遊女屋の主、亡八は恨みを買うことが多い稼業。この寮にはさまざまな仕掛けが施してあります。壁に偽装した隠し戸から出入りする地下の間。押入れから天井裏へ抜け、屋根へ出られる抜け道。他にもありますがあとは伊蔵にお聞きください」

三浦屋はそこでことばを切った。右近をまっすぐに見つめて、つづけた。

「月ヶ瀬さま、向後はこの寮を自由にお使いください。探索には何かと表沙汰にできぬこともありますからな」

右近は首肯し、鈴野の死体の傍らで膝を折った。

鈴野の右手と職人ふうの男の左手はかたく細紐《ほそひも》で縛り合わされていた。

「鐘《かね》ヶ淵《ふち》に浮かんでいたそうで」

背後で三浦屋が言った。

「死体を見つけた土地《ところ》の者が番屋へ届け出たそうで。心中者の始末は浅草溜《だまり》の非人頭《ひにんがしら》・浅草弾左衛門《だんざえもん》に仕切らせるとの定めでございますが、町奉行所に手をまわして特別に骸を下げ渡していただきました」

右近は、緋《ひ》の長襦袢《ながじゆばん》をまとっただけの鈴野の死体をじっと見つめた。首から胸元にかけて無数の疵痕《きずあと》が残っていた。太皮の一本鞭《むち》か細竹で打ち据えた痕と見えた。右近は長襦袢の胸元を開いた。無惨な疵痕が盛り上がった両の乳房を断ち割り、腹まで連なっていた。

「折檻《せつかん》でもされたのであろうか」

右近のことばに三浦屋が応じた。

「人それぞれ、男と女の痴戯《ちぎ》にはさまざまな楽しみ方があるものでして」

右近は黙って、鈴野の長襦袢の襟をもとにもどした。

左首に深々と切り裂かれた疵が残る職人ふうの男の骸に見入った右近の眼が、大きく見開かれた。

「竹刀胼胝《しないだこ》」

右近は男の手を取り、掌《てのひら》を仔細にあらためた。

「これほどまでの竹刀胼胝、並みの修業では出来ぬ。かなりの修練を積んだ者と看たが」

右近は三浦屋を振り向いて、言った。

「職人とはおもえぬ。どこぞの藩士かもしれぬ。こころあたりはないか」

三浦屋は首を傾げた。

「鈴野は逃げだそうとして捕らえられ、責め殺されたのかもしれませぬ。拐かしたのが北海屋一味とすると、男のほうは十三湊藩の者とはおもわれませぬ」

「十三湊藩とオロシアとの交易をめぐって確執のある松前藩の武士が探索のため密かに一味へ近づき、正体を見破られて殺された。おれは、そう看るが」

右近のことばに三浦屋は無言でうなずいた。右近は、しばし、黙った。伊蔵を見返って、言った。

「伊蔵、浄閑寺へもどって田沼家下屋敷より盗み出してきたオロシアの小函を持ってきてくれ」

「小函をどうなさるんで」

伊蔵が問いかけた。

「小函を手みやげに松前藩上屋敷へ乗り込む。鈴野の命が断たれた以上、指令役としてひとつところにとどまり思案に明け暮れているときではない」

そう言って、右近は片頰に不敵な笑みを浮かべた。


一刻（二時間）後、右近は風呂敷包みを手に松前藩上屋敷の門前にいた。江坂惣左右衛門への取次ぎを請うた右近は、あくまでも追い払おうとする門番にしずかに告げた。

「御当家下屋敷にて見いだされたオロシアの小函を持参せし者、とつたえていただきたい。江坂殿はすぐにも面談なされるはず。約定なきを理由にあくまで取次ぎを拒まれれば、後々落度を咎められることになりまするぞ」

松前藩にオロシアとの抜荷の疑いがかけられていることは軽輩の門番にもつたわっていたのであろう。オロシアの小函、と聞かされた途端、狼狽《ろうばい》を露《あら》わに奥へ駆け込んでいった。

そしていま……。

右近と江坂惣左右衛門は奥の間で、向かい合って坐っていた。右近の前に風呂敷を敷物がわりにオロシアの小函が置かれている。

「浄閑寺の食客、月ヶ瀬右近と申す」

そう名乗った右近に江坂惣左右衛門は、

「松前藩江戸家老、江坂惣左右衛門でござる。その品、いずこより入手なされた」

と、問いかけた。

「田沼家下屋敷より盗み出してまいった」

さらりと応じた右近を見据え、江坂は、

「ほう。いまをときめく御老中、田沼様の下屋敷よりのう。貴殿は盗人の頭か」

と言い、白髪頭を突きだしてさらに付けくわえた。

「わが松前藩は一万石の貧乏藩。盗み出すほどの価値ある品などないぞ」

右近は江坂を見つめ返した。

「腹の探り合いに時間《とき》を使うつもりはない。私は十三湊藩と北海屋に敵する者。松前藩においては十三湊藩に間者を潜り込ませたことはありませぬか」

「応える必要はあるまい」

江坂は横を向いた。

「私は拐かされた吉原遊郭の遊女ふたりの行方を探索するよう依頼された者。その遊女のひとりを身請しようとして抱え主に拒絶された旗本がいる。その武士の名は徒目付副頭・

中里兵太郎」

「何と言われた。徒目付副頭と」

身を乗りだした江坂のことばを右近が断ちきり、引き継いだ。

「中里兵太郎。大目付の命を受け、この小函を御当家下屋敷の天井裏、あるいは床下より見つけだした者でござる。私は中里兵太郎を遊女ふたりを拐かした一味にかかわりあり、と看ている」

「目的こそ違え、ともに同じ敵を持つ者同士、と言いたいのか」

江坂が右近を見据えたまま、言った。右近の心底をも見通すかのような鋭い眼光であった。

「左様。窮鼠猫《きゅうそ》を噛む、の譬えに似た立場にある者同士、と言いかえるべきかもしれぬが」

「証は」

「これなるオロシアの品とおもわれる小函。私には不要のもの。敵意なきしるしの引き出物として持参した次第」

右近は、小函を江坂に向かって押しやり、つづけた。

「昨夜、拐かされた遊女のひとりが心中死体とみせて隅田川と古隅田川、綾瀬川《あやせがわ》が合流する鐘ヶ淵に浮かんだ。片割れは職人ふうの男。しかしながらその男の手には竹刀胼胝があり申した。それも並大抵の修業ではでき得ぬほどの胼胝」

「竹刀胼胝が。まことか」

江坂はおもわず眼を剝《む》いていた。

「その男の骸は私のかかわりのある者の寮に安置してあります。できれば顔あらためをお願いしたい」

江坂は口をへの字に結んだまま、右近を睨みつけている。右近は、隣室との境の襖《ふすま》を横目で見た。

「この座敷に入ったときから襖の蔭にひそんでおられる方々のうちどなたか、顔あらためをしてくださるお方はござらぬか。松前藩の藩士であれば骸を引き取り丁重に葬っていただきたい。もし松前藩にかかわりなき者であれば幸甚《こうじん》と申すもの」

隣室でかすかに息を呑む気配が襖越しにつたわった。

江坂の、武張《ぶば》っていた肩から力が抜けた。

「察しておったのか」

江坂の問いに右近が応じた。

「座敷に入る前、廊下にて気配を感じ取っておりました」

江坂の面がわずかにゆるんだ。

「この小函、引き出物としてありがたく頂戴いたす」

そう言った江坂は隣室に向かって告げた。

「木下《きのした》、月ヶ瀬殿とともに出向き、骸の顔あらためをしてまいれ」

呼応して襖が開かれた。数人の武士が控えていた。そのうちのひとりの、二十代半ばと見える武士が膝行《しっこう》して前へ出、姿勢を正して言った。

「木下幸策《こうさく》と申す。同道仕《つかまつ》る」


三浦屋の寮の中庭で、鈴野とともに横たえられた職人ふうの男の傍らで膝を折り、しげしげとその顔に見入った木下は背後に立つ右近を見返って、告げた。

「国許にて目付役をつとめまする片岡邦太郎《かたおかくにたろう》に相違ありませぬ」

「国許から江戸へ向かわれた理由《わけ》を聞かせてもらえぬか」

「江坂様から月ヶ瀬殿には何事も包み隠すことなくお話しせよ、と申しつけられております。北海屋藤兵衛には奇妙な噂がつきまとっておりまして」

「噂、とは」

「北海屋は海賊を裏の稼業としている、との風聞で。片岡は江坂様の命を受け、十三湊で密かに噂の真偽のほどを探索しておりました。江戸へ来ていたとすればおそらく探索で摑み得たことを江坂様に報告すべくまいったものとおもわれます」

「北海屋が海賊……」

右近は、松前藩の勤番侍を装って田沼を襲い、太腿を斬られて捕らえられたところを何者かが投じた銛を改造した武器によって殺された男のことをおもいだした。その背に突き立っていたのは魚を突く銛の柄を切り落とし、扱いやすいように短く作りなおしたものだった。北海屋が海賊なら北海屋の腹心の吉兵衛も海賊と看るべきであった。

(銛を投じたのは吉兵衛に相違ない)

右近はそう推断した。

右近の思考は木下によって断ちきられた。

「月ヶ瀬殿、片岡の仇《あだ》が討ちとうござる。江坂様も同じおこころのはず。われらが必要なときはいつでも声をかけてくだされ。御公儀から睨まれている以上、自由に身動きできぬわが藩でござれば、ともに動くことは叶いませぬ。ただただ無念でござる」

「その折りは、必ず声をかけますする」

右近のことばに首肯した木下の面は、激しい哀しみと怒りに歪んでいた。

お蓮が伊蔵とともに浄閑寺へ姿を現わしたのは、鈴野の骸が見いだされた翌日のことだった。

五

お蓮は庫裏の、右近の住み暮らす座敷に入るなり、告げた。

「行方知れずになっている飾職人たちの何人かが小普請組《こぶしん》、旗本百五十石・鈴川又五郎《すずかわまたごろう》の本所の屋敷内で開帳されている賭場《とば》に出入りしていたことを突きとめましたよ」

「旗本・鈴川又五郎、とな。よくわかったな」

「蛇《じゃ》の道は蛇《へび》ってやつでさ」

横から伊蔵が口をはさんだ。

お蓮がつづけた。

「実は、鈴川又五郎は勘定吟味役・安藤主馬とは幼馴染みの、大の仲良しだそうでして」

「勘定吟味役・安藤主馬とつながりがあるというのか」

右近の問いかけにお蓮が揶揄《やゆ》したような笑みを浮かべた。

「それもおおいにわけありの仲のようですよ。仲良しと見えるは表向きのこと。実体は、博奕《とばく》開帳に大店の弱みを握っての強請《ゆすり》たかりと悪いことなら何でもござれの破落戸《ごろつき》旗本鈴川が、勘定吟味役にまで出世し、今後も出世の道を歩きそうな世渡り上手の安藤主馬の弱みを握って何かと便利づかいしている、というのがほんとうのところ、と蔭ではもっぱらの噂」

「安藤主馬の弱みってのは、どんな一件なんでえ」

伊蔵が問いかけた。

「そこのところは、まだ摑めちゃいないのさ。賭場に出入りして口の軽そうな奴を探しちゃいるんだけどね」

右近がお蓮を見やって、言った。

「お蓮、鈴川又五郎がひとりになるときはあるのか。屋敷には四六時中、無頼どもが出入りしていて人気《ひとけ》が絶えるときはまずないと看たが」

「裏門がわりの潜《くぐり》があけっぱなしという不用心な有様ですからね。出入りする者たちの間では持ち物を置き引きされたの、財布ごと金を盗《と》られたのとしょっちゅう騒いでいるのに、鈴川又五郎のものだけは不思議となくならない。変なところですよ。けど、人徳というか悪徳というか、鈴川のまわりにはいつも人が群れている」

お蓮はそう言って、右近を見つめた。

「月ヶ瀬さま、いったい何を考えていらっしゃるんですか」

「鈴川が握っている安藤主馬の弱みとやらを手っ取り早く知る手立てはないか、とおもってな」

右近は、そこでことばを切った。伊蔵に視線を向けて、告げた。

「伊蔵、夕刻までに人手を集めてくれ。多ければ多いほどいい」

「何をなさるんで」

問い返した伊蔵に右近が、応じた。

「押し込むのさ。鈴川又五郎の屋敷に」

「何ですって」

「そりゃあ無茶だ。手が後ろに回りやすぜ」

お蓮と伊蔵がほとんど同時に驚きの声を発した。

「破落戸同然の者とはいえ直参旗本の端くれだ。盗人に押し入られたことを表沙汰にするわけにはいくまい。まして鈴川は、事を表沙汰にすればかえっておのれが危うくなる、臑《すね》に傷持つ身だ。下手をすれば御扶持《おふち》召し放ち、家は断絶になりかねまい。何者かに押し込まれて自由気儘《きまま》に荒らされても、何の文句も言えぬ身の上だ」

「そういうもんですかねえ」

伊蔵が感心したように首をひねった。

「安藤主馬の弱みが何か。そのことは鈴川又五郎に聞くのが一番早かろう」

そう言って右近はお蓮に視線を移した。

「お蓮、賭場へ先乗りし、おれたちが押し入るさいの手引きをしてくれ」

「引き込み役、立派にこなしてみせますよ」

お蓮が、嫣然《えんぜん》と微笑んだ。いつものお蓮らしくない、艶《つや》のある目つきだった。お蓮の変容に気づいた伊蔵は奇異なおもいにとらわれた。押し込むのなんのと物騒な話をしている最中である。お蓮の艶やかな顔つきは、およそ場違いなものとしかおもえなかった。が、お蓮の艶《えん》な目線が右近に注がれているのを見届けた伊蔵は、すべてをさとった。

（なるほど、右近の旦那は男が惚れるお方だ。女が惚れても不思議はないか。けど、高尾太夫もお蓮も不憫《ふびん》な女よ。なぜか知らぬが浮世の欲にゃとんと興味のねえ旦那だからな）

右近が、お蓮のおもいと伊蔵のこころの動きに気づいたふうはなかった、空《くう》を見つめて何やら思案をめぐらしている。

その夜、右近は本所は南割下水《みなみわりげすい》の鈴川又五郎の屋敷の裏門がわりの潜《くぐり》近くにいた。右近のそばに伊蔵と左次郎が立っている。伊蔵が集めた頭数は二十数名にも及んでいた。人目を避けるため、散らばって行動した亡八者たちは、闇夜を幸い、裏口の塀沿いのどこぞに身をひそめているはずであった。

「そろそろ仁和賀《にわか》の始まりですぜ」

伊蔵が狐目をさらに細めて不敵な笑みを浮かべた。

「仁和賀と」

右近が問うた。

「吉原で毎年秋に行なわれる、廓者が一ヶ月ぶっ通しで俄《にわか》狂言を演じつづける祭りのことを仁和賀と言うんで。押し込みも祭りも似たようなもんでさ。なあ、左次郎」

左次郎が薄く笑って腕をさすった。腕が鳴る、とでも言いたげな仕草だった。

「祭りも押し込みも似たようなものか。そうかもしれぬ」

誰に聞かせるでもない、右近のつぶやきであった。

そのとき――。

右近の脳裡に黒い影が浮かび上がった。光がさしたかのように影は次第に明るさを増し、その形をあからさまにしていった。死化粧をした雪笹と鈴野の死顔が、そこにあった。右近の耳に慈雲のことばが蘇った。

「おぬしは今日《こんにち》ただいまから月ヶ瀬右近じゃ。三途の川の用心棒じゃ」

右近は、おもわず眼を閉じた。おのれの覚悟を、あらためておのれに言い聞かせるための所作であった。

それも一瞬のこと……。

眼をしずかに見開いた右近は、伊蔵らに告げた。

「押し込みが仁和賀と似たようなものなら、おおいに騒ぎ立て遊び狂うも一興。存分に楽しむがよかろう」

真夜中九つ（午前十二時）を告げる鐘が鳴りひびいた。横川《よこかわ》沿いにある入江町《いりえちょう》の時鐘《じしょう》である。

鐘が九つ打ち鳴らされた直後、潜が内側から開けられ、なかからお蓮が出てきた。右近、伊蔵と左次郎が潜へ向かった。どこにひそんでいたのか亡八者たちが物陰から湧き出たように姿を現わし、右近たちにつづいた。

邸内に足を踏み入れた右近たちは、お蓮があらかじめ目星をつけておいた庭木の蔭に身をひそめた。右近は、懐から黒の宗十郎頭巾を取りだし、かぶった。伊蔵も左次郎も用意の焦茶の手拭いで盗人被《かぶ》りをする。潜から相次いで入ってきた亡八者たちも木々の後ろに身を置いた。伊蔵同様、盗人被りをして顔を隠した。閉じられた雨戸の隙間から行燈《あんどん》の灯《あか》りが漏れている。

「賭場の様子はどうだ」

「場が賑わって、真っ盛りといったところですよ」

右近の問いかけにお蓮が応えた。

「伊蔵。派手に、やれ」

「おもいっきり驚かせてやりまさあ」

楽しげな顔つきで伊蔵が、懐から呼子を取りだした。大きく息を吸い込み、呼子を吹いた。

と——。

「手入れだ」

とのわめき声が屋敷内から上がり、行燈が消された。右近が、片手をかかげた。伊蔵の隣りにいた左次郎が、

「御用だ」

と叫んだ。

「御用」

「御用だ」

左次郎の声を合図に、あちこちにひそんでいる亡八者たちが大声で怒鳴った。

「慌てるな。ここは旗本屋敷だ。町方の手は入らぬ。落ち着け」

当家の主、鈴川又五郎の声であろう。が、その制止の声も賭場の客たちにはとどかなかった。博奕場とおもえるあたりから何かをひっくり返したような物音と入り乱れた足音がひびいた。

つづいて、なかから雨戸が打ち倒され、庭へ転がり出た賭場の客らしき町人たちが一斉に潜へ走った。町人たちをやり過ごしながら、右近たちは建物沿いに奥へすすんだ。町人たちが潜から逃げだし、人影もまばらとなったときを見計らって右近たちは一斉に室内へ押し入った。ぐっすりと寝入っているのか、それとも後難を怖れてか、隣り合う武家屋敷には毛ほどの動きも見えなかった。

賭場に踏み込んだ右近は銭函《ぜにばこ》を抱えて奥へ逃げ込もうとしている、だらしなく小袖を着流した武士と手下とおもわれる数人の遊び人ふうの男たちと出くわした。出立ちから見て、武士は当家の主・鈴川又五郎に相違なかった。

右近は遊び人のひとりを抜く手も見せぬ手練の居合いで、出合い頭に斬って捨てた。朱に染まって、一言も発することなく遊び人は昏倒した。情け容赦ない右近の一太刀に、鈴川と残る遊び人たちは金縛《かなしば》りにあったかのようにその場に釘付けとなった。顔が恐怖に引きつっている。

「賭場荒しか。今夜の寺銭を全部やる。命だけは、勘弁してくれ」

鈴川がわめいて、銭函を差し出した。伊蔵がその銭函をひったくる。

「縛り上げろ」

右近のことばに亡八者たちが一斉に遊び人たちに襲いかかった。殴る蹴るして気を失ったところを帯を解いて縛り上げる。右近から鼻先に刀を突きつけられた鈴川は、なす術《すべ》もなくその光景を見つめていた。

遊び人たちの始末がついたのを見とどけたところで、右近は鈴川に声をかけた。

「当家の主、鈴川又五郎か」

「そうだ」

鈴川の声にこころなしか震えがまじっていた。

「あちこちで強請たかりをやって手荒く稼いでいるようだな。強請の種のいくつか聞かせてもらおう」

「言う。みんな言う」

「まずは勘定吟味役・安藤主馬からはじめてもらおう。御上の勘定吟味役となると強請がいがあるからな」

右近は大刀の鎬《しのぎ》を鈴川の頬に押し当てた。

「言う。やめろ。死にたくない」

鈴川又五郎は、叫んだ。

「安藤には女を折檻《せっかん》して欲情する性癖があるのだ。家督を継ぐ前、おれとあいつは御神酒《おみき》徳利《どっくり》と言われるほどの仲でな。いつもつるんで悪さをした。亡くなった安藤の親父《おやじ》殿は厳格なお方でな。安藤は親父殿の小言から逃れるために、おれの屋敷に入り浸《びた》っていたものだ。そんなある夜、安藤は夜鷹《よたか》をこの屋敷に連れ込み、監禁して責めあげた。容赦ない折檻に耐えられず夜鷹は死んだ。安藤は息絶えた夜鷹を全裸に剥き、死姦をした。おれは障子に穴を開けて廊下から盗み見していたが、あまりの気色悪さに途中でやめたほどだった。安藤は、女を折檻することでしか欲情を満たすことのできぬ痴者《しれもの》なのだ」

早口で喋りつづける鈴川の話を聞きながら、右近は、

（鈴野の躰に残っていた無数の疵痕の因《もと》は、安藤主馬の性癖にあったのだ）

と推断していた。

「そのことを種に安藤を強請つづけたのだな」

鈴川は首を大きく縦に振った。

「他には」

右近は刀の鎬をさらに強く鈴川の頬に押しつけた。

「言う。言う。日本橋《にほんばし》の山城《やましろ》屋の弱みは」

右近にとって安藤主馬以外のことはどうでもよかった。だが、安藤主馬のことを聞き出すために押し入った、と鈴川又五郎に見破られぬためにも芝居はつづけなければならなかった。右近は、日本橋の山城屋などいくつかの強請の種を鈴川から聞き出した。が、右近は、それらのことを何ひとつおぼえていなかった。

この間、伊蔵たちは盗人の押し込みに見せかけるべく、めぼしいものを求めて屋敷中をくまなく走り回った。

仕掛けを終えた伊蔵たちが右近のもとに馳せ戻ったとき、数名の亡八者たちの手に泥にまみれた壺がかかえられていた。

「その壺は床下に隠したおれの銭壺。渡せぬ。返せ」

壺に気づいた鈴川は声を荒げて腰を浮かせた。そんな鈴川又五郎の肩口に、右近の凄まじい峰打ちの一撃が叩き込まれた。骨の砕ける鈍い音が響いた。鈴川又五郎は、低く呻くや気を失い、その場に崩れ落ちた。

片《かた》仕《じ》舞《まい》

一

安藤主馬のもとへその書状が届けられたのは暁《あかつき》七つ（午前四時）近くのことであった。ぐっすりと寝入っているところを用人に叩き起こされた安藤主馬は、夜着にくるまったまま床脇に控える用人を怒鳴りつけた。

「何事だ。おれは眠い。明日にせい」

「本所南割下水の鈴川様から緊急の書状が届いております。当家の存亡にもかかわること、との使いの者の伝言。ぜひにも御披見のほどを」

と一枚の封書を差し出した。

「なに、鈴川から。いつもながら大袈裟な奴だ」

安藤主馬は渋々床から半身を起こした。用人から封書を受け取り、開いた。

「大至急当家へ来られたし。もし来られぬときは例の夜鷹の件、表沙汰にする決意也　又の字」

又の字、とは鈴川又五郎の悪事仲間での異称であった。書状の文字は鈴川の筆跡とは違っていた。が、深酔いした鈴川がまわりの者に代筆をたのむことはよくあることだった。それよりも鈴川が、

［又の字］

と書き記してきたことに、安藤主馬は不吉なものを感じ取っていた。

鈴川がこの呼び名で書状を届けさせたときは、

「昔、ともに悪さをした仲」

と安藤主馬にあらためて思い知らせ、なにがしかの銭を寄越せ、との意をこめてのことがほとんどであった。

安藤は大きく舌打ちした。なろうことなら縁を切りたい相手だった。が、若気《わかげ》にまかせてなしたこととはいえ、夜鷹を殺したうえその骸《むくろ》をも凌辱した弱みを握られている以上、無碍《むげ》には扱えなかった。

安藤家の家禄《かろく》は四百石である。謹厳実直を画《え》に描いたような務めぶりだった亡父への幕閣の信頼は絶大だった。亡父は存命中、不肖の嫡男・主馬の引き立てをかかわりのあった幕閣要人たちへ懸命に働きかけた。そのおかげで安藤主馬は、おもわぬ出世の道をたどっ

ていた。いま就《つ》いている勘定吟味役の役職など、かつての安藤主馬を知る者からみれば驚くべき、まさに奇跡に近い立身であった。

その安藤主馬をつねに揺さぶりつづけ、立場をあやうくしているのが鈴川又五郎だった。安藤主馬には四百石の家禄を失う気はさらさらなかった。

「多少のことですむなら」

と鈴川の無心に応じつづけていた。書状を読んだ安藤主馬は、

（言うなりになるしかあるまい）

と半ば諦めていた。用人に、

「すぐ支度する。使いの者に、しばし待て、とつたえてくれ」

と命じた。

「鈴川様からの使いの者は書状を私に手渡すなり引きあげました」

用人の応えに安藤主馬が眉を顰《ひそ》めた。

「引きあげただと。先導役もつとめぬとは不埒《ふらち》なやつ。どのような輩《やから》だ」

「それが、いかにも遊び人ふうの、凶悪な顔つきの、狐目の男で」

安藤主馬は黙り込んだ。鈴川又五郎のまわりには町の破落戸《ごろつき》どもがたむろしている。おそらくそんな無頼者のひとりであろうと推察した。こうなればひとりで夜道を急ぐしかな

かった。

「出かける。支度を手伝え」

安藤主馬は床から立ち上がった。

鈴川又五郎の屋敷の前に着いた安藤主馬は、立ち止まって空を見上げた。払暁の薄闇が天空を覆っている。朝陽が中天を赤々と染め上げるには、まだしばしの時が必要であった。勝手知ったる鈴川の屋敷だった。安藤主馬はまっすぐに裏門がわりの潜《くぐり》へ向かった。何の用心もなく安藤主馬は潜に身を差し入れ、屋敷内に足を踏み込んだ。

利那——。

安藤主馬は首の後ろに烈々たる衝撃をおぼえ、呻く間もなく、その場に崩れ落ちた。

薄墨を流した空に赤みが増したころ、鈴川又五郎の屋敷を寝泊まりの場としている遊び人の男が酒に取られた足をふらつかせながら帰ってきた。いつものように潜から屋敷内に入っていった男は、足を止め、首を傾げた。博奕場として使っている座敷あたりの雨戸がはずれ、庭がわに倒れこんでいる。

酔眼を凝らした男は、おそるおそる建物へ向かってすすんだ。座敷のなかにこんもりと盛り上がった物がいくつか見えていた。男はさらに近寄った。

男の足が不意に止まった。小刻みに震えだしたかとおもうと、男の躰から急に力が抜け落ちた。ずり落ちるように坐りこんだ男の眼と口は大きく開けはなたれ、ことばにならぬ呻き声をあげていた。男はあまりの驚愕に茫然自失の極みにあった。

座敷には、鈴川又五郎や博奕場をとりしきっていた破落戸たちの多数の骸が転がっていた。


そのころ、いつもは修行僧たちの勤行が行なわれている浄閑寺の本堂には朗々たる慈雲の読経の声が響き渡っていた。本尊の阿弥陀如来を祀った須弥壇の前には、経文を唱える慈雲と背後に控える右近、左次郎、数人の亡八者たちの姿があった。慈雲と右近の間に寺銭の入った銭函と鈴川又五郎宅の床下から奪ってきた数個の銭壺が置かれている。

祈り終えた慈雲が躰ごと右近たちを振り向いた。どこからか読経の声が聞こえてくる。本堂を追われた修行僧たちが庫裏のどこかで勤行にはげんでいるのであろう。

慈雲が右近から左次郎たちに視線を流していった。

「供養はすんだ。仏たちは迷わず三途の川の渡し船に乗り込んだぞ。渡し守のわしが心眼でちゃんと見届けた。この世でこれ以上悪事を重ねずにすむ。ありがたい、と謝意を述べての旅立ちであった。まずはめでたい」

慈雲は、前に置かれた銭函と銭壺の上を、口中で何やら呪文を唱えながら数珠《じゅず》で払った。うむ、と大きく点頭して、言った。

「お祓《はら》いはすんだ。これにて、まさしく浄財。鈴川又五郎たちの三途の川の渡し賃、遊女たちの供養料として役立てさせていただく。彼らの死に際《ぎわ》の多額の喜捨、閻魔《えんま》大王の裁定もおおいにゆるむことであろうよ」

そうつぶやいて、慈雲は右近を見つめた。

「伊蔵の姿が見えぬが」

「安藤主馬の身柄をおさえました。伊蔵は番人役として三浦屋の寮に」

「鈴野が死んだいま、時をかければ朝霧の身に危険が迫る怖れがあるというわけか」

「中里の身柄を押さえることも考えましたが、中里の行方が知れなくなったら朝霧の命にかかわりかねぬと判じて、安藤の身を押さえることにしました」

右近のことばに慈雲が応えた。

「安藤に訊けば、朝霧の居場所もしれるということか」

「いかに北海屋といえども、そうそう何カ所も生身の者を隠しとおす場を手配できるとはおもえませぬ。鈴野と朝霧は、それぞれに部屋はあてがわれても、おそらくは同じ屋敷に閉じこめられていたのではないかと」

慈雲は、しばし、黙った。首をひねって、言った。

「北海屋の寮と平塚兵部の別邸には鈴野と朝霧が監禁されている様子はない。殺された太吉の調べではそういう話だったな。残るは北海屋の本宅か別宅ということになるが」

「安藤も中里も、似たような頻度《ひんど》で北海屋の寮、本宅、別宅、平塚兵部の別邸と出入りしております。拐《かどわ》かされた当時こそ平塚兵部の別邸への出入りが多かったのですが、それも数日のこと」

右近は、ことばを切った。ややあって、告げた。

「安藤主馬を責めれば、すべてわかること。遊女たちの折檻に馴れた伊蔵たちの責め、なかなかのものとなるはず。安藤主馬がどこまで耐えられるか、楽しみにしております」

皮肉な物言いにもかかわらず右近の面《おもて》に何の変容も見られなかった。いつもと変わらぬ静謐《せいひつ》さをたたえた眼差しで、凝然と慈雲を見つめている。

三浦屋の寮にもどった右近を伊蔵が出迎えた。

「安藤主馬は」

右近の問いかけに伊蔵が応えた。

「さっき息を吹き返しやした。地下の隠し部屋に閉じこめてありやす。折檻の道具も揃っておりやす。何かと役に立つときもあろうと総名主さまが用意していたもの。それを十二分に使い切ってたっぷりと締め上げてやろうか、と」

伊蔵が狐目を、さらに細め、唇の片端を引きつらせた凍えた笑みを浮かべた。

石を敷き詰めた地下の間では、梁《はり》にとおして一端を柱に結わえつけた荒縄で安藤主馬が逆さに吊り下げられていた。安藤は褌《ふんどし》ひとつのみじめな姿で後ろ手に縛りあげられている。安藤主馬は精一杯の虚勢をはって、わめきたてた。

「下ろせ。公儀の勘定吟味役に向かって無礼であろう。その分には捨ておかんぞ」

安藤主馬のまわりを割れ竹を手にした四人の亡八者たちが囲んでいる。少し離れて右近と伊蔵が立った。

右近が冷ややかに告げた。

「勘定吟味役がきいて呆れる。鈴野を責め殺したであろうが」

「知らぬ。おれは、何も知らぬ」

「旗本・鈴川又五郎から夜鷹殺しの一件、聞いた。息絶えた鈴野の骸も夜鷹同様、凌辱したのか」

右近の詰問に安藤主馬が一瞬息を呑み、黙り込んだ。右近がことばをかさねた。

「おれが訊きたいのは朝霧を閉じこめた場所だ。知らぬとは言わせぬ。せめてもの情け、痛い目を見ぬうちに白状することだ」

「知らぬ」

「足抜きした遊女が受ける、息絶えてもかまわぬとの覚悟で責めあげるきつい折檻だ。命が果てることになるかもしれぬぞ」

安藤主馬が薄笑いを浮かべて、うそぶいた。

「死んだら、朝霧の居場所を聞き出すことはできぬぞ。それでも、やるか」

右近が鼻先で笑った。冷えた眼で安藤主馬を見据えて、告げた。

「息絶えてもかまわぬとの覚悟で責めあげる折檻、と言ったはずだ。伊蔵、問答は無用。白状するまで責めつづけろ」

首肯した伊蔵が、低く命じた。

「はじめろ」

亡八者のひとりが割れ竹で安藤主馬に烈《はげ》しい一撃をくわえた。安藤主馬があまりの痛みに悲鳴を上げた。その悲鳴をまたず、隣りの亡八者が割れ竹を振るった。隣り、また隣りの亡八者と割れ竹の殴打がつづいた。割れ竹が炸裂《さくれつ》するたびに安藤主馬の皮膚は裂け、血が滲み出てつたい流れた。

安藤主馬は間断なく悲鳴をあげつづけた。十数回殴打されて、大きく呻いて気を失った。

「水をかけろ」

伊蔵が言った。亡八者のひとりが、あらかじめ用意してあった水の入った手桶を手に取って、胸元めがけて浴びせる。

安藤主馬が躰を震わせて正気づいた。伊蔵がいきなり顔面を蹴り上げた。激痛に唸った安藤主馬に伊蔵が告げた。

「勘定吟味役さまよ、まだ十数発しか喰らってないぜ。か弱い遊女でも、意地を張って、まだしゃきっとしてらぁ」

「許して。許してくれ」

安藤主馬の声は涙にくぐもっていた。

「やれ」

伊蔵が顎をしゃくった。

「やめろ。やめてくれ」

絶叫した安藤主馬に亡八者たちの振るう割れ竹が炸裂した。四人が一回り叩き終わったとき、右近の声がかかった。

「そこまでだ」

安藤主馬にことばを発する元気は失われていた。嗚咽《おえつ》している。

右近は静かに歩み寄った。

「白状する気になったか」

安藤主馬は何度も首を縦に振った。

「朝霧はどこにいる」

「十三湊藩江戸家老・平塚兵部の別邸だ。奥の座敷の壁に仕掛けがあって、地下へ通じる入口となっている。朝霧は、地下の座敷に閉じこめられている。鈴野も、朝霧が押し込められていた座敷と廊下を隔てた一間に監禁されていた。推察どおり鈴野は、おれが折檻のあげく責め殺した」

苦しげに喘ぎながら漏らしたあと、

「頼む。助けてくれ。許してくれ」

突然、安藤主馬は大声でわめいた。

右近は、安藤主馬を見据えた。

「平塚兵部の別邸の絵図面を描け。どこにどんな仕掛けがあるのか知っているかぎりのことをすべて描き込むんだ」

「わかった。何でも、する。助けて。お願いだ。頼む」

安藤主馬は悲痛な声をあげ、涙まじりに哀願した。

二

浄閑寺の庫裏の一室では、右近、慈雲、伊蔵の三人が平塚兵部の別邸の絵図面を囲んで坐っていた。

「何度見ても三浦屋の寮と造りが似ている。おそらく同じような仕掛けが施されているのではあるまいか」

右近が言った。

「昨夜、右近の旦那からそのことを聞いたので、総名主さまから建てた大工の名を教えてもらいやした。相生町に住む得造《とくぞう》という棟梁《とうりよう》で、いま左次郎を走らせておりやす。まもなくなんらかの知らせが入るはず」

首肯した右近は慈雲に視線を移した。

「伊蔵の話だと、北海屋が吉原の遊女屋・蔦屋《つたや》に暮六つからの宴席を手配しております。総勢四名ということだそうで」

「何かあるというのか」

慈雲の問いに右近が応じた。

「九郎助稲荷など四社に火をつけ吉原遊郭を混乱に陥《おとしい》れ、さらに三浦屋で火事騒ぎを起こして鈴野、朝霧を拐かしたときも、北海屋は吉原で宴席を設けておりました」

「安藤主馬が監禁されているに違いないと推量して、北海屋の一味が浄閑寺を襲ってくると申すか」

「おそらく。宴席は、襲撃にわれらは関わりなしと見せかけるためのものとおもわれます」

慈雲が鼻先で、小馬鹿にしたように笑った。

「同じ手が二度通じると思っているのか。浅知恵もはなはだしいわ」

鼻の下を指でさすりながら慈雲がつづけた。

「浄閑寺は多くの仏を供養するれっきとした寺だ。いくらでも守りようがある。死人の世話をする浄閑寺のことを心配するより、命永らえているに違いない朝霧の救出を何よりも第一と考えるべきではないのかな」

慈雲は右近を見つめた。強い信念の光がその眼に宿っていた。

「よいか。朝霧は三途の川を渡してはならぬ者だぞ。本来は渡してはならぬ鈴野に三途の川を渡らせてしまった口惜しさを決して忘れてはならぬ」

右近は無言でうなずいた。

と――。

腰高障子の向こうから声がかかった。

「伊蔵の兄貴」

「左次郎か。入りな」

左次郎が腰高障子を開けて、躰を座敷に滑り込ませた。無駄のない、身軽な動きだった。盗人だった過去《むかし》を彷彿《ほうふつ》とさせる所作といえた。

「平塚兵部の別邸は得造棟梁の仕事でした」

そう言った左次郎に伊蔵が問うた。

「で、棟梁に会えたのかい」

「それが、棟梁は、二月《ふたつき》ほど前に亡くなったそうで」

「死んだ」

左次郎のことばに伊蔵の声が尖った。

「泥酔して川に落ちた。そう近所の者が言っておりやした。棟梁は大酒呑みの、酒にとことん呑まれてしまう質《たち》だったそうで。川に落ちて溺れ死んでも不思議はねえという話でした」

ことばをかさねた左次郎に右近が問いかけた。

「死ぬ前の得造に何かいつもと変わった様子はなかったか。たとえば金離れがやけによくなったとか」

「そういやあ、棟梁の弔《とむら》いに出入りの鳶《とび》などの職人、弟子たちが一人も姿を現わさなかったそうで。不人情な話だと隣りに住む八百屋の女房が言っておりやしたが。ほかに何かあったかな」

左次郎が首を傾げた。しばらくそのままでいたが、何かおもいだしたのか、合点したかのように首を軽く縦に振った。

「北海屋の寮も棟梁の仕事だそうで。破格の仕事料をもらった。当分は左団扇《うちわ》で暮らせると酔うといつもそう言っていたという話で」

話を聞いていた慈雲が口をはさんだ。

「得造は、寮や平塚兵部の別邸に施した仕掛けの秘密を隠しとおそうと決めた北海屋に殺されたのかもしれぬな。飾《かざり》職人たちが行方知れずになり始めたころと、得造の果てたときが間近いではないか。それに、いくら大酒呑みでだらしのない棟梁でも、弟子や出入りの職人たちがひとりも弔いに顔を出さないというのもおかしな話だ。下手をすると弟子も職人たちも、どこかに骸となって転がっているかもしれぬぞ。もっともこれは、わしの山勘というやつだがな」

右近は黙っている。なにやら思案をめぐらしているかに見えた。ややあって、慈雲を見やって告げた。

「和尚の山勘、的《まと》を射ているかもしれぬ。オロシアとの交易品の贋物《にせもの》を行方不明になった飾職人たちがつくらされているとすれば、作業場と寝泊まりさせる場所がどこかにあるに違いないのだ。死人に口なし。秘密を守るには秘密を知る者の命を断つことがもっとも手堅い手立てだと、私はおもう」

「得造のところに出入りしていた職人や弟子たちのこと、調べやすか」

伊蔵が身を乗りだした。

「その必要はあるまい。いまは朝霧の救出だけに心血を注ぐべきとき。北海屋が目的のためには手段を選ばぬ凶悪な相手と判じられる以上、一瞬の遅れが命取りとなる」

きっぱりと言いきった右近は、慈雲に視線を移した。

「和尚。すまぬがこの身はひとつ。朝霧救出に出向く間に北海屋一味が浄閑寺を襲うやもしれぬが、そのときは和尚の知恵で乗りきってくれ」

「策などいらぬ。わしの得意の杖術でとことん敵を蹴散らしてみせるわ」

右近が揶揄《やゆ》した目つきで言った。

「生兵法は大怪我のもと。また、転ばぬ先の杖とも申しますぞ。和尚の身のみならず、修行僧たちの身に危険が及ばぬよう気配りなされることです」

「こやつ、言いおったな。わしの杖術の業前、見くびりおって。眼にも見せてくれるわ」

慈雲は、呵々《かか》と大笑した。


時を告げる浅草寺の鐘が鳴り終わると同時に、暮六つ（午後六時）を告げる面番所《つら》の拍子木が打ち鳴らされた。

蔦屋の二階の座敷では上座に板倉内膳正、その左に平塚兵部と島田庄三郎、右手に北海屋が坐して、宴が催されようとしていた。

「のちほど、吉報が届く段取りとなっております。のんびりと酒と女を楽しむことといたしましょう。果報は寝て待て、と申しますでな」

北海屋が満面に笑みをたたえて、言った。が、その眼は板倉内膳正と平塚兵部のわずかの変容も見逃すまい、と鋭い底光りをたたえていた。

「中里兵太郎の動き、耳に入っておる。このまますすめば十三湊藩に万々歳の仕儀となるはず。幕閣要人の間では、最北の地を領するさる藩がまもなく改易の憂き目にあうともっぱらの噂での。濡れ手に粟の時節がまもなく到来するぞ」

板倉内膳正が上機嫌で応じた。

「すべて板倉さまのご尽力の賜《たまもの》でございます」

北海屋は慇懃《いんぎん》に頭を垂れた。顔を上げ、両手をかかげて数度柏手をうった。

「廊下でお待ちの方、話はすんだ。花魁や遊女衆を座敷へ呼んでくだされ。酒と肴の手配も頼みますぞ。今宵は呑めや唄えやの乱痴気《らんちき》騒ぎじゃ」

呼応して、男衆の声があがった。

「すぐさまお手配。暫時《ざんじ》、お待ちあれ」

吉原遊郭のあちこちから三弦の音や遊女たちの嬌声が聞こえてくる。夜の化粧を施した吉原は、これからが真っ盛り。まさしく遊女という名の花たちが美しさを誇る鬼となって闘いあう不夜城の、きらびやかなときの幕開けでもあった。


平塚兵部の別邸を漆黒の闇が覆っていた。塀脇にひそみ群がる、闇より黒い影があった。右近たちだった。多人数での道行きは人目につく。右近たちは三浦屋の寮近くの岸辺から数艘の猪牙舟《ちょきぶね》に分乗して隅田川を渡り、須崎村の水辺に降り立って別邸に達したのだった。

板塀を乗り越えて庭に忍び入った左次郎が裏口の潜《くぐり》をあけ、右近たちを迎え入れた。深更の押し込みである。ぐっすりと寝入っているのか、ひとり留守を守る六助が起き出してくる気配はまったくなかった。

伊蔵以下十数名の亡八者たちは、腰に脇差をさしていた。右近ともども木々に身を隠しながら庭を横切り、地下への出入口が仕掛けられている奥の間近くへ忍んでいった。左次郎が、雨戸の桟《さん》に油を垂らし、音が出ぬよう手拭いをあてて、何度か揺すった。

やがて――。

雨戸は音もなくはずれた。

忘八者のひとりが脇から手を貸し、左次郎とともにはずした雨戸を傍らに立てかけた。

邸内に灯りはなかった。先に入ろうとした伊蔵を制して、右近が足を踏み入れた。伊蔵が、左次郎たちがつづく。

右近が先頭に立ち、廊下をすすんだ。人の気配はなかった。仕掛けのある奥座敷へ入った右近は床の間に歩み寄った。向かって右側の柱ぞいの壁面を仔細にあらためた。ややあって、壁の右端の上部と柱の半ばあたりにふたつのかすかな染みを見いだした。得造が仕込んだ、隠し戸の留め金をはずすための仕掛けを施した場所であった。右近はふたつの染みを両手で強く押した。かすかに留め金のはずれる音がした。壁の中央に回転軸が仕掛けられているのか、押しつづけると真ん中を中心に壁がゆっくりと回りはじめた。壁に擬した戸が梁と直角になり、壁の左端が床の間へ突きだしたところで、右近は壁を押すのをやめた。人一人ゆうに通れるほどの空間が回転軸の左右にぽっかりと口を開けていた。

壁を押しながら奥へ入っていった右近に、左次郎、亡八者たちがつづいた。最後に伊蔵が周囲に警戒の視線を走らせたあと、抜け穴へ身を忍びこませた。伊蔵がなかから閉めたのか、ゆっくりと壁が回転し、もとのかたちにもどった。

どんよりとした気が座敷に垂れ込めていた。地下へ向かった右近たちの足音が消え失せたころ、ぎしり、と耳をすまさねば聞こえぬほどのかすかな音がひびいた。つづいて、天井裏から一本の縄が落ちてきた。

縄の動きが止まり、黒い影が身を躍らせて天井裏から現われた。黒い影は身軽に縄をつたいおりていく。背中に樽のようなものを縛りつけていた。

黒い影は音もなく畳の上に降り立った。うずくまり、周囲に警戒の視線をそそいでいる。何の気配もないと看《み》て取ったのか、黒い影はゆっくりと身を起こした。闇のなかに浮かんだ顔は六助のものであった。

が、六助は、いつもの鈍重とさえおもわせる好々爺《こうこうや》の顔つきではなかった。細められた眼には獲物を狙う獣の、血に飢えた猛々しさが宿っていた。

六助は胸もとに手をまわし、縄の結び目を解いた。背負った樽を小脇に抱えなおす。樽には導火線がついていた。火薬樽に相違なかった。

六助は床の間に歩みより、地下へ通じる隠し戸ともいうべき壁に沿って火薬樽を置いた。

懐から火打ち石を取りだし、打ち合わせる。火花が飛び散り、導火線の先端に火がついた。

利那――。

壁が内側から開き、鋭く刀が突き出された。切っ先が六助の躰を貫いたと見えた。が、間一髪、後転して六助は切っ先から逃れていた。あろうことか六助は、火花の飛び散る火薬樽を腕に抱え込んでいた。俊敏極まる動きといえた。

壁が半開きとなり、なかから刀を手に右近が現われた。

「野郎。仕掛け壁の後ろに気配を消してひそんでいやがったのか」

しゃがれ声で六助が吐き捨てた。油断なく右近を見据えながら足下に火薬樽を置いた。

右近も六助に眼を注いで、告げた。

「海賊を裏の稼業としている北海屋が、平塚兵部の別邸に送り込んだ手下はわずかにひとり。選ばれたその奴はよほどの利《き》け者と判ずるは当然のこと。どうやら連夜、天井裏にひそんで隠し戸を仕掛けた壁へ近寄る者を見張っていたと見ゆるな」

「海豹《うみひょう》のお頭《かしら》に逆らう奴は、殺す」

六助は懐に右手を差し入れた。

「海賊を働くときは、北海屋は、海豹、と名乗っているのか」

右近は一歩迫った。六助は火薬樽の前に立ちふさがり、身構えた。右手を懐に入れたま
ま、言った。

「お頭は地下へ押し込む者がいたら屋敷ごと爆破しろと命じられた。まもなく火薬が爆発
する。死ぬことになるぞ」

「死ぬのは、おまえも一緒だ」

右近が刀を下段正眼に構えた。

六助が低く含み笑った。

「お頭には何度も命を助けてもらった。役に立って死ねるのは本望だ。火薬樽には金輪際《こんりんざい》
触れさせねえ」

「導火線は、消す」

右近が逆袈裟に斬り込んだ。

瞬間。六助の懐から短い棒状のものが飛んだ。右近は刀で払いのけた。棒と見えたもの
は魚を突く銛《もり》をつくりなおした投げ銛だった。田沼意次を襲った勤番侍の背に突き立った

銛と同じかたちのものであった。柄の頭に荒縄が金具で取りつけられているのが唯一の相違点といえた。六助は荒縄の一端を左手に握りしめていた。右手には右近に投げつけ、素早くたぐり寄せた投げ銛があった。次なる攻撃を仕掛けるべく、身構えていた。

火薬樽へ向かって導火線を火花が走っていく。勝負に時間《とき》はかけられなかった。

右近はふたたび下段正眼に構え、斬り込んだ。六助が銛を投げた。右近は銛の刃を鎬《しのぎ》で跳ね上げた。弾かれた銛を六助がたぐり寄せようと力を込めた。その瞬間、右近は返すと見せた大刀を六助めがけて投げつけていた。

刀は六助の胸板に突き立ち、勢いにまかせて背中へ突き抜けた。六助は、死力をふりしぼって銛を投げようと構えた。右近は脇差を抜き放ち、六助へ向かって身を躍らせた。八双から一閃した脇差は見事、六助の首根を切り裂いていた。血を噴き散らし、眼を剝いた六助は、がくりと膝を落として導火線の傍らに横倒しに倒れた。

導火線の炎は、いまや火薬樽に到達しようとしていた。右近は六助の髷《まげ》をひっつかむや、顔面を導火線に押しあてた。喉から噴き出す血が火薬樽に降りかかった。肉の焦げる煙が、臭いが立ちのぼった。右近はさらに強く六助の顔を導火線に押しつけた。しばらくそのままでいた右近は、ややあって、焼けただれた六助の顔を導火線からわずかにずらした。導火線の火は消えていた。

右近が地下の座敷へ足を踏み入れると、伊蔵たちが後ろ手に縛り上げ猿轡《さるぐつわ》をかませた中里兵太郎を取り囲んでいた。中里はすっ裸だった。よく見ると猿轡は中里の褌であった。朝霧は、夜着で躰を覆って伊蔵たちの背後に坐り込んでいる。

床のまわりにはくしゃくしゃに丸めた桜紙が散乱していた。交合《まぐあい》の後始末に使ったものとおもわれた。

「座敷に踏み込んだときは交合の真っ最中で。朝霧が中里の野郎が身動きできぬように手足をからませてくれたので手間をかけずにすみやした」

伊蔵が右近に告げた。

「朝霧は大事なかったようだな」

右近の問いかけに、ちらりと朝霧に視線を走らせて伊蔵が言った。

「いつもとあまり変わりはないようで。廓でやってるのと同じ事。いずれ助け出されると信じていた、と言っておりやした。ただ、中里がしつこいのには閉口したと」

伊蔵が苦笑いを浮かべた。右近が、告げた。

「ふたりを三浦屋の寮へ運び込んでくれ」

「右近の旦那は―」

「おれは浄閑寺へ行く。間に合わぬかもしれぬが和尚が気になる」

「なら猪牙舟で。二挺櫓《にちょうろ》に仕立てれば速さが増しやす」

そう言って伊蔵は背後を振り返った。

「利助、文吉、月ヶ瀬さまを猪牙舟で浄閑寺まで送りとどけろ。急ぎの用だ」

伊蔵のことばに利助と文吉が首肯した。伊蔵は右近に目線をもどした。

「あとは抜かりなく手配りいたしやす。三浦屋の寮でお待ちしておりやす」

右近は無言でうなずいた。


浄閑寺の本堂の階《きざはし》に杖を片手に慈雲が腰をおろしていた。磯貝軍十郎にひきいられた十数名の浪人たちが刀を抜き放って、慈雲に迫っている。やおら立ち上がった慈雲が眦《まなじり》を決して軍十郎らを睨みすえた。

「真夜中に仏を供養する寺に押し入っての刃物三昧《はものざんまい》、仏の怒りが恐ろしゅうはないか」

磯貝軍十郎がせせら笑った。

「あの世を住処《すみか》とする仏の怒りなどこの世には届かぬ。仏などしょせんこの世では無力。仏に仕える坊主が流す血も、ただの人が流す血も同じ赤色だ。坊主、偉そうに能書《のうがき》をたれても、斬られたら命果てる生身の躰とおもい知るがよい」

「たわけ者め。天に代わって拙僧が仏罰を与えてくれるわ」

立ち上がった慈雲が杖を構えて、階から境内に降り立った。浪人が左から斬りかかる。その刀を跳ね上げた慈雲は杖を浪人の胸もとめがけて突きだした。杖をまともに胸に喰らった浪人は大きく呻いて、よろめいた。

「来い」

叫んで慈雲は杖を突きだし、身構えた。

利助と文吉が呼吸を合わせて操る二挺櫓の猪牙舟は、川面を滑るように進んでいく。隅田川を横切り、すでに山谷堀に入っていた。舳先《へさき》近くに坐る右近はじっと前方を見据えていた。いつもと変わらぬ顔付きであった。が、その胸中ははげしく渦巻いていた。

（おれが行くまで命永らえていてくれ。和尚、死んではならぬ）

心中叫んだ右近は行く手の空を見上げた。暗雲が重く立ちこめていた。右近には、その雲々に不吉の蔭が宿っているかのように感じられた。猪牙舟に身をまかせるしかない右近にできること。それはただひとつ、切歯扼腕《せっしやくわん》し、慈雲の身の安全をただひたすら祈ることだけであった。

右手から斬ってかかった浪人の大刀を打ち払い、身をかわした慈雲は大声でよばわった。

「寺社方の衆、座輿は終わりじゃ。あとはよしなにお頼み申す」

呼応して、墓の蔭から多くの人影が浮き出てきた。慈雲の要請に出役《しゅつやく》してきた寺社奉行配下の役人たちに相違なかった。

「寺院に白刃をかざして押し込むとは言語道断。ひっ捕らえて厳罰に処してくれる」

差配役が大刀を抜きはなった。数十人にも及ぶ役人たちが一斉に刀を抜いた。

磯貝軍十郎が大きく舌を鳴らした。

「引きあげる」

浪人たちが一斉に門へ向かって逃げ出した。慈雲に胸を突かれうずくまっていた浪人が痛みに顔を歪めながら立ち上がった。よろめきながら逃げ走る。が、その動きはあまりにも鈍かった。身柄を取り押さえられるは必至と見えた。しんがりをつとめ、後退《あとずさ》りする磯貝軍十郎がよろめき走る浪人へ向かって突如身を翻した。

次の瞬間、軍十郎は仲間である浪人を幹竹割《からたけわり》に斬り伏せていた。逃げ遅れた浪人が捕らえられ、悪巧《わるだく》みの一部始終を白状する怖れを断ち切るための処断とおもえた。血飛沫をあげて絶命し、倒れ込む浪人に見向きもせず軍十郎は、浄閑寺の門へ向かって一気に駆け去っていた。

右近は接岸した猪牙舟から飛び移って、土手を駆け上がった。刀の鯉口を切る。一気に堤を登りきって通りに立った。

一瞬。右近は茫然と、その場に立ちつくした。

浄閑寺の門前に、

「御用」

と書かれた数本の高張提灯《たかばりちょうちん》が高々と掲げられていた。寺社方の役人たちが警戒の態勢を敷いて立ち番している。

(和尚は、はなから寺社方に出役を願う気でいたのだ。それならそうと言ってくれれば余計な心配をせぬものを。喰えぬお人だ)

右近はおもわず微苦笑を浮かべていた。が、転瞬。踵を返して土手を駆けおりた右近は、利助に呼びかけた。

「浄閑寺は大事ない。猪牙舟を三浦屋の寮へ向けてくれ」

右近が飛び乗るや、猪牙舟は大きく向きを変えた。隅田川へ出るべく山谷堀を滑るように下りはじめた。

三

右近に時間《とき》をかける気はなかった。安藤主馬の身柄を押さえ、また中里兵太郎まで捕らえたとなると、北海屋一味が逆襲に転じるのは必至である。右近が中里兵太郎から聞きだしたことから推量して、田沼意次はどうやら静観を決めこむ腹づもりとおもえた。

（田沼様を動かさねば十三湊藩と北海屋の悪事の根を断つことはできぬ）

右近は田沼に、松前藩のオロシアとの抜荷事件の再吟味を決断させる手立てを考えつづけ、三つの手段を得ていた。右近は第一の方法としてまず安藤主馬と中里兵太郎に、事件の顚末《てんまつ》を記した書面をつくらせることにした。

三浦屋の寮の地下の間で、巻紙と硯《すずり》、筆を前にして安藤主馬と中里兵太郎は無言のまま坐していた。すでに小半刻（三十分）が過ぎ去っている。

向かい合って坐る右近もまた、無言でいた。右近の傍らに伊蔵が控えていた。安藤主馬らを取り囲んで左次郎ら亡八者たちが居流れている。誰ひとり口を開こうとしなかった。

重苦しい沈黙がその場を支配していた。

やがて……。

右近が、口を開いた。

「どうやら事件の顚末を記した懺悔書《ざんげしょ》を書く気は、さらさらないようだな」

安藤主馬と中里兵太郎は右近のことばに何の反応も示さなかった。傲然と肩をそびやかし、どこを見るでもなく視線を宙に泳がせている。右近は、ことばをかさねた。

「三つ手立てがある、とさきほど申し上げげた。第二の手立てに移らせていただく」

安藤主馬が右近を睨み据えた。

「痩せても涸《か》れても直参旗本。痩せ浪人の指図はうけぬ」

精一杯の虚勢であった。その証に右近が見返すと安藤主馬は慌てて視線をそらした。

右近は伊蔵に目線を走らせた。

「伊蔵。第二の手立てに移る。用意のものをこれへ」

「わかりやした。左次郎、文吉、勘定吟味役さまと徒目付副頭さまの前に、例のものをならべてさしあげな」

伊蔵の呼びかけに左次郎と文吉が首肯し、立ち上がった。

左次郎と文吉は部屋の一隅から、なにやら懐紙にくるんだものを持ってきた。巻紙、筆、硯を脇へ押しやり、懐紙の包みを安藤と中里の前に置いた。懐紙を開くと、なかから匕首《あいくち》が現われた。すでに抜きはなたれた匕首の刃先が鈍い光を発している。

「これはなんだ」

仰天して中里兵太郎がわめいた。

右近が冷たく告げた。

「武士らしく、切腹していただく」

「無体な。何の罪科《つみとが》があってのことだ」

動転して叫び、立ち上がりかけた安藤主馬の腕を取って、亡八者たちが押さえつけた。

右近はつづけた。

「罪科のなかみを問われるとは笑止。安藤殿は鈴野殺し。中里殿は北海屋一味に加担し、松前藩にオロシアとの抜荷の罪を負わせるべく画策したこと。いずれの罪もわれらに折檻され、御両所がその口から白状なされたことではないか。知らぬとは言わせぬ」

中里と安藤は口惜しげに唇を嚙み、匕首を見据えて黙り込んだ。

次の瞬間――。

「切腹などせぬ」

吠えたてた中里兵太郎が、匕首を摑むや右近めがけて突きかかった。身をかわしざま右近は、突きだした中里の右腕を小脇に抱え込んだ。一方の手で手首をねじあげる。

中里は激痛に顔を歪めた。耐えきれず、匕首を握りしめた手をゆるめた。

匕首を奪い取った右近は、中里を横目で見据えた。

「第三の手立てに移る。切腹と見せかけるべく、おぬしらの腹を切り裂く」

低く言うなり躰を廻して、中里の左腹に匕首を突き立てた。

中里兵太郎が呻き、躰を大きく震わせた。右近は左から右へと中里の腹を深々と切り裂いていった。中里が首を振り、小刻みに痙攣した。やがて、気を失ったか、がっくりと首を垂れた。右近が腕を離すとその場に崩れ落ちた。

「気絶しおって。精神《こころ》の弱きやつ。このままほうっておけば命果てるは必至」

中里を見下ろしてつぶやいた右近は、安藤主馬を見返った。

「立たせろ」

腕を取っていた亡八者たちが、もがく安藤を無理矢理立たせせた。

「書く、懺悔書でもなんでも書く」

安藤主馬が恐怖に顔を引きつらせて叫んだ。

「その必要はない。懺悔書はおれがつくりあげる」

冷ややかな声音だった。右近が告げた。

安藤主馬の顔が凍りついた。右近は腰を屈めてゆっくりと匕首を手に取った。

「厭《いや》だ。死にたくない。許してくれ。死ぬのは厭だ」

身悶えて絶叫した。

「士道《しどう》不覚悟」

低いが腹の底に響く右近の音骨《おとぼね》だった。

右近は安藤の左腹に匕首を突き立てた。右腹へと匕首を動かす。安藤主馬は大きく唸って、泣き声に似た呻き声をあげた。やがて、安藤の躰から力が抜け落ちた。腕を取っていた亡八者が手を離す。安藤は、どうとばかりに倒れこんだ。


払暁の空が茜《あかね》に染まり、浄閑寺の門前から寺社奉行の手の者が引きあげたころ……。

十三湊藩上屋敷の門前にふたりの武士が坐していた。気づいた門番が坐ったまま居眠りしているとしか見えぬふたりの武士に近づき、揺り動かした。

ふたりの武士の躰は揺すられるまま何の抵抗もなく横倒しとなった。あわてた門番が抱き起こすと、腹に巻きつけた晒《さらし》が血に染まっていた。

「陰腹《かげばら》を切っている」

呻いた門番は大慌てで差配役へ注進した。おのれの命を賭けて懇願する証として密かに行なう切腹を陰腹という。武士の矜持《きょうじ》を示す最後の手立てといえた。が、「陰腹」と聞いて差配役は不快を露わに顔を顰《しか》めた。

「当家の門前で果てるとは迷惑千万な。当家にかかわりなしとするには月番の町奉行所へ届け出るのが最良の手立てであろう」

との差配役の指図を受け、月番の北町奉行所に門番が届け出た。出役した北町奉行所の手の者がふたりの武士の死骸を引き取っていった。

「武士とはいえ、どこの何者かわからぬ骸」

と看ていた同心が死骸をあらためたところ、一方の骸の腹に巻きつけた晒のなかに、

[懺悔書]

と表書きされた血にまみれた封書が秘められていた。

同心が封書を開いてみると、封書を晒に巻きこんでいた武士は徒目付副頭・中里兵太郎、もうひとりは勘定吟味役・安藤主馬であると記されていた。ともに公儀の役向きにある直参旗本である。差配違いのことと同心はすぐさま与力へ報告した。

封書には、さらに驚愕すべき顚末《てんまつ》が書き記されていた。

勘定奉行・板倉内膳正の要請をうけた安藤主馬と中里兵太郎は、十三湊藩と出入りの商人・北海屋藤兵衛が画策するオロシアとの交易独占の動きに加担。独占の障害となる松前

藩にオロシアとの抜荷の罪をきせるべく仕掛けを施した。綿々と事件の顚末を述べた中里は、最後にこう結んでいた。

〔武士としてあるまじき行為を深く恥じ入り候《そうろう》。この上は切腹仕《つかまつ》り、十三湊藩と北海屋の悪事を世に知らしめる所存。武士としての最期は潔くありたしと心得候〕

事のあまりの重大さに、与力は中里兵太郎の懺悔書を北町奉行・曲淵甲斐守《まがりぶちかいのかみ》の下城を待って届け出た。

一読するなり、

「緊急のこと」

と断じた曲淵甲斐守は再度江戸城へ出向くことを決意した。登城した曲淵甲斐守は御用部屋へ向かった。さいわい老中・田沼意次はまだ居残って山と積まれた書類に目を通していた。

曲淵甲斐守は田沼に、

「別室にてお耳に入れたきことあり」

と申し出た。

別室で向かい合った田沼に、曲淵甲斐守は中里の懺悔書を手渡した。読み終わった田沼は、曲淵甲斐守を見つめて言った。

「恐るべきこと。十三湊藩にオロシアとの交易を仮に許したはこの田沼。曲淵殿の心遣い、痛み入る」

「このこと、私めの胸に留めおきますれば、後々の処置、ご存分になされませ」

曲淵甲斐守は深々と頭を垂れた。


このあと御用部屋へもどった田沼は、腕を組み、しばし沈思していた。

小半刻も過ぎたころ……。

うむ、とひとりうなずいた田沼は、

「気分がすぐれぬ。執務半ばなれど、下城させていただく」

と同役の松平周防守に告げ、立ち上がった。


そのころ、松前藩上屋敷の奥の座敷に月ヶ瀬右近の姿があった。右近の上座には江坂惣左右衛門が坐していた。傍らに木村幸策が控えている。

江坂惣左右衛門が右近を見つめて、言った。

「いつ来られるか心待ちにしておりました。片岡邦太郎の仇《あだ》を取るときが訪れたようですな」

右近が応じた。

「敵討《かたきうち》ちとは申さぬ」

江坂惣左右衛門が訝しげに顔を顰めた。右近は、いつもと変わらぬ、穏やかな口調で告げた。

「当松前藩にかけられたオロシアとの抜荷の濡れ衣を晴らす手立てとなりうることと申し上げるべきかもしれぬ」

「なんと、抜荷の濡れ衣を」

江坂惣左右衛門が身を乗りだした。

右近は、江坂と木下に、多くの飾職人が行方知れずになっていることを話して聞かせ、つけくわえた。

「確たる証はいまだ摑んでおらぬが、これらの飾職人が某所に閉じこめられ、オロシアとの交易品の贋物をつくらされているとおもわれまする」

驚きの眼を剝き、江坂惣左右衛門と木下幸策が顔を見合わせた。

「某所の所在はいずこか判明いたしておりますか」

木下が声を高ぶらせた。

「北海屋の寮の地下に秘密の間がつくられているはず」

右近はそこでことばを切った。江坂惣左右衛門を見据えて、つづけた。

「今夜、北海屋の寮に斬り込む所存。御助勢願いたい」

江坂惣左右衛門が白髪頭を何度も縦に打ち振り、口角泡を飛ばして応じた。

「願ってもない話じゃ。当家選《よ》りすぐりの剣の上手を月ヶ瀬殿にお預けいたす。木下、直ちに手配せい。襲撃のときまであまり間がないぞ」

「は」

大刀を手に木下は、裾を蹴立てて立ち上がった。

燭台《しょくだい》の蠟燭《ろうそく》の炎がかすかに揺れている。板倉内膳正は書状の一字一字を食い入るように見つめ、読みすすんだ。時折、溜息をつく。

(これですべてが終わるかもしれぬ)

そのおもいが強い。板倉内膳正は背中に浮き出た冷えきった汗にかすかに身震いした。

板倉内膳正はおのれに注がれている強い視線を感じていた。その視線の主は今をときめく権力の人、天下の老中・田沼意次であった。

その日の執務を終え、屋敷にもどった板倉内膳正を待っていたのは田沼意次からの緊急の呼び出し状を携えた使いの者であった。着替える間も惜しんで、使いの者とともに田沼家上屋敷へ向かった板倉内膳正は接見の間に通された。

ほどなく部屋に現われた田沼は一通の封書を手にしていた。赤黒い染みのついた封書に、板倉内膳正はなぜか不吉な予感にかられた。封書を手渡して、田沼が告げた。

「染みは書状を書いた主の血だ。陰腹をして十三湊藩上屋敷の門前に坐していたという。勘定吟味役の安藤主馬とともにな」

板倉内膳正は、身体中から血の気が引いていくのを感じた。安藤主馬とともに門前に坐していたのは中里兵太郎に違いなかった。田沼がことばを重ねた。

「板倉、そちもよく存じておろう。書状の主は徒目付副頭・中里兵太郎だ」

封書を見つめたまま氷ついたように動かぬ板倉内膳正に田沼が、突き放すように促した。

「早く読め」

震える手で板倉内膳正は封書を開いた。読みつづけるうちにおのれが破滅への階段を一気に転げ落ちていくのを感じた。

読み終わって顔を上げた板倉内膳正は、さらにうちのめされた。見つめる田沼の眼には何の感情も浮かんでいなかった。無機質な、仏像に埋め込まれたびいどろの目玉に似ていた。

やおら立ち上がった田沼は、板倉内膳正の手から書状をひったくった。板倉内膳正を見下ろして、告げた。

「公儀の台所を預かる勘定奉行の要職にありながら、よくもまあ欲の皮を突っ張らせたものよ。板倉内膳正、明日から病を理由に謹慎《きんしん》せよ。処断のほどはおって沙汰する。評定所からの呼び出しがあるやもしれぬ。覚悟しておけ」

「何卒、穏便なるご処置を。この通りお願い仕る」

板倉内膳正は額を畳に擦《こす》りつけて平伏した。そのまま動こうとしない板倉内膳正に業《ごう》を煮やしたか田沼は出入口となる戸襖《とぶすま》へ歩み寄った。戸襖に手をかけて、吐き捨てた。

「去れ」

戸襖を開けた。襖の向こうに磨き抜かれ、冷え冷えとした光沢を放つ廊下があった。田沼は、さらに一言つけくわえた。

「去れ、と言っておるのがわからぬか」

悄然《しょうぜん》と肩を落として板倉内膳正が立ち去ったのを見届けた田沼は、隣室との境の襖へ向かって声をかけた。

「座敷に入るがよい」

襖が隣室側から開けられ、大目付・秋月重正が膝行して接見の間に入った。

戸襖を閉め、振り向いた田沼が秋月重正を見据えた。

「聞いてのとおりだ。名誉回復の機会を与えてやる。松前藩のオロシアとの抜荷のこと、再吟味いたせ。十三湊藩の探索も抜かりなく手配りするように」

「迂闊《うかつ》に幼馴染みを信じたおのれの未熟、深く恥じ入っております。御役目大事に相務めますれば、向後のこと、よしなにお願い申し上げまする」

秋月重正もまた板倉内膳正同様、額を畳に擦りつけて平伏した。

田沼は冷《さ》めた視線を秋月重正に注いでいる。


北海屋藤兵衛は不機嫌を剝き出した顔付きで磯貝軍十郎を見据えていた。傍らに控える吉兵衛は俯《うつむ》いている。

北海屋別宅の奥座敷を、気まずい沈黙が支配していた。

北海屋が口を開いた。

「平塚さまの別邸には六助の骸だけが転がっていた。朝霧の姿は地下の座敷から消え失せ、どこにいるかわからぬ。交合の後始末をしたとおもわれる桜紙が床のまわりに散乱していたところを見ると、中里さまは朝霧のところへ来ていたと看るべきだ。その中里さまの行方もしれなくなった。安藤さまを拐かした月ヶ瀬右近と名乗る浄閑寺の食客が別邸を襲い、朝霧と中里さまをいずこかへ連れ出して隠した。そう推し量るのが妥当だろう」

磯貝軍十郎が不満げに応じた。

「何をそう苛立っておるのだ。たしかにおれは浄閑寺の襲撃に失敗した。だがな。おれひとりの責めでもあるまい。寺社奉行配下の者たちが墓の蔭にひそんでおれたちが現われるのを待っているなど、誰も予測していなかったことではないのか」

北海屋が黙りこんだ。ややあって、言った。

「たしかにそのとおりだ。今夜のおれはどうかしている。どうも胸騒ぎがしてならない。十三湊藩に走らせた与助はまだ帰らないのか」

北海屋の問いかけに吉兵衛が応えた。

「もどり次第、この座敷へ顔を出す手筈《てはず》になっております」

「別邸を襲った奴らは必ず次なる手を打ってくる。いや、すでに打っているかもしれない。いまのところ、おれたちにたいしては何ひとつ仕掛けていない。が、十三湊藩には謀略のひとつも仕掛けているに違いないのだ。海賊稼業で鍛え上げたおれの勘が、そう言ってるんだ。まず間違いねえ」

北海屋はさらに苛々《いらいら》しく舌を鳴らした。

と……。

腰高障子ごしに廊下側から声がかかった。

「与助です。十三湊藩からもどってまいりました」

「入りな」

吉兵衛の声に応じて腰高障子が開けられた。与助が座敷に入るなり北海屋が問うた。

「どうだった」

「とくに変わったことはなかったそうで」

「ほんとうだな。いつもと変わらない一日だったというわけだな」

詰問に似た口調の北海屋に、与助が応えた。

「そう念を押されると、そうとも言えないので」

「どういうことなんだ」

歯切れの悪い与助に北海屋の声が尖った。慌てて、与助がつづけた。

「明け方、十三湊藩上屋敷の門前に陰腹を切ったふたりの侍が坐っていたそうで。通りは町奉行所の支配下。後々面倒なことにならぬようにとの門番差配の判断で、ふたりの死骸を月番の北町奉行所に引き取ってもらった、という島田さまのお話でした」

「ふたりの侍だと。骸の身元は分かっているのか」

北海屋藤兵衛が声を荒げた。

「いまのところ、わかっておりません。平塚さまがその報告を受けたのが暮六つ近く。北町奉行所に死体の身元をただすには時刻が遅すぎるので明朝早々問い合わせることにした、との御返答でございました」

応えた与助の声に北海屋の声がかぶった。

「遅い。ふたりの侍が安藤さまと中里さまではないとは言い切れまい。げんにご両人は拐かされて行方知れずだ」

北海屋はそこで黙った。

（いまとなっては明朝まで待つしかあるまい）

と、焦れるこころに言い聞かせた。

四

三浦屋の寮近く、橋場町の隅田川の岸辺に十数艘の猪牙舟がつけられていた。河原には多数の武士たちが群れ集まっていた。三十人はいるだろうか、傍目《はため》にはどこぞの藩の侍たちが親睦のため夜釣りにでも出かけるかのように見えた。

が、遠目に見るのと違って、一同の顔には凄まじいまでの緊迫が漲《みなぎ》っていた。なかでも白髪頭の武士の肩怒《いか》らせ、ぐるりを睥睨《へいげい》する様子にはただならぬものが見受けられた。白髪頭の武士は、江坂惣左右衛門であった。

「御家老には藩邸にてお待ちいただきたく」

と押しとどめる木村幸策を、

「国許にある殿にかわって江戸藩邸を預かる江戸家老・江坂惣左右衛門、藩の存亡を左右するかもしれぬ戦いに先頭立ってゆくは当然のことであろうが。若かりし頃、通いつづけた一刀流の道場で師範代相手に三本に一本は取ったわしの剣の業前、まだまだ若い者たちに引けは取らぬ」

と言い張り、無理矢理押しかけてきたのだった。その経緯を木村から聞かされた右近は笑みを含んだ視線を江坂に注ぎ、

「存分に腕を振るわれよ」

と言ったものだった。

伊蔵と文吉ら亡八者たちが櫓を操り、右近や江坂たち松前藩士が分乗した猪牙舟の一群が対岸の須崎村へ向かって隅田川を横切っていく。猪牙舟の舳先が川面を切り裂いてつくる波紋が深更の闇のなかに白く浮き立って見えた。

伊蔵の片腕とも言うべき左次郎や利助らは、他の動きにそなえて別行動を取っていた。他の動きとはどんなことなのか、右近が伊蔵たちに問いかけることはなかった。

北海屋の寮の襲撃に出向く前に、右近は三浦屋と顔を合わせていた。寮に前触れもなくやってきた三浦屋は、右近に告げた。

「亡八には亡八の意地があります。意地をとおさねば亡八の道を曲げることになります。意地を見せるときがやってきたようで」

微笑んだ三浦屋は、左次郎や利助など操船になれた亡八者たちを数人引き連れて帰っていった。

（おれがいまなすべきことはただひとつ。北海屋の寮を襲い、飾職人たちを助けだして、北海屋と十三湊藩のオロシアとの交易品の贋物造りの証をこの手に握ることだ）

その次になすべきことは何か、右近にはわかっていた。が、右近はまず目前のことを果たすことしか考えないようにしていた。三途の川の用心棒になると決意した日から、つねに戦いのさなかにある身である。今日の斬り合いで命が果てるかもしれない右近にとって、明日のことなど無に等しいものであった。

（いま、この一瞬一瞬の積み重ねだけが、おれの生きる世界なのだ）

一瞬の命しかないと信じる者に他とのかかわりなど生まれようがなかった。

右近はあらためて、おのれのこころを見据えた。心中深く刻まれている慈雲のことばがあった。

「人は必ず死ぬ。この世に生まれ落ちたときに、人はすでに死ぬことが運命づけられている。人は、死ぬために、ただそれだけのために生きていくのだ」

（どうせ死ぬ身なら、おのれの信念の命じるまま、この命が燃え尽きるまで燃えつづける）

そうおもって右近は三途の川の用心棒となる道を選んだのだ。そのことに毛ほどの悔いもなかった。

北海屋の寮の庭木が行く手の夜空に聳《そび》え立っていた。

まもなく須崎村の水辺であった。

北海屋の寮の警戒は予想をはるかに上回っていた。物見のために寮を見渡せる三囲稲荷近くに立つ大木に登った文吉は、こう復申した。

「屋敷内のあちこちに寝ずの番の浪人たちの姿があります。浪人たちの数はあわせて四十人ほどかと」

右近は江坂に告げた。

「二手に別れよう。私と伊蔵たちは表門から、江坂殿たちは裏口から押し入る」

「それは納得しかねる」

江坂が右近を見据えてつづけた。

「正面からはわれら松前藩が押し入る。われらが先に攻め込み、敵の注意を引いている間に月ヶ瀬殿たちは裏から押し込み、屋敷内に侵入し、地下への出入口を見つける。われらは剣の修業をつんだ武士でござる。少なくとも斬り合いにおいてはわれらに一日の長があるというもの」

「藩士の方々に死人がでるかもしれませぬぞ」

「抜荷の濡れ衣を晴らさねば改易の憂き目にあうかもしれぬ、いわば瀬戸際の立場にあるわれらだ。死ぬことを怖れる者はおらぬ」

右近は黙った。たしかに江坂の言うとおりだった。まず武術に優れた一隊が先に押し入り敵を引きつける。その間に探索組が屋敷へ侵入し、地下への抜け道を探し出す。右近がついているとはいえ亡八者たちが斬り込むより、はるかに手早く事がすすむ手立てであった。当然、先に押し入る一隊の危険は大きい。右近はそのことを慮《おもんぱか》ったのだ。

木村幸策が江坂のことばに添えた。

「戦闘は、武士の果たすべき務めのひとつでござる。われらにおまかせあれ」

右近は無言でうなずいた。

右近たちは、裏門近くに身をひそめていた。

と——。

表門の方角から怒号があがり、大刀を斬り結ぶ烈しい剣戟《けんげき》の音が響いてきた。

「文吉、行け」

うなずいて文吉とふたりの亡八者が立ち上がった。亡八者のひとりが塀に背をつけて立つ。その腰に手をまわしてもうひとりが中腰になった。文吉は亡八者の背に登った。さらに塀に背をつけて立つ亡八者の肩に飛び乗る。塀の上縁に手を伸ばした文吉は、躰をずりあげ塀を乗り越えた。

裏門の扉がなかから開かれた。文吉が顔を出す。右近たちは裏門から屋敷内に入った。

庭をすすむ右近は姿を隠そうともしなかった。伊蔵たちは左右に散って、右近につづいた。右近の姿を見つけた数人の浪人たちが駆け寄り、斬りかかった。腕の差は歴然としていた。右近は一太刀も斬り結ぶことなく行き合いざまに浪人たちを斬って捨てた。

「一歩も引くな。攻めて攻めて攻めまくるのじゃ。敵を引き寄せて討ち取るがわれらが役目。斬って斬りまくれ」

高々と刀を振りかざし、江坂惣左右衛門は吠えたてた。

江坂の前方では、木村幸策ら松前藩士と浪人たちが入り乱れて斬り合っている。勝負はわずかに松前藩士たちが優勢と見えた。

戦いに加わらず、少し離れたところから下知をとばす江坂の背後から、突然、髭面《ひげづら》の浪人が斬りかかった。慌てて身をかわした江坂の足が縺《もつ》れて転倒した。浪人は刀を大上段に振りかぶり、さらに踏み込んで迫った。江坂は起きあがろうと焦って、もがいた。無意識のうちに刀を振り回した。その刀が大上段に構えたままで隙だらけとなっていた髭面の浪人の脇腹に深く食い込んでいた。

大きく呻いた髭面は刀を取り落とし、江坂にのしかかるように倒れ込んだ。

あわてて横転してのがれた江坂は、茫然とおのが手にある刀を見つめた。髭面の浪人を斬って捨てた証に、刀身を真新しい血がつたい流れていた。

右近はひとりで浪人たちを相手にした。伊蔵ら亡八者たちには地下への出入口と飾職人の救出だけを考えるよう命じていた。

まもなく奥の間近くに達するあたりで数人の浪人たちが行く手を塞いだ。下段正眼に構えて敵の攻撃を待ち、敵の動きにあわせて闘うのがいつもの右近の兵法だったが、此度の剣戟は違った。右近はみずから斬って出て、勝負に時間《とき》をかけようとはしなかった。

「刃を合わすことなく一刀のもとに切り捨てる」

と決めていた右近は切先下に大刀を構え、敵に向かって斬りかかっては体勢を入れ替えざま脇腹から胸へかけて逆袈裟に切り裂いた。最後のひとりも、やはり下段正眼からの逆袈裟で倒した右近は伊蔵らに視線を走らせた。

伊蔵たちは雨戸を桟からはずそうとしていた。

「はずれやした」

伊蔵が右近に声をかけた。

うなずいた右近は雨戸が取り除かれ、穿《うが》たれたところから建物内に入っていった。伊蔵たちがつづく。

奥の座敷に足を踏み入れた右近たちは、一瞬眼を疑った。座敷のつくりが平塚兵部の別邸の奥の間と酷似していた。

「見たことのある座敷とはおもわぬか」

右近が伊蔵に問いかけた。

「まさしく平塚兵部の別邸の奥座敷」

「床の間の突き当たりの壁に仕掛けがあるはず。かすかな染みらしきものを探し出せ」

右近のことばにうなずいた伊蔵が床の間の壁に歩み寄った。向かって右の柱に沿って指を這わせた。

「ありやした。梁の近くと柱の半ばあたりに二つの染みが」

振り向いた伊蔵に右近が告げた。

「その染みを真上から押すのだ。力を込めれば染みがへこむ。さらに押すと壁の後ろの留め金がはずれる仕掛け。そのまま押しつづければ壁はまわって出入口ができる」

首肯した伊蔵が壁の染みを両手で押した。ややあって、留め金がはずれる音がかすかに響き、壁が奥に向かってまわりだした。

伊蔵が壁を押しながらなかへ入った。右近と亡八者たちがつづいた。

なかへ入ると広い板の間になっていた。板の間を見渡すと、真ん中に地下にしつらえた物入れの蓋《ふた》と見まがう切り込みがあった。持ち上げやすいように金具の取っ手がついている。伊蔵が取っ手を持ち上げた。蓋をあげると人が行きかうことができるほどの幅の、地下への階段がそこにあった。

先に入ろうとする伊蔵を制した右近が、警戒の視線を走らせながら階段を一歩一歩下りていった。切先下に構えた刀を手にしている。階段の半ばほどまで下りて、右近は突然後ろに刀を突きだし、一気に前方へ飛んだ。床に飛び降りた右近の手にした刀の切っ先から は、鮮血が滴り落ちていた。

階段の後ろの三角形の空間から浪人が姿を現わし、ゆっくりと床に倒れ込んだ。額に切っ先の穴を開け、顔面を血で真っ赤に染めた浪人は驚愕の眼を剝いていた。その手は抜きかけた刀の柄にかかっていた。

右近は油断なく刀を下段に構えて浪人に歩み寄った。いきなり、喉もとに刀を突き立てる。浪人は一瞬激しく痙攣した。右近が刀を引き抜く。浪人は身動き一つしなくなった。

右近は伊蔵に声をかけた。

「入れ。待ち伏せする者はかたづけた」

廊下の左右に板戸がつづいていた。座敷が数間つらなっていると看るべきであった。右近を先鋒《せんぽう》に伊蔵たちは忍び足ですすんでいった。突き当たりの部屋から何やら物音が聞こえてくる。作業場とおもわれた。

突然、鞭の音が響き、男の呻き声が上がった。足を止め、息をひそめた右近たちの耳にがなり立てる男の声が飛び込んできた。

「手を止めるな。やる気のない奴はこうだ」

数発、殴打する鞭の音が鳴った。男の悲鳴が上がった。

右近が伊蔵を振り返って、低く言った。

「板戸に体当たりして転がり込む。間《ま》をおかずにつづけ」

「わかりやした」

伊蔵が応じ、文吉につたえた。亡八者たちに下知がつたわりきったのを見届けた右近は、

「行くぞ」

と声をかけ、一気に走った。勢いを削ぐことなく板戸に体当たりした。

はずれた板戸ごと室内に飛び込んだ右近に、見張り役の浪人や遊び人ふうの男たちが驚愕の眼を剝いた。ありうべからざることが起こった衝撃に、金縛りにあったかのように立ちつくしている。

数十人の飾職人たちが作業台を前に坐っていた。見張り役は十名たらず。咄嗟《とっさ》の間に右近はこれだけのことを見きわめていた。

右近につづいて伊蔵らが作業場に躍り込んできた。我にかえった見張り役たちは刀や匕首を引き抜いた。が、右近の動きは素早かった。浪人たちの間に斬り込んだ右近は、駆け抜ける間に左から右へ、右から左への迅速《じんそく》極まる返し技で半数近くを斬り伏せていた。朱《あけ》

に染まって床に倒れた浪人たちを見向きもせず、右近が告げた。

「伊蔵。飾職人たちを守れ。残る奴らもおれが引き受ける」

「みんな飾職人をかばえ」

伊蔵がわめいた。文吉らは一斉に飾職人たちと見張り役の間に割って入った。

「てめえら、何者だ」

遊び人ふうの男が怒鳴った。それには応えず右近が告げた。

「飾職人たちはもらっていく。逆らえば斬る」

右近は下段正眼に刀を構えた。

「しゃらくせえ」

脇差を振りかざして遊び人ふうが斬りかかった。右近の剣が逆袈裟に走った。斜めに断ち切られた男の首が宙に飛び、壁に激突して、落ちた。首から下の躰は、おのれの命が尽きたのも気づかず数歩すすんだ。そこで力尽きたか、どうとばかりに倒れた。

「次に首を斬られたい者は誰だ」

右近は下段正眼に構えをもどした。一歩、また一歩と見張り役たちとの間を詰めていく。見張り役たちは恐怖に顔を引きつらせ、後退っていった。

見張り役が壁際に追いつめられたとき、階段を駆けおりる足音が相次いだ。血刀をひっさげて作業場に駆け込んだ木村幸策が声高に告げた。

「月ヶ瀬殿、敵は総崩れだ。生き残った者は雲を霞と逃げ出しましたぞ」

木村につづいて多数の松前藩士たちが走り込んできた。大きく遅れて、息をはずませた江坂が駆けつけた。

見張り役たちはいきなり刀や匕首を投げ捨てた。へなへなとその場に坐り込み、胸の前で手を合わせて助命を請うた。

北海屋の別宅に、寮の見張り役の浪人のひとりが駆け込んできた。血相変えた浪人は、座敷から濡れ縁に姿を現わした北海屋に告げた。

「どこぞの藩士とおぼしき侍たちが寮に討ち入りました。味方は総崩れ。とりあえず知らせねばと立ち戻りました」

北海屋の顔面が怒りに紅く染まった。

「十三湊藩の間抜けどもめ。門前で陰腹を切った武士は、やはり安藤主馬と中里兵太郎だったのだ」

吉兵衛を振り向いて、怒鳴った。

「海路十三湊へもどる。いまとなっては十三湊の店にある銭と財宝を元手に本拠を移し、海賊稼業と商売に精を出して大儲けする機会を待つしかあるまい」

「すぐに船を手配します。手伝ってくんな」

浪人に声をかけた吉兵衛が小走りに廊下を去っていった。庭づたいに浪人が吉兵衛につづく。

北海屋が磯貝軍十郎を見やった。

「磯貝さん。おれはあんたの腕に惚れ込んでいる。おれと一緒に十三湊へきてくれ。江戸湾に停泊している千石船に乗れば、あとは風まかせの楽な船旅だ」

「銭になるところならどこへでもつきあう。おれの剣は金儲けの道具だからな」

磯貝軍十郎は酷薄な笑みで応えた。


数艘の小船が大川を江戸湾に向かって下っていく。北海屋一味が分乗した船群であった。

明暗《あけぐれ》の空が川面を、さながら薄墨の流れのように見せかけていた。先頭をすすむ小船の舳先には吉兵衛が乗っていた。七、八人ほど乗っている小船の真ん中あたりに北海屋が、背後に磯貝軍十郎の姿があった。

小船は永代橋《えいだいばし》の下をくぐった。佃島《つくだじま》にさしかかったあたりで吉兵衛が指差して叫んだ。

「船が燃えているぞ」

その声に北海屋は伸び上がって前方を見やった。江戸湾の沖合いに、炎上する一艘の船影が見いだされた。炎は高く舞い上がり、吹く風に大きく揺らいでいた。

吉兵衛が眼を凝らした。

「まさか」

と呻いた。さらに眦《まなじり》を決して見据えた吉兵衛が驚愕の眼を剝き、叫んだ。

「千石船だ。北海屋の千石船が燃えている」

「千石船に近寄れ。うちの千石船かどうか見きわめるんだ」

北海屋が声を荒げた。

小船は燃え上がる千石船に向かって船足をはやめた。船のかたちがはっきりと見える距離に近寄ったとき、吉兵衛が怒鳴った。

「お頭。間違いねえ。北海屋の千石船だ」

火を避けられるほどの距離をおいて、千石船に舳先を向けて十数隻の猪牙舟が浮いていた。さながら火事見物でもしているかのような猪牙舟の風情だった。

猪牙舟の一艘が向きを変えた。その猪牙舟が北海屋たちの乗る小船に漕ぎ寄せてくる。

他の猪牙舟も一斉に向きを変え、つづいた。

顔の見きわめがつくところまで近づいた猪牙舟の、舳先に坐っていた男が立ち上がった。

北海屋藤兵衛はその男の姿形に見覚えがある気がした。眼を凝らした。

「三浦屋」

呻いた北海屋の眼は、三浦屋四郎右衛門の面をはっきりととらえていた。

「三浦屋め。千石船に火をつけやがったな」

北海屋は憤怒に顔を歪めた。

「お頭、どうしやしょう」

吉兵衛が問いかけた。声が引きつっていた。

「こうなりゃ仕方がねえ。大川、隅田川とさかのぼって荒川《あらかわ》へ出、千住宿近くで船を捨て、奥州道《おうしゅうどう》へ抜けて十三湊へ陸路を一気に突っ走るんだ」

北海屋の下知にうなずき、吉兵衛が怒鳴った。

「船の向きを変えろ」

北海屋の乗った小船が隅田川へ向かって漕ぎ去るのを見届けた三浦屋四郎右衛門が、誰に聞かせるともなく言った。

「付け火には付け火で応じるのが亡八のけじめのつけかた。大事な商いの場、廓に付けられた火は北海屋、おまえの商売道具の千石船に火を付けることで返させてもらった。亡八には亡八の貫く筋というものがあるんだ」

千石船の紅蓮《ぐれん》の炎に照り映《は》えた三浦屋四郎右衛門の面は真紅に染まり、赤鬼と見まがう形相となっていた。三浦屋は満面に笑みをたたえていた。押さえきれなくなったか三浦屋四郎右衛門の面は大きく笑み崩れ、唇からは含み笑う声が漏れでた。含み笑いは次第に高笑いと変わり、笑い声は千石船を焦がす炎のあげる轟音を圧して払暁の江戸湾に響き渡った。

五

大川、隅田川とさかのぼった北海屋一味が分乗した小船は新大橋《しんおおはし》を過ぎ、北海屋の寮に聳える庭木を覗めるあたりにさしかかった。

「寮もこれで見納めだな」

それまで黙っていた磯貝軍十郎が北海屋に声をかけた。

「なに。また江戸にもどって来ますよ。金儲けの種はどこにでも転がっているものでね」

北海屋は含み笑った。磯貝軍十郎がことばをかさねた。

「人には運気というものがある。貧乏神に取りつかれたら二度とは浮かび上がれぬという話だ」

冷え切った抑揚のない口調だった。北海屋は軍十郎を一瞥し、口をへの字に結んで黙り込んだ。

軍十郎がことばをついだ。

「見ろ。貧乏神のお出ましだ」

北海屋藤兵衛は前方を見据えた。三囲稲荷の手前あたりから数艘の猪牙舟が漕ぎ出て、行く手を塞ぐかのように流れのなかほどへ進んでいった。対岸の今戸町《いまどちょう》の岸辺からも多数の猪牙舟が現われ、隅田川の真ん中へ向かっていた。猪牙舟の群れは隅田川を遮断するように横一列にならんだ。船群の真ん中に位置する猪牙舟の舳先に月ヶ瀬右近が立っていた。背後に伊蔵とお蓮がしたがっている。隣り合う猪牙舟には江坂惣左右衛門の姿があった。

もはや猪牙舟の一群の狙いは明らかだった。磯貝軍十郎が低くつぶやいた。

「三囲稲荷近くに船をつけたほうがよさそうだな。猪牙舟のほうが速いし、小回りが利く。水上での戦いは不利だ」

北海屋がいまいましげに舌打ちをした。

「船を岸へつけろ。奴らと陸《おか》でやりあう」

北海屋たちの小船が三囲稲荷近くの岸辺に向かうのを見届けた右近が、傍らに控える伊蔵に言った。

「三浦屋どのが江戸湾に停泊する北海屋の千石船に火を付けにいったと飾職人救出直後に伊蔵から聞かされ、急遽立てた隅田川での待ち伏せ策。これからが勝負だ」

「北海屋の別宅を見張っていたお蓮が寮に駆けつけ、北海屋たちが小船で江戸湾に向かったと言ったときには、取り逃がすんじゃねえかと口惜しいおもいをしやしたが」

伊蔵のことばにお蓮が、応じた。

「総名主さまのおやりになるこった、抜かりはあるものか。あたしにはこうなると、はなからわかってたよ」

右近が、告げた。

「三浦屋どのが北海屋の千石船の付け火に成功したら、奴らは必ず隅田川をさかのぼり、千住宿近くで船を捨て、陸へあがって奥州道をゆくはずとの読み。これほど図にあたるとは、な。すべて北海屋たちの海路の足の千石船を始末した三浦屋どのの大手柄が生みだしたことだ」

隣りあう猪牙舟に乗る江坂惣左右衛門が大声で下知した。

「猪牙舟をまわせ。三囲稲荷近くにつけるのだ」

北海屋たちの分乗した小船が相次いで岸に接した。わずかに遅れて右近たちを乗せた猪牙舟群が河原に乗り上げる。木村幸策ら逸《はや》り切る松前藩士たちが河原に着く前に川に飛び降り、水を蹴散らして北海屋一味に向かって斬り込んでいった。

「お蓮、おまえは猪牙舟に残っておれ。無傷で吉原に立ち帰り、事の仔細を三浦屋どのに注進するのがおまえの役目だ」

そう言って河原に降り立った右近にお蓮が声をかけた。

「月ヶ瀬の旦那。待っておくんなさい」

お蓮の声にこめられた、せつなく必死なおもいを右近は感じ取った。おもわず足を止めて、振り向いた。いつもと変わらぬ穏やかな、それでいてどことなく突き放すような冷たさをたたえた面差《おもざ》しで右近はお蓮を見つめた。

お蓮が右近を見返した。それも一瞬のこと。懐から火打ち袋を取りだして、お蓮は言った。

「縁起物の厄《やく》払い。受けてくださいな」

お蓮が火打ち袋から火打ち石と火口金《ほくちがね》をつまみ出した。数度打ち合わせる。小さく火花が散った。

「ご武運を」

お蓮になし得る精一杯のことだった。お蓮のおもいを右近はしかと受け止めていた。右近は微かな笑みをこめてお蓮を見やった。

転瞬。右近は踵を返していた。お蓮はおもわず猪牙舟から降り立ち、数歩追いかけて、足を止めた。右近は遠ざかっていく。見返る素振りは毛ほども示さなかった。

右近は、刀の鯉口を切りながら、歩みをすすめた。めざす相手は北海屋と磯貝軍十郎のふたりだけであった。

(あ奴らふたりは、是非にも三途の川を渡らせねばならぬ。生かしておけばこの世に害悪を流しつづける輩)

心中つぶやいた右近は刀を引き抜いた。切先下にだらりと刀を提《さ》げ持つ。杖でも手にしているかのような、さりげない姿だった。

対決のときは迫っている。磯貝軍十郎とは五分の勝負と右近は看ていた。

(命を惜しまぬとのこころの強いほうが、勝つ)

右近はおのれの覚悟のほどをあらためておのれに問い、見据えた。

こころに、揺らぐものは何ひとつなかった。

行く手で、松前藩士や伊蔵ら亡八者たちと北海屋の一味が入り乱れて斬りあっている。その一群から後退りして逃れ出る者たちがいた。脇差を帯びた北海屋藤兵衛と吉兵衛、磯貝軍十郎の三人だった。右近は乱陣には眼もくれず、北海屋たちの逃げ去った方へ早足で向かった。

北海屋は吉兵衛を先導役に通りを避け、三囲稲荷の横手の畦道を抜けた。三囲稲荷の裏手へまわった吉兵衛の足が、突然止まった。

「どうした」

北海屋が声をかけた。

「野郎、先回りしていやがった」

吉兵衛が吐き捨てた。北海屋が吉兵衛の肩越しに前方を見つめた。

右近が刀を右手に提げ、一歩、また一歩と距離をつめていた。

「月ヶ瀬、右近」

北海屋が呻いた。右近の姿を見いだして、磯貝軍十郎が刀を抜きはなった。

「蹴散らしてやる」

吉兵衛が懐から投げ銛を取り出した。身構え、右近に向かって走った。右近もまた、刀を提げ持ち、吉兵衛へ向かって走った。

踏み込めば両断できる間合いに達したとき——。

突然、吉兵衛が跳躍した。飛びながら右近めがけて投げ銛を投げた。一瞬遅れて右近もまた斜め前方へ跳んでいた。跳びながら剣を逆袈裟に一閃する。投げ銛は右近の躰をかすめて地に突き立った。吉兵衛は右近がもといたあたりに飛び降りていた。右近は、吉兵衛と飛び交ったところから斜め前方に着地し、振り向いた。

吉兵衛は何事もなかったようにゆっくりと振り返った。

瞬間、吉兵衛の首の付け根から血が噴きあげた。雅《みやび》やかな笛の音が流れた。吉兵衛はおのれの首筋に手をあてた。笛の音が消えた。

ややあって、吉兵衛は首にあてた手をはなした。血まみれの手を見つめる。噴き出す血汐の勢いは弱まっていた。笛の音はもう聞こえない。何かもの言いたげに吉兵衛の唇が動いた。が、それまでだった。棒立ちになるや、そのままのかたちで倒れ込んだ。

「秘剣『風鳴』。華麗きわまる、血飛沫」

磯貝軍十郎が感に堪《た》えたようにつぶやいた。うっとりと潤んだその眼に恍惚が宿っていた。軍十郎のおもいを北海屋藤兵衛の憤怒に満ちただみ声が断ち切った。

「いかな剣の達人でも短筒にはかなうまい。引導を渡してやる」

北海屋は懐から取りだした短筒の狙いを右近につけた。油断なくゆっくりと歩み寄った。

右近のまわりには身を隠すものは何もなかった。刀を正眼に構え、円を描くように位置を変えた。

「死ね」

薄笑いを浮かべた北海屋が短筒の引き金に指をかけた。

右近は北海屋のわずかの動きも見逃すまいと眦を決した。

北海屋が引き金を引こうとした瞬間、背後から北海屋の背中を切り裂いた刀があった。呻き、よろめいた北海屋が振り向いた。磯貝軍十郎の手にした大刀に血が滴っていた。

「てめえ、裏切ったな」

軍十郎がせせら笑った。

「言ったはずだ。おれの剣は金儲けの道具だ、とな。貧乏神に取りつかれた北海屋、おまえと、おれに剣客の血を燃え立たせてくれた月ヶ瀬右近を天秤《てんびん》にかけたら、おまえが上がっただけのことだ」

軍十郎が刀を大上段に振りかぶった。

「脳天から噴き上がる血汐、楽しませてもらうぞ」

「この、人殺し、め」

北海屋が短筒を構えた。

利那――。

磯貝軍十郎の大刀が振り下ろされ、北海屋藤兵衛の頭蓋を幹竹割《からたけわり》に深々と断ち割っていた。北海屋の顔面に血の筋が縦に走った。左右がかすかにずれたと見えたとき、北海屋の脳天から血が噴出した。北海屋は血を噴き散らしながら半回転して、倒れ伏した。

軍十郎が右近を振り向き、見据えた。右近が告げた。

「命を永らえさせてもらった。礼を言わねばならぬな」

「なんの。おれとの勝負でいずれ果てる命。礼など無用」

軍十郎が足場をかためた。

「行くぞ」

一声吠え、大上段に振りかぶった。

右近は、刀の峰を肩に触れさせて、担いだ。刀身は、切先下に右近の背後に置かれた。

さらに右近は、柄頭《つかがしら》に左の掌《て》をあて、わずかに体を右にひねった。

磯貝軍十郎は眼を細めた。初めて見る構えだった。右近の刀の刀身は、磯貝の視界から消えていた。左手の甲だけが剣の動きを計る唯一の手がかりとおもえた。

軍十郎は間合いを詰めた。一歩、また一歩、にじり寄った。

右近はまったく動かなかった。刀身の見えぬ相手との勝負に軍十郎は、いつもとは勝手が違う奇妙な感覚にとらわれはじめていた。

（奴の剣は、どこから出てくるのだ）

軍十郎に探るこころが芽生えていた。探るこころが、不安なおもいを呼び覚ましていく。

（手の甲の動きに集中すればよいのだ。刀を使うときは、柄頭にあてた手の甲も動く）

軍十郎は右近の、柄頭にあてた手の甲に目線をつけた。

右近は、まだ動かない。同じかたちのまま軍十郎を見つめていた
軍十郎は誘いをかけることにした。にじり寄り、踏み込めば振り下ろした大刀が右近を斬りうる間合いに達した。

瞬間、右近が動いた。同時に、右近の手の甲がわずかに前方に突き出された。

（来る）

軍十郎は一歩踏み込み、大上段から刀を振り下ろした。大刀は右近の脳天を両断してい

るはずであった。が、刀は勢いあまって地に切っ先をめりこませていた。

見ると、前に出たはずの右近は半歩斜め後ろへ退《さが》っていた。甲を向けた手だけがさらに伸ばされ、軍十郎が間合いをはかって斬り込むと決めたときにあった位置にそのまま残って突き出されていた。

軍十郎が大上段に構えをもどそうと刀を振り上げかけたとき、さながら釣り師が竿につい た糸を針ごと遠くへ投ずるかのように、右近の背後に隠されていた刀身が弧《こ》を描いて振り出された。ぎりぎりまで伸ばした右近の腕が、刀身を、見切った間合い以上に軍十郎に近づけた。刀は軍十郎の首の皮一枚を断ち切り、振り出された刀身の勢いと重さにまかせて血肉を裂き、首筋に深々と食い込んだ。

前方に突き出されたままの手の甲にさえぎられ、軍十郎は右近の太刀筋を明確にとらえることができなかった。眼前をかすめた、刃先が発したとおもわれる閃光だけが察知した唯一のものであった。

「源氏天流口伝の秘剣『雲雷《うんらい》』」

右近が、告げた。

「『雲雷』……そうか。雲の、なかに、隠れた雷が、突然、稲光《いなびかり》を発して、襲う。まさしく、『雲雷』。まやかしの、剣」

軍十郎が苦しげにことばを吐きだした。

「秘剣の実体、看破お見事」

右近が応じ、磯貝の首に食い込んだ剣を引き抜いた。

軍十郎の首筋から大きく血汐が噴き上げた。降りかかる血飛沫を見つめながら、軍十郎がうっとりと眼を細めた。

「これが、おれの血、か。きれい、だ」

軍十郎の満面に、歓喜と恍惚の入り混じった笑みが浮かんだ。血飛沫を浴びながら軍十郎は顔面から地に突っ伏した。

右近は凝然と磯貝軍十郎の骸を見据えている。

数日後の夜……。

吉原遊郭は誰《た》そや行灯《あんどん》や遊女屋、茶屋がともした灯りに、昼日中と見まがうほどの様相を呈していた。色客や遊客、そぞろ歩く冷やかしの男たちで賑わっている。喧噪と混雑のさなかにある仲の町を高尾太夫の花魁道中が繰り広げられていた。

先に立つのは定紋《じょうもん》の箱提灯を持った見世番であった。ふたりの振袖新造、左右に禿《かむろ》をしたがえた高尾太夫、傘持ちの男衆、遣り手婆、番頭新造と行列はつづいていた。比翼《ひよく》仕立ての華やかな衣装に身をつつみ、黒塗りのぽっくりを履いて、外八文字を踏んで歩く高尾のあでやかさは、この世のものとはおもえぬ美しさであった。

道行く色客、遊客が足を止め、しばし高尾に見入っている。そのなかに遊女屋脇の路地口に立つ伊蔵の姿もあった。

「高尾太夫、いつ見ても、いい女だねえ」

そう言うなり、伊蔵の肩を後ろから軽くたたいた女がいた。

伊蔵が振り向くと、そこにお蓮が立っていた。いつもの仏頂面が消えて、このところのお蓮の目許には艶やかなものが宿っている。めっきりと女っぷりが上がっていた。

「お蓮か。おめえだってなかなか捨てたもんじゃねえぜ」

半ば本気で、伊蔵は告げた。

「からかっちゃいけないよ」

お蓮は蓮《はす》っ葉《ぱ》な仕草で伊蔵をぶつ振りをした。遠ざかる高尾太夫の行列に再び視線を移したお蓮が花魁道中の真上にかかる満月に気づいて、言った。

「きれいな月だねえ。伊蔵さん、見てごらん。冴え冴えとして、めったにない美しさだよ」

伊蔵も空を見上げた。

中天に満月が煌《きら》めいていた。

「月ヶ瀬の旦那も、この月を見てるかもしれないね」

ひとりごとのようなお蓮のつぶやきだった。伊蔵が視線を走らせると、お蓮はうっとりと満月を眺めていた。

月に視線をもどして、伊蔵はおもった。

（右近の旦那も罪なお人だ。木石《ぼくせき》だって雨が降ればしっぽりと濡れるんだ。女のこころに少しぐらい応えてやってもいいじゃねえか）

たとえ一夜のおもちゃにされたとしても、吉原で棲み暮らす高尾太夫とお蓮である。情を受けた、おもいが遂げられたと喜ぶことはあっても怨むことなどさらさらない女たちだった。伊蔵は、さらにおもいを深めた。

（まったくよう。木石以上の薄情者だぜ、右近の旦那はよう）

お蓮はじっと満月を見つめている。

満月は、浄閑寺の天空にも輝いていた。庫裏の濡れ縁に坐り、右近と慈雲が酒を酌みかわしている。

慈雲が酒を貧乏徳利から茶碗にそそぎこんだ。

「今朝、右近が釣りにでかけて留守のあいだに、松前藩士木下幸策と名乗る若いのが訪ねてきた。造作をかけたので事の落着を報告しにきました、と言ってな」

右近が盃を口に運ぶ手を止め、言った。

「オロシアとの交易品の贋物をつくらされていた飾職人が、松前藩の抜荷の無実を証す一助となったはず。万事めでたしという決着でしょう」

「松前藩はお咎めなし。勘定奉行・板倉内膳正ならびに十三湊藩は改易の上、御家断絶の仕儀に至るそうな。平塚兵部は切腹して果てたということじゃ」

慈雲はそこでことばを切り、茶碗酒を一息呑んで、つづけた。

「安藤主馬と中里兵太郎の陰腹に見せかけた骸を十三湊藩の門前に放置して、事を大っぴらにするという右近の策略がなければ、田沼のことだ、もっと玉虫色の決着をつけたかもしれぬな」

右近は黙っている。酒を飲み干したか、貧乏徳利から盃に酒をついだ。慈雲は、口調を変えて言った。

「今夜は墓の下の遊女たちも静かにしている。此度のこと、少しは供養になったのかもしれぬ。まずはめでたい。片仕舞《かたじまい》のめでたさだがな」

「片仕舞」

右近が訝しげな視線を慈雲に投げた。慈雲が応えた。

「吉原では、遊女を昼夜別々に切り売りをすることを片仕舞というのじゃ。半端な務めということでな」

「朝霧は助けたが鈴野は死なせてしまった。たしかに片仕舞の仕儀」

おのれに言い聞かせるような右近の口調だった。

「朝霧を助けられたは上出来というべきかもしれぬ。北海屋藤兵衛をはじめとする是非にも三途の川を渡らせねばならぬ輩も、三途の川の渡し舟に乗せ、無事にあの世へ送りとどけた。めでたいかぎりじゃ」

慈雲は茶碗酒を一気にあおった。

慈雲のことばを聞いてか聞かずか、右近が空を見上げて、言った。

「和尚とはじめてあった夜も、こんな月が出ていた」

右近は盃に目線を落とした。盃の酒に、満月が浮いていた。

「月を、呑むか」

右近は、しずかに、盃を干した。

取材ノートから

『花魁殺　投込寺闇供養』の主な舞台となる浄閑寺《じょうかんじ》は、東京都荒川区南千住に現存している寺院である。地下鉄日比谷線三ノ輪駅で下車して歩いて数分のところに位置している。

一駅離れた日比谷線南千住駅のすぐ近くには小塚原《こつかつはら》処刑場跡がある。〔首切り地蔵〕と呼ばれる延命《えんめい》地蔵のあるあたりが小塚原処刑場のあったところだ。浄閑寺から小塚原処刑場まで筆者の足で徒歩で三十分ほどだから、江戸時代の歩きなれた者の足だと二十分もかからなかったのではないかとおもう。

同じく浄閑寺から歩いて三十分余ほどのところに吉原遊郭《よしわら》、いわゆる新吉原があった。いまもこの地は、昔のままに女の肉と色香を売る吉原のソープランド街としておおいに繁栄している。

筆者は、現地取材に出向く前は、物語の冒頭の、足抜きした遊女・雪笹《ゆきざさ》と幼馴染みの御《お》店者《たなもの》が心中する場所は〔山谷堀《さんやぼり》の河原〕にしようと考えていた。

浄閑寺の取材を終えた筆者は吉原へ向かって歩き出した。江戸時代は、山谷堀沿いに日《に》

『浄閑寺』近景。門前よりのぞむ。花又花酔の川柳に
「生まれて苦界　死しては浄閑寺」とある。

本堤《ほんづつみ》を行くと吉原遊郭へ出た。しかし、いまは山谷堀はすでになく、日本堤もわずかに山谷堀公園にその面影を残すのみである。

山谷堀公園には、山谷堀をのぼって吉原遊郭へ向かう色客が乗ってきた猪《ちょ》牙舟《きぶね》をつけた日本堤の一部が残されている。桜並木がつづき、春には桜の花が咲き誇る山谷堀公園だが、残念ながら筆者が取材に出かけたのは夏の暑いさかりのことで、噂に聞くみごとなほどの桜花の絢爛《けんらん》をこの目で見ることはできなかった。

日本堤も、すでに原型をとどめていない。そこで吉原へ向かうルートとして筆者が選んだのは土手《どて》通りである。

土手通りは、日本堤とほぼ同じ道筋をたどっている。筆者は土手通りを浅草《あさくさ》方面へ向かった。吉原が近づくにつれて筆者のイメージはすこしずつ崩れていった。

足抜きは遊女にとって命がけの、死に物狂いの行為である。失敗すれば心中に追い込まれるか、あるいは捕らえられて四郎兵衛《しろべえ》たちの厳しい仕置きにかけられかねない、成功する確率の少ない、危険な賭けである。遊女と相方《あいかた》は足抜きを決行するまえに、それなりに計画を練《ね》り、準備をするに違いない。だとすれば、逃げだしてから捕まるまで、たとえ腕利《き》きの四郎兵衛の風渡りの伊蔵《いぞう》が追ってきたとしても、雪笹たちは最低二時間ていどは逃げおおせるくらいの工夫はしたはずだ、と筆者は考えていたのだ。

が、山谷堀の河原で追いつかれたとなるとわずか三十分ほどしか逃げられなかったということになる。筆者は、この時点で山谷堀で雪笹たちが心中するという発想を捨てざるをえなかった

浄閑寺から吉原までの道筋をたどり、かつては吉原遊郭の大門《おおもん》へつらなる衣紋坂《えもんざか》の入口に立っていた見返柳《みかえりやなぎ》を見分したところで、筆者はその日の取材を終えることにした。

物語の冒頭のシーンのための取材である。足抜きした雪笹たちが心中する場所が特定できないかぎり、物語を書きだすことなどできないのだ。帰宅した筆者は古地図と江戸市中の名所を描いた浮世絵の資料をひっくり返した。

『新吉原総霊塔』安政二年（1855）の大地震により多数の遊女が死亡し、浄閑寺に投げ込まれた。その折、供養のために建立された。

三ヵ所ほど候補として考えられる場所を選び出した筆者は、候補地について、さらにくわしく調べあげた。

その結果、筆者が雪笹たち心中の場として選んだのが御行松《おぎょうのまつ》である。二代目廣重《ひろしげ》が描いた『江戸名勝図会《ずえ》　御行松』の浮世絵が足抜きした雪笹たちの最後の地として抱いていた筆者のイメージに近いものだったからだ。

御行松は、田畑や叢林《そうりん》がひろがる閑静な根岸《ねぎし》の里に存在した松の巨木である。間近には音無川《おとなしがわ》が流れ、鶯《うぐいす》や山茶花《さざんか》の名所として知られた風趣溢《あふ》れた地であった。大身旗本や大商人、文人たちは競うように、四季の移り変わりを楽しむことのできる根岸の里に贅《ぜい》を尽くした寮（別荘）を建てた。

御行松の近くにあった西蔵院《さいぞういん》、永称寺《えいしょうじ》、円光院《えんこういん》などの寺院は現在も残っている。しかし、御行松も音無川も現在は跡形《あとかた》すらない。

数日後、筆者は再び取材に出かけた。日比谷線三ノ輪駅から土手通りへ出て、吉原とは逆方向へ行き、二つ目の四つ角を左に折れて道なりに小一時間ほどすすむと西蔵院へ出る。

建物が建ちならぶだけの一画で、昔日《せきじつ》の面影は何一つ残っていなかったが距離感だけはつかめた。

まさしく御行松は、足抜きした雪笹たちが捕まるまで約二時間と考えていた筆者のイメージに近い場所であった。

最終的に筆者は、御行松から音無川を上野《うえの》へ向かって少しさかのぼったあたり、と冒頭のシーンの場所を設定した。

この音無川沿いで、足抜きした雪笹をめぐって月ヶ瀬《つきがせ》右近《うこん》、浄閑寺の住職・慈雲《じうん》、風渡りの伊蔵の、この物語の主要な登場人物の三人がめぐり合うのだ。重要な場面の背景となる場所が見いだせたということは、物語のベースイメージのほとんどができあがった、と言っても過言ではなかった。

筆者が、書く作品の背景となる場所の古地図と、古地図と現代の地図を見比べての現場取材にこだわるのにはひとつの理由がある。

飛行機、電車、自動車と交通機関の発達した現代と馬、駕籠《かご》、歩くことしか交通の手段がなかった江戸時代とは、生活のリズムが異《こと》なっていたに違いないのだ。日々の生活のリズムが違えば生活感覚も違ってくる。朝起きて夜寝るまでの行動範囲も変わってくる道理だ。現代に生きる筆者が江戸時代に住み暮らす人たちと同じ体験ができることはただひとつ、歩いて、移動のための時間を共有することしかない。少なくとも筆者はそう考えている。

冒頭シーンの場所設定にあたりがついた筆者は、西蔵院から円光院へと道をたどった。尾竹橋《おたけばし》通りへ出て左へ折れJR鶯谷《うぐいすだに》駅へ向かった筆者は、近くに〔笹乃雪《ささのゆき》〕があることをおもいだした。

〔笹乃雪〕は元禄《げんろく》年間創業の豆腐料理の店である。初代玉屋《たまや》忠兵衛《ちゆうべえ》が絹ごしの豆腐料理を売り物にした店を構えたのは、王子《おうじ》街道沿いの音無河畔の一画だった。それまで江戸には絹ごし豆腐はなく、〔笹乃雪〕が初めてつたえた味であった。そのためか東叡山《とうえいざん》御用達として珍重された。

屋号の〔笹乃雪〕は輪王寺宮《りんのうじのみや》が、

「笹の上に積りし雪の如《ごと》き美しさよ」と絹どうふを褒《ほ》めたたえたことがきっかけとなって称した店名である。〔笹乃雪〕の豆腐は江戸市中の評判となり、吉原帰りの客たちでおおいに賑わったとつたえられている。近くまできたのも何かの縁、と筆者は〔笹乃雪〕に立ち寄り、老舗《しにせ》の豆腐料理に舌鼓をうった。ちなみに〔笹乃雪〕では豆腐を豆富と書きあらわしている。老舗のこだわり、とでも言うべきか。

江戸時代からつづく名代の味に満足し、満腹となった筆者はぶらぶらとJR鶯谷駅へ足を向け、帰途についたのだった。

参考文献

『三田村鳶魚　江戸生活事典』稲垣史生編　青蛙房
『時代風俗考証事典』林美一著　河出書房新社
『江戸町方の制度』石井良助編集　人物往来社
『図録　近世武士生活史入門事典』武士生活研究会編　柏書房
『日本街道総覧』宇野脩平編集　人物往来社
『図録　都市生活史事典』原田伴彦・芳賀登・森谷尅久・熊倉功夫編　柏書房
『復元　江戸生活図鑑』笹間良彦著　柏書房
『絵でみる時代考証百科』名和弓雄著　新人物往来社
『時代考証事典』稲垣史生著　新人物往来社
『考証　江戸事典』南条範夫・村雨退二郎編　新人物往来社
『江戸繁昌記』寺門静軒著　三崎書房
『新編　江戸名所図会　〜上・中・下〜』鈴木棠三・朝倉治彦校註　角川書店
『図説　江戸っ子と行く浮世絵散歩道』藤原千恵子編　河出書房新社
『武芸流派大事典』綿谷雪・山田忠史編　東京コピイ出版部
『古武道の本』ブックス・エソテリカ第29号　学習研究社

『江戸切絵図散歩』池波正太郎著　新潮社
『大日本道中行程細見圖』人文社
『明和江戸図　江戸日本橋南一丁目　須原屋茂兵衛　板』古地図史料出版
『嘉永・慶応　江戸切繪圖』人文社
『江戸吉原図聚』三谷一馬著　中公文庫
『川柳吉原風俗絵図』佐藤要人編　至文堂
『花柳風俗　鳶魚江戸文庫』三田村鳶魚　朝倉治彦編　中公文庫
『江戸の女　鳶魚江戸文庫』三田村鳶魚　朝倉治彦編　中公文庫
『江戸の花街　鳶魚江戸文庫』三田村鳶魚　朝倉治彦編　中公文庫
『吉原に就いての話』三田村鳶魚著　青蛙房

震えるほどの興奮。待ち望んだヒーローの誕生

文芸評論家・菊池《きくち》　仁《めぐみ》

現在、時代小説界の特筆すべき動きとしては〝文庫書下ろし長編時代小説〟の出版点数が飛躍的に伸びていることを指摘しうる。これは文庫のもつ利便性と、時代小説が本来もっていた大衆性とがうまくクロスし、〝マーケット〟として定着しつつあることを示している。

これらの文庫がズラリと並んだ本屋の店頭を見るたびに、一九五〇年代後半から六〇年代前半の貸本屋を思い出す。吉川英治、長谷川伸、山手樹一郎、子母澤寛、角田喜久雄、五味康祐、山田風太郎、柴田錬三郎等の一線級の作家にまじって、陣出達朗、佐竹申伍、藤島一虎、颯手達治、江崎俊平、左近隆等、当時の作家の作品が所狭しと並べてあった。大衆小説の王者であった時代小説が最後の輝きを見せていた時代であった。筆者にはあの時代の活気が戻りつつあるように思えた。

つまり、これは第一に〝文庫書下ろし〟という新たな出版方法の発見によって、積極的な新人の発掘が行なわれたり、中堅作家の作品領域の拡大という冒険が果敢に行なわれたことで、作家層が拡充したこと。第二に、内容的にも剣豪もの、チャンバラ活劇、伝奇も

の、捕物帳、股旅ものと幅を広げつつあること。このふたつの動きによって本屋の店頭に活力が出てきたためと解釈しうる。

根っからの時代小説ファンの筆者にとっては、貸本屋が宝庫であったのと同様の意味で嬉《うれ》しいかぎりなのだが、心配の種もある。それはマーケットが安定期に入ると、安易な作品の量産という危険性をあわせもつことになるからだ。過去のノベルスによるSF時代伝奇やシュミレーション小説の轍《てつ》は踏んでほしくないと願っている。

というのもようやく育ったこのマーケットを潰《つぶ》したくないからにほかならない。ファンにとって何よりの贈りものは、新しい才能や埋もれていた才能との出会いである。その意味で現在、店頭はまさに宝庫といっていい。

なかでもここで紹介する本書『花魁殺　投込寺闇供養』の作者である吉田雄亮は、すぐれた発想、骨太で確かな人物造形、豊かな物語性等、新人とは思えぬ技量を有している。

この点については後述するとして、簡単に略歴を紹介しておくと、一九四六年、佐賀県生まれ。雑誌編集者を経てフリーライターとなる。仕事としては、芳文社コミックスの『うら刑事』シリーズの原作や、『マネー犯罪・騙しの裏手口』『戦慄の保険金犯罪五〇の事件簿　知らぬまにあなたも被害者!?』『谷沢忠彦式学習の奇跡　教育ではない発育だ!』等のノンフィクションを手がけており、映画化、テレビ化された作品も多い。テレビ、ビデオ、映画のプロデューサーとして活躍した時期もあり、現在は執筆に専念。

小説家としてのデビューは、二〇〇二年に発表した光文社文庫『修羅裁き　裏火盗罪科帖』である。これはシリーズ化され、すでに四作目に入っている。その他、二〇〇三年に双葉文庫から『繚乱断ち　仙石隼人探察行』が刊行されており、〝文庫書下ろし長編時代小説マーケット〟では期待大の新鋭といえる。

「新人とは思えぬ技量を有する」と評したが、それはデビュー作『修羅裁き』を読むとよくわかる。この作品は、微禄の旗本・結城蔵人《ゆうきくらんど》が、上司を斬った罪で切腹させられる刹那、介錯人であった長谷川平蔵に救われる。平蔵は幕政建て直しのため〝裏火盗〟の長となってくれと要請。この要請を受けて蔵人が、鞍馬古流《くらまこりゆう》の秘太刀を駆使して悪退治に乗り出す、というのが骨子である。

〝裏火盗〟というところに作者の工夫があるわけだが、そのモチーフについて〝あとがき〟で次のように語っている。

《筆者の池波正太郎フリークが結実したのが本書だといっても過言ではない。筆者は、鬼の平蔵こと火付盗賊改方長官・長谷川平蔵が佃島の人足寄場の創建者であることを知り、火盗改メと人足寄場取扱を兼任したときの長谷川平蔵が、どう凶悪事件に対処したか、という話を読みたい、とおもった。残念ながら池波先生の『鬼平犯科帳』には、その時代の物語はない。

何とかその時代の平蔵の話に触れたいと願う筆者の頭のなかで、少しずつ組み立てられ

ていったストーリーが、本書『修羅裁き　裏火盗罪科帖』の元となった。》

このエピソードは作者がすぐれた発想の持ち主であることを示している。加えて、蔵人の人物造形も無理がなく、確かなものとなっている。

さて、そこで本書である。本書をいち読して久々に震えるほどの興奮を味わった。それは時代小説だからこそ可能な冒険が刻み込まれていたからだ。時代小説とは歴史の場を借りて、男たちや女たちの生きる姿勢を描いたものである。もっと言えば歴史を借りることにより、主人公たちがよりダイナミックで、より自由な舞台を与えられる、ということだ。つまり、既成の枠にとらわれない自由な発想と展開が可能だ、ということである。そこに刺激的な新しさが生まれる。本書は刺激的な新しさに溢《あふ》れている。最大のインパクトはヒーローの造形の新しさと、舞台設定のうまさである。

まず、ヒーローの造形の新しさについて述べよう。この点を説明するためには時代小説におけるヒーロー像の変遷について語っておかねばならない。時代小説の原型はヒーロー小説にある。それは、時代の制約の中で自由の魂をもった主人公が、理不尽な権力とどう闘ったかに時代小説の面白さがあるからだ。

ただしそのヒーロー像は時代と共に変化し、戦後の出発は一九四九年に発表された村上元三『佐々木小次郎』であり、この作品を起点とした〝剣豪小説ブーム〟にあった。〝剣豪小説ブーム〟が創出したヒーロー像は、戦後の価値観の混乱が産み落としたものであり、吉川英治が造形した宮本武蔵のヒーロー像の対極に位置していた。つまり、敗戦によって混乱した価値観の中で、頼れるのは自らの肉体と剣だけである、という実存的かつ虚無的な指向が剣豪小説のヒーロー像に刻印されていた。柴田錬三郎『眠狂四郎無頼控』の眠狂四郎などはその典型といえよう。しかし、一九五〇年代後半に入り、経済の高度成長政策と、それにともなう消費ブームが起こり、日本は産業国家として、新しい秩序を整えつつあった。企業社会の到来である。この軋《きし》みのなかで起こったのが一九六〇年の安保闘争であり、これらの世情を背景に生み出されたのが山田風太郎『甲賀忍法帖』(一九五九年)、司馬遼太郎『梟《ふくろう》の城』(一九五九年)、村山知義『忍びの者』(一九六二年)といった忍法小説であり、これらの作品が引き金となって〝忍法小説ブーム〟が到来した。つまりこういった時代の気分が〝忍法小説ブーム〟のヒーローに感応していたことは確かである。おそらく忍者達の心理や行動には、徐々にその姿を整えつつある新しい秩序、要するに企業社会に対する不安や焦燥といったものが先取りされていたと思われる。

そして、重要なのは、先に指摘したように、企業社会にたいする不安や焦燥を先取りした〝忍法小説ブーム〟が、企業社会を支えている人々自体が読者層であることによって支えられているという二重構造の中で成立していた事実である。必然的に戦後の時代小説は時代に対応した、〝現代性〟をモチーフにするということで、政治的視野の広がりや、経済視点の導入、または指導者論をその主題として選びとることを宿命づけられていたわけである。剣豪小説や忍法小説ブームはそのはしりとして理解しておく必要があろう。

しかし、この〝現代性〟は両刃《もろは》の剣であった。なぜなら、企業社会という枠組みの中で、自由の魂をもった主人公が、理不尽な権力とどう闘ったかを描くためには、ヒーローはアウトロー的な性格とならざるをえない。企業社会ではアウトローは生き残れない。その理由は彼らの背負っていたものが、例えば江戸時代ならば幕藩体制の呪縛《じゅばく》であり、それは組織と人間であり、行革、リストラといった企業の論理と同等のものであったからだ。つまり、その企業の論理に対し人間の論理をもってどう向き合えるかという現代人の苦悩を時代小説のヒーロー像に投影するためには、ヒーロー像自体の等身大化は避けられなかった。表現を変えればヒーローの生きにくい時代であったということだ。戦国、幕末を舞台として活躍した著名人物の指導者としての力量に焦点をあわせた人物評伝的な小説や、江戸時代の武士道、藩政改革、市井《しせい》ものが主流を占めたのはそのためである。

このヒーローの等身大化に強力な楔《くさび》を打ち込んだのが、〝物語性の復活〟を旗印として、ヒーローに新たな精神性と思想を注入した隆慶一郎、北方謙三、安部龍太郎等の活躍であった。バブル経済が崩壊し、アメリカ流のグローバルスタンダード化の大波の中で、時代は救いようのない〝閉塞感〟に包まれて二十一世紀を迎える。黒崎裕一郎、佐伯泰英、荒山徹といった作家達の生み出すヒーローは、この閉塞感と決して無縁ではない。

では、話を元に戻して、本書のヒーローたちの造形について見ていこう。作者が生み出したヒーロー像を見ていく上で、もっとも重要なのが、物語の主要舞台となる浄閑寺《じょうかんじ》、通称投込寺の住職である慈雲《じうん》の人物像である。投込寺とは吉原《よしわら》の遊女たちが死んだら、男衆は門前に死骸を投げ捨てていく、いわば身を売った女たちの行き着く果てである。

その投込寺住職である慈雲の持つ哲学と生きざまがヒーロー造形の鍵となっている。

《『仁《じん》義《ぎ》礼《れい》智《ち》信《しん》忠孝悌《ちゅうこうてい》』。浮世で説く八徳はこれじゃ。だが廓《くるわ》では八徳をこう言う。『孝《こう》悌忠信礼《ていちゅうしんれい》義《ぎ》廉《れん》恥《ち》』。浮世では『仁』『智』は八徳に数えられるが、苦界《くがい》では『廉』『恥』が八徳に数えられる。つまり、苦界には『仁』『智』は無用ということなのじゃ。苦界では物事の筋道を明らかにする意味を持つ『廉』、恥じる意の『恥』の二文字が、思いやり、慈《いつく》しみを示す『仁』や物事を理路整然とわきまえ、判断する意味の『智』よりも大切なのじゃよ』》

これは強固な身分制度で形作られた幕藩体制の底辺で這いずり回る女たちを見つめてきた慈雲の哲学である。

さらに慈雲の言葉は続く。

《「わしは、筋を通し、恥を知ることを何よりも大事なことと思いさだめ、『廉』『恥』を八徳にくわえる苦界を、いわゆるこの世とは違う、他の世界としてとらえておる。つまり、天地にはこの世とあの世のほかに、この世と見えてこの世にあらぬ世界が存在するのじゃ」》

この言葉はギリギリの境界に立って、〝時代〟と向き合おうとしている慈雲の生きざまのありようを示している。そして、物語は前半のヤマ場にさしかかる。

《「この世と見えてこの世ではない世」と慈雲は吉原のことを言いあらわしていた。となると、吉原の遊女たちの行き着く果てである浄閑寺は、

「この世と見えてこの世ではない世へ、この世から通じるけものみち」

と言えはしまいか。右近は、いま、その、

「この世と見えてこの世ではない世へ通じるけものみち」

に踏み込もうとしているおのれを、あらためて見つめ直した。》

慈雲の哲学に心を動かされた月《つき》ヶ《が》瀬《せ》右近《うこん》の述懐である。現世に絶望し、生きる望みを失い彷徨《ほうこう》する魂が己《おのれ》の生きる場所を見つけたのである。その生きる場所が、苦界の吉原とあの世をつなぐ投込寺という特異な空間と時間をもつところであった。設定のうまさといったのはこれだ。右近はこの場所に立つことにより、慈雲の〝志〟を〝行動〟で体現するヒーローとして甦《よみがえ》ったのである。つまり、幕藩体制の呪縛から解放され、理不尽な権力と対峙《たいじ》しうる〝自由の魂〟を持ったのである。これによりヒーローの等身大化からも解放されている。

慈雲と右近はまぎれもなく、田沼時代という幕藩体制末期の閉塞感が生んだヒーロー像

である。そして、そのヒーロー像がそのまま現在の社会にたちこめている閉塞感と決して無縁でないことはあらためて言うまでもあるまい。こういうヒーローの出現を待っていたのである。

ヒーロー像の変遷を語ってきたが、それは本書のヒーローが、常に〝時代〟と共に歩んできた過去のヒーロー群像と比肩しうる人物造形がほどこされていたからである。

もうひとつつけ加えれば、本書のヒーローは〝書下ろし長編時代小説〟という新たな様式がバックグラウンドにあって、初めて生み出されたものと確信している。

最後に、本書の読みどころを二、三記しておく。物語は田沼時代が舞台となっており、田沼意次《おきつぐ》の登場にはまたかと思ったが、ノンフィクションで世の裏側を見てきた経験豊富な作者だけに、田沼の人物造形にも裏技を使っている。これが物語に奥行きを与えている。

あらためて言うまでもないが、本書のような〝チャンバラ活劇〟の醍醐味《だいごみ》は〝立ち合い〟にある。時代劇映画フリークを自称しているだけに、この点でもかなり凝《こ》っている。『修羅裁き』の結城蔵人が使うのは鞍馬古流であったが、月ヶ瀬右近は〝源氏天流《げんじてんりゅう》〟という珍しい流派である。居合い、棒、実手《じって》など武芸十八般を網羅した実戦主義の流派である。右近の駆使する〝秘剣風鳴《ふうめい》〟が見ものである。

花魁殺

一〇〇字書評

切り取り線

購買動機（新聞、雑誌名を記入するか、あるいは○をつけてください）	
□（　　　　　　　　　　）の広告を見て	
□（　　　　　　　　　　）の書評を見て	
□ 知人のすすめで	□ タイトルに惹かれて
□ カバーがよかったから	□ 内容が面白そうだから
□ 好きな作家だから	□ 好きな分野の本だから

●最近、最も感銘を受けた作品名をお書きください

●あなたのお好きな作家名をお書きください

●その他、ご要望がありましたらお書きください

住所	〒			
氏名		職業		年齢
Eメール	※携帯には配信できません	新刊情報等のメール配信を希望する・しない		

あなたにお願い

この本をお読みになって、どんな感想をお持ちでしょうか。

この「一〇〇字書評」とアンケートを私までいただけたらありがたく存じます。今後の企画の参考にさせていただきます。

あなたの「一〇〇字書評」は新聞・雑誌などを通じて紹介させていただくことがあります。そして、その場合はお礼として、特製図書カードを差しあげます。

前ページの原稿用紙に書評をお書きのうえ、このページを切り取り、左記へお送りください。電子メールでもお受けいたします。なお、メールの場合は書名を明記してください。

〒一〇一－八七〇一
東京都千代田区神田神保町三－六－五
九段尚学ビル　祥伝社
祥伝社文庫編集長　加藤　淳
☎〇三（三二六五）二〇八〇
bunko@shodensha.co.jp

祥伝社文庫

上質のエンターテインメントを！　珠玉のエスプリを！

祥伝社文庫は創刊15周年を迎える2000年を機に、ここに新たな宣言をいたします。いつの世にも変わらない価値観、つまり「豊かな心」「深い知恵」「大きな楽しみ」に満ちた作品を厳選し、次代を拓く書下ろし作品を大胆に起用し、読者の皆様の心に響く文庫を目指します。どうぞご意見、ご希望を編集部までお寄せくださるよう、お願いいたします。

2000年1月1日　　祥伝社文庫編集部

花魁殺《おいらんさつ》　投込寺闇供養《なげこみでらやみくよう》　長編時代小説

平成17年2月20日　初版第1刷発行

著者　吉《よし》田《だ》雄《ゆう》亮《すけ》

発行者　深澤健一

発行所　祥《しょう》伝《でん》社《しゃ》

東京都千代田区神田神保町3-6-5
九段尚学ビル　〒101-8701
☎03（3265）2081（販売部）
☎03（3265）2080（編集部）
☎03（3265）3622（業務部）

印刷所　萩原印刷

製本所　明泉堂

ISBN4-396-33215-7　C0193